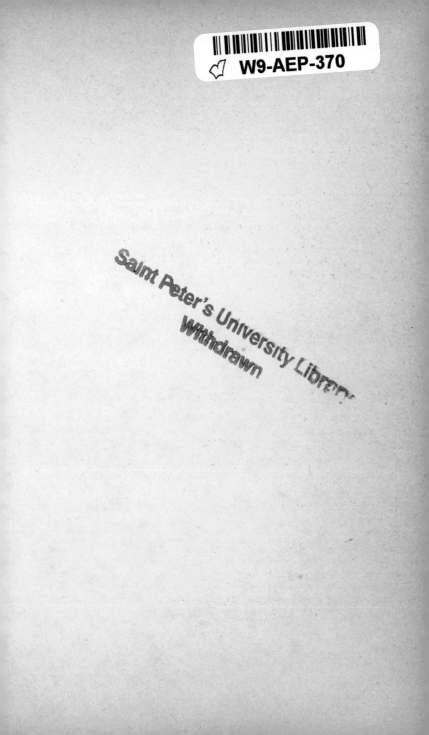

CUATRO PARA DELFINA

JOSÉ DONOSO

CUATRO PARA DELFINA

Seix Barral ⚲ Biblioteca Breve

Cubierta: Neslé Soulé

Primera edición: noviembre 1982

© 1982: José Donoso

Derechos exclusivos de edición en castellano
reservados para todo el mundo:
© 1982: Editorial Seix Barral, S. A.
Córcega, 270 - Barcelona-8

ISBN: 84 322 0404 8

Depósito legal: B. 41.886-1982

Impreso en España

Para Delfina Guzmán

SUEÑOS DE MALA MUERTE

Todos los pensionistas de la señora Panchita quedaron consternados con la noticia que corrió de mesa en
mesa a la hora de la comida: Osvaldo Bermúdez iba a
tener que cerrar su boliche, que explotaba desde hacía
tantísimo tiempo. Los nuevos propietarios de la casa,
una ratonera donde el boliche obstruía casi toda la entrada, pensaban demolerla para construir un edificio de
muchos pisos, y como Osvaldo no tenía papeles no iba
a poder reclamar ni un centavo de indemnización.

—¡Mala cueva, Bermúdez! —le dijo don Damián Marmentini, un abogado al que Osvaldo fue a consultar porque era cliente suyo: don Damián pasaba todos los días
a comprar un Viceroy y una bolsita de mentas en la
mañana, camino a su trabajo; y de vuelta, en la tarde,
pasaba a comprar otro paquete de Viceroy, «para la
tele», decía, y otra bolsita de mentas—. El permiso de
explotar un boliche en la entrada de esa casa, según
estas cartas que son insuficientes para entablar cualquier demanda a nivel personal, y para qué hablar de
un pleito, fue concedido a su mamá *sólo de palabra*
por la mamá de los ex propietarios del inmueble, don
José Luis y el Presbítero don Fabio Rodríguez Robles.
Estos señores, que ya están muy ancianos, testaron en
favor de la Beneficencia Pública por carecer de descendientes directos, pero esa casa la traspasaron *en vida*
a la Beneficencia. En ese sitio, dicen, van a construir
un gimnasio muy grande, con piscina temperada, sauna
y todo. Pelear con la burocracia es inútil, Bermúdez,
algo kafkiano, como dicen los jóvenes de ahora. ¿Y qué
quiere hacer si usted ni siquiera se acuerda en qué año
su mamá instaló el negocio, y su papá no puede hablar
desde que sufrió la hemiplejía? Y después de la muerte de su mamá hace tanto tiempo, ¿con qué puede jus-

11

tificar su derecho a seguir usufructuando del privilegio personal y de palabra que le concedieron, qué sé yo cuándo, a ella? Mejor sería quedarse callado, Bermúdez. ¡Capaz que terminen metiéndole pleito a usted por los años que ha disfrutado de ese privilegio! ¡Apuesto que esos señores no deben ni acordarse que existió el boliche! ¿Y sabe qué más?, se me ocurre que ni siquiera se acordaban que eran dueños de esta casa hasta que el albacea se arregló con algún gallo de la Beneficencia para el traspaso. ¡No quiero pensar en las tajaditas que sacaría cada uno de ese negocio! Quien dice albacea dice ladrón, Bermúdez, para que lo vaya sabiendo. Mire, dígame si no hay gato encerrado: ¿Por qué no lo molestaron jamás a usted, ni a los arrendatarios? Para que no se destapara la olla antes que ellos tuvieran listo su pastel. ¡Si hasta aguantaban que hubiera una fábrica de timbres de goma en el segundo piso, al fondo del pasillo, cuando todo el mundo sabe que está prohibido tener fábricas ahí! ¿Y cuántos años hace que vive en su pieza la adivina, esa vieja de pelo pintado colorín, si no permiten vivir ahí porque es un edificio para oficinas no más y ella hasta se hace de comer en un anafe que llena la escalera de olor a parafina? No. A mí no me vienen a contar cuentos: el albacea, o administrador, o lo que sea, prefirió quedarse calladito. Esa casa es de puro adobe y de tabiques tembleques, pese a lo ornamentadas que son las ventanas que dan a la calle, una carga que no le compensaba al albacea. ¿Y qué quiere que le diga, Bermúdez?, yo le encuentro toda la razón al albacea, aunque usted, que es mi amigo, salga damnificado: fíjese que capaz que el pobre albacea sea albacea de pura palabra no más, y después se quede sin pan ni pedazo, igual que usted. Estos favores de palabra, que antes otorgaban las personas ricas a la gente relacionada con ella por amistad o por servicios o vaya a saber uno por qué, bueno, para qué le digo, son unos laberintos de nunca acabar. Es como si a la gente antigua le gustara otorgar prebendas sin dejar nada escrito para no comprometerse, y poder ha-

12

cer lo que quiera cuando quiera sin que nadie pueda cobrar promesas y así controlarlo todo. ¡Si a veces ni las empleadas tenían sueldos fijos! Ni los administradores. Ni los notarios. Ni los abogados. ¡Eran «como de la familia»! Les pagaban regalándoles cosas, o consiguiéndoles garantías, o avalándolos o recomendándolos para algo..., hasta mandándoles cosechas de los fundos, qué sé yo, lo importante era que no existieran documentos que comprometieran a nada. Varias personas así, de la vieja escuela, han querido que yo me encargue de sus cosas. Comienzan por decirme: «Para qué vamos a hacer escrituras, pues, don Damián, si usted es como de la familia y nunca va a haber ni un sí ni un no entre nosotros». Yo arranco a perderme porque uno se puede volver loco con cuestiones así. Lo que importa, Bermúdez, lo que cuenta, son los papeles, nunca se olvide de eso. ¡Mire que si el favor que le hizo la mamá de los Rodríguez Robles a su mamá constara en un papel, otro gallo muy distinto le estaría cantando a usted ahora!

En el comedor, nadie le tocó el tema a Osvaldo. Pero en cuanto salió con su bandeja de comida para llevársela a su papá y ayudarlo a comer, cucharada por cucharada como a una guagua, los demás pensionistas se reunieron en la mesa de la señora Panchita sin siquiera mirar la tele, que siempre se prendía en el comedor después del postre, a comentar que al pobre Osvaldo le tocaba toda la mala suerte. Para empezar, el papá, «que siempre fue harto flojo» se sintió con derecho a opinar la señora Panchita porque padre e hijo compartían la misma habitación en su casa desde hacía doce años: el viejo obligaba a levantarse tempranito a Osvaldo, que trabajaba en el boliche de sol a sol; él, en cambio, se presentaba en el negocio bastante tarde, una hora antes de almorzar, fragante de colonia; y después del almuerzo dormía una siesta larga porque no se privaba de su jarrita de tinto de la casa, y volvía al boliche una hora antes del cierre. Entonces él hacía el balance de lo que Osvaldo había recaudado durante el día. Esta plata se la metía en el bolsillo. Quién sabe qué clase de cuentas haría con el pobre Osvaldo, a quien trataba como a un niño, pese a sus cuarenta y siete años; y después, el asunto interminable de los médicos, y la enfermedad, y los malditos remedios que ahora eran un gasto de nunca acabar para el pobre Osvaldo...

—Eso es lo peor... bueno, antes de la mala suerte de lo del boliche —opinó la Olga Riquelme, que vivía en la casa de la señora Panchita desde hacía apenas tres años y no tenía para qué estar conmoviéndose tanto con las cosas de los Bermúdez; con el fin de ponerla en su lugar, la señora Panchita la contradijo, recordándole que un padre es siempre un padre.

Las relaciones entre las dos se habían deteriorado bastante después del primer entusiasmo de la dueña de casa cuando le encantó cómo se vestía la Olga y por eso la aceptó de pensionista. Pero después le pasaron el cuento de que la nueva andaba diciéndole a todo el mundo que era el colmo que cobrara entrada para ver la televisión en el comedor después de la cena. La señora Panchita le dio a entender por medio de su compañera de trabajo en el Correo, la Delia, que si no estaba satisfecha con las reglas que ella imponía en su casa no tenía más que retirarse: había una *cola* de postulantes a pensionistas porque su casa tenía *muy* buena fama.

—La Olga Riquelme se cree —comentó la señora Panchita a raíz de que la Olga dejó de ir a ver la televisión, encerrándose en la pieza de la Delia a escuchar el transistor que la Delia estaba comprando a plazos—. Y está contagiando a la Delia, que antes era harto dije. Y no tiene nada de qué creerse la Delia, porque ahora tienen transistores hasta los obreros de la construcción, y además es coja.

Claro que la Olga Riquelme compraba la revista *Paula*. Una vez, cuando la curiosidad de la señora Panchita pudo más que su discreción, mientras la Olga estaba en el trabajo, entró en su pieza con su llave de dueña de casa, y casi sin darse cuenta se pasó toda la tarde entretenida mirando las modas y todo, y la Olga casi la pilló al regresar un poquito más temprano que de costumbre. Pero eran todas *Paula* viejas, compradas de segunda mano, así es que no era para creerse tanto. Cuando llegó a oídos de la Olga que la señora Panchita andaba comentando que ella se vestía pasada de moda, la Olga no pudo más de rabia: entonces fue y se compró televisión propia, en colores, no en blanco y negro como el vejestorio de la señora Panchita. Convidaba a ver su *televisión en colores* a la Delia, a Osvaldo y a Aliaga, un chiquillo de lo más despierto, que parecía un figurín por lo arreglado y flaquito y con su bigotito negro tan bien recortado, que jamás venía a almorzar fuera de los sábados, porque en la semana, y cuando le tocaba turno también los domingos, almorzaba en el cementerio. A veces, sobre todo para el fútbol, que siempre le había encantado al viejo, traían al papá de Osvaldo amarrado con un cinturón a una silla porque les daba miedo que se resbalara, acarreándolo con Aliaga desde la habitación de los Bermúdez al otro extremo del pasillo: el pobre viejo no se podía mover ni hablar ni gritar, pero en los momentos eufóricos de un gol parecía emitir ciertos ruidos, y era como si le brillaran un poco sus ojos piturrientos. La Olga también se hacía pagar, pero lo mismo que cobraba la señora Panchita, cuya tele al fin y al cabo no era más que en blanco y negro, de modo que salían ganando.

La Delia le comentó que la señora Panchita decía que era el colmo que le cobrara a un pobre inválido como el papá de Osvaldo por ver su tele. Para vengarse, la Olga le dijo a la Delia, para que la dueña de casa, que andaba cerca, se muriera de envidia:

—¿No te encantó ese color lacre del vestido de la Katy Velázquez en el número tropical, con el mar azulino al fondo, en el *show* de los años cuarenta de anoche?

Don Walter Urzúa y su familia, y los mellizos Poveda que estudiaban informática, a los que la señora Panchita trataba como a reyes aunque eran de Curanilahue no más pero estaban en la Universidad de Chile, levantaron sus ojos del plato de cochayuyo, miraron desolados a la Olga Riquelme, y después de volver a bajar la vista a sus cochayuyos respectivos se tragaron lo que les quedaba en el plato sin muchas ganas de pagar nada por el *show* de medianoche en la televisión en blanco y negro que la señora Panchita les ofrecía como amenidad.

Lo que nadie sabía, ni la Delia, que era su mejor amiga, ni Aliaga, que siempre revoloteaba alrededor de la Olga y de la Delia y de Osvaldo, como si perteneciera «a su grupo» y este presunto «grupo» fuera de un nivel superior a los otros pensionistas, era que ni Osvaldo Bermúdez ni su padre pagaban entrada para ver la tele en colores de la Olga Riquelme. Todos sabían, e incluso estaban un poco cansados de oírla repetirlo, que ella ya no aguantaba más esto de andar viviendo de pensión en pensión, comiendo comida de segunda, sin tener nada propio, ni muebles ni tele, cambiándose cada tanto tiempo porque era muy frecuente que las pensiones quebraran, y que ningún ahorro ni ningún esfuerzo eran demasiado grandes para llegar a ser propietaria, la finalidad de todos sus ahorros. Discutieron mucho con la Delia los pro y los contra del gasto que significó comprar una tele en colores: hacía años —a veces le parecía que eran siglos— que la Olga Riquelme estaba guardando plata para comprar una casita o un departamento, lo que fuera con tal que fuera propio, de donde nadie la pudiera sacar, sin tener que andar mirándole la cara a diversas señoras Panchitas más o menos antipáticas, libre para hacer lo que se le antojara sin que nadie se metiera en sus asuntos. Comprar una tele a plazos era la atrevida inversión de una parte de su capital, que tenía invertido en Super-Rent, con el fin de pagar el pie de una propiedad. Discutía con la Delia, asegurándole que iba a amortizar el costo de la tele con lo que cobraría por la entrada, ya que no dudaba de poder quitarle el público a la tele en blanco y negro que chirriaba en el comedor. Insegura de su apasionado gesto vengativo en contra de la señora Panchita, sin embargo, se dio cuenta de que no iba a ser suficiente el pago diario de Aliaga y de la Delia —le daba no sé qué cobrarle a la Delia, de modo que le hacía precio especial porque ella no era de las que se olvidan: cuando ella no tenía tele la Delia la invitaba a su pieza a oír su transistor—, porque esto sumaba harto poco. Pero pronto descubrió que cuando tenía su tele en colores encendida, si dejaba entreabierta la puerta de su dormitorio que quedaba directamente enfrente, puerta con puerta, con la del excusado, la afluencia de pensionistas al excusado era muchísimo mayor que de costumbre. Al entrar o salir, o antes de entrar esperando que saliera quien lo ocupaba, desde afuera la gente se quedaba mirando la tele en colores de la Olga Riquelme y murmuraba:

—¡Qué lindo, ¿no?!

La Olga, entonces —no por mala, sólo porque estaba dispuesta a todo con el fin de cumplir su aspiración de ahorrar para ser propietaria—, cerraba la puerta en sus narices porque, decía, le cargaba la gente intrusa; y no la volvía a abrir hasta que oía al otro lado del pasadizo que tiraban la cadena del excusado, abrían la puerta y se iban. Los mellizos Poveda estaban, calculó la Olga, a punto de caer: tres o cuatro veces por noche, con el rollo de papel confort en la mano, entraban o salían, cualquiera de los dos porque era casi imposible distinguirlos, al excusado, o esperaban turno mirando hacia la pieza de la Olga, que cada vez se demoraba un poquito más en cerrarles su puerta, cada vez con mayor benevolencia.

Olvaldo Bermúdez era sobre todo un hombre caballeroso y discreto, de modo que en cuanto oyó las murmuraciones se puso a alabar la generosidad de la Olguita Riquelme porque dejaba entrar gratis a su pobre papá enfermo a ver su televisión en colores. Pero a nadie le reveló el secreto de su propia asistencia gratis a tan notable espectáculo. A veces se ponían difíciles las cosas, porque, por ejemplo, Aliaga, que se arriscaba con

17

cualquier prerrogativa de otro a la cual se sentía con parecido derecho, podía darse cuenta de que en el momento de pagar su entrada, Osvaldo tocaba la palma mullida de la Olguita sólo *simulando* poner en ella dinero. Desagradable esto de hacer la comedia. Pero era importante que en la pensión no se comentara nada, aunque tarde o temprano, porque la gente era tan metete, no faltaría quien hociconeara, suponiendo cosas que por desgracia —o por fortuna— eran verdad. Con frecuencia Osvaldo Bermúdez tenía que esperar hasta la una de la mañana, después de que todos se durmieran al terminar la tele en blanco y negro del comedor, para ir a la pieza de la Olguita, que cuando así lo convenían dejaba su puerta sin llave. En público la Olga Riquelme y Osvaldo Bermúdez se hablaban cortésmente, como lo exigía el ambiente impuesto por la señora Panchita, como el estilo de su casa: familiar pero no confianzudo. Ahora, con lo de la tele propia, iba a ser más fácil tener vida privada sin andar buscándose por los rincones de la galería para ponerse de acuerdo si acudir o no esa noche a la cita galante. Claro que el hecho de que la pieza de la Olga quedara justo frente al excusado ayudaba a disimular: cuando Osvaldo iba a ver a la Olguita en la noche, siempre llevaba un rollo de papel confort en la mano como si se dirigiera al excusado. Una vez, serían las dos, el papá de Osvaldo comenzó a quejarse en ausencia de su hijo, tanto que don Walter Urzúa y su señora y sus dos niños despertaron, es decir, despertó la antipática de la chiquilla que despertó a su papá y a su mamá y a su hermanito, asustada, dijo, porque parecía que estaban torturando a alguien en la pieza de al lado. La señora de don Walter fue a despertar a la señora Panchita, que no encontró a Osvaldo en su dormitorio para atender a los ayes de su padre, lo que casi inició una pequeña conmoción nocturna. Por suerte no pasó a más: Osvaldo y la Olguita, estuvieran haciendo lo que estuvieran haciendo y a cualquier hora, lo hacían con la oreja parada por si las moscas, y Osvaldo alcanzó justo a meterse en el excusado antes de que a don Walter se le ocurriera ir a buscarlo allí.

—Es que parece que algo me cayó mal al estómago —explicó Osvaldo—. Y a mi papá también.

—¡Tan delicado que se les ha puesto el estómago desde que ven tele en colores! —observó la señora Panchita.

—¡Viejo de mierda! —estalló la Olga ante la Delia ese domingo después de la visita del médico—. ¡No lo puedo ver!

—¡Ay, Olguita, no hables así! ¡Pobre caballero! Nadie tiene la culpa de ser enfermo.

—Cada visita del doctor cuesta una fortuna —exclamó la Olga, cercenando con un mordisco la punta de su *hot-dog*, chorreándose los dedos con viscosos jugos de colores.

Las dos compañeras de pensión, compañeras también en la oficina central de Correos y Telégrafos, salían casi todos los domingos en la tarde al Paseo Ahumada a dar una vuelta y mirar las vitrinas y la gente, y a comer algo rico y tomarse una pílsener: un domingo invitaba una, otro domingo invitaba la otra, de modo que el gasto se equiparaba. Estas ocasiones eran las más propicias para las confidencias, porque tanto las paredes de la pensión como las de la oficina tenían oídos. La Olga Riquelme le contaba a la Delia —que nunca había tenido pretendiente porque era coja y por eso era tan tímida —que a ella, que era entradita en carnes y le gustaba pintarse y arreglarse y caminaba contoneándose un poco con unos pasitos cortitos de lo más sexy, alguna vez un empleado poco respetuoso la había atracado contra los sacos de correspondencia en un rincón, y tratando de meterle la mano por debajo de la pollera le resoplaba en el oído:

—Mijita rica... ¿Cuándo nos vamos a pegar un buen atraque los dos? Le tengo unas ganas, fíjese...

Pero generalmente eran chiquillos atrevidos no más, o viejos con ese olor parecido al olor del papá de Osvaldo. Cuando la pobre Delia consideraba lo atroz que

19

debía ser que le faltaran el respeto a una, la Olga Riquelme no se atrevía a confiarle que, al contrario, era más bien agradable; y que después que a una se le pasaba la rabia, una se sentía como liviana..., como esponjosita. Pero había uno, jefe en Avenida Matta, que cada vez que venía a rendir cuentas en la Central, la buscaba, y ella se escondía pese a que lo sabía propietario, pero la encontraba... y cuando comenzó a invitarla y a ofrecerle de todo, aunque era viejo y viudo, un domingo la Olga y la Delia tomaron una micro a la Gran Avenida para curiosear cómo era la casa del viudo, que quedaba por una de las calles transversales. En la micro de regreso la Olga declaró que no podría aceptar, aunque las intenciones del viudo fueran serias.

—¿Pero por qué, Olguita, por Dios?

—No me gusta ese barrio.

—Una no tiene edad para andar regodeándose —declaró la Delia con agudeza.

—Tengo otros planes.

—¿Lo de la casa propia? ¡Eso es para el Día del Juicio, pues, Olguita! No te hagas ilusiones, que con lo que ahorras, y aunque los mellizos Poveda se decidan por tu tele, no pasa de ser una ilusión.

Fue entonces —después del almuerzo, en una destartalada micro casi sin pasajeros, un caluroso domingo en que las calles parecían desiertas porque todo el mundo estaba viendo el partido— que la Olga Riquelme le confió sus cosas a la Delia. Tenía que comentarlo con alguien, exclamó, si no, reventaba... y una era tan sola, y las compañeras de oficina eran unas envidiosas que se iban a reír porque Osvaldo tenía un bolichito en la puerta de un caserón de la calle San Diego no más, donde vendía cigarrillos y caramelos y limaba llaves, y no tenía ni empleo ni profesión. ¡Pero por lo menos trabajaba en lo suyo, como si fuera propietario de su boliche! ¿A quién contárselo, en quién confiar, sobre todo ahora que no podía más con la tentación de lo del viudo, sino en la Delia, que era su mejor amiga? Que le jurara, eso sí, que por boca de ella nadie jamás iba a saberlo: ella y Bermúdez estaban comprometidos para casarse en cuanto falleciera el viejo de mierda del papá, que ahora se llevaba toda la plata en cuentas de médicos y en remedios..., una cosa de nunca acabar, que a ella la tenía medio loca. Pero a pesar de todo, Osvaldo era tan empeñoso que lograba ahorrar un poquito, lo cual, sumado a lo suyo, y colocado en la Financiera Super-Rent, iba aumentando. Si se casaban sería fácil ahorrar para el pie de la propiedad, puesto que entonces Osvaldo se trasladaría a vivir a la pieza de ella en la pensión, y así, con menos gastos, si no venía la crisis, y los despidos no aumentaban como todos temían que sucediera de un momento a otro, y trabajando bien el boliche, bueno, no era una ilusión *tan* descabellada que ella y Osvaldo llegaran a ser propietarios. Como oscurecía tarde porque era uno de esos días veraniegos en que los chiquillos andan con coronas de ramas de sauce en la cabeza y comen sandías sentados en las cunetas de las calles de las afueras, la Delia y la Olga tomaron el metro, y después otro bus que las llevó hasta un sector poco poblado de La Reina —a la Olga siempre le había apetecido el barrio alto—, y se internaron por los tierrales a examinar un brote de casitas, multicolores para disimular que eran todas idénticas, pero por lo menos rodeadas de unos cuantos metros de terreno donde cultivar unas flores y tener un perro. Ella y Osvaldo ya las habían ido a ver. Y preguntado precio y condiciones: con las facilidades de compra que daban ahora no era imposible que ella llegara a ser propietaria. No iba a estar haciendo leseras con mocosos atrevidos o con viudos cargados con un ceremil de hijos y nietos, si tenía esta bella ilusión que acariciar con Osvaldo. Claro que no podían decírselo a nadie por lo del papá, ya que todo dependía de que falleciera. Y eso sonaba feo. Y también por...

—¿También por qué, Olguita? *Tienes* que ser franca conmigo...

Le compraron dos Savory de chocolate al hombre del carrito que pasó tintineando. Ya oscurecía. Al bajar

21

por la calle Agustinas hasta la pensión en la Avenida Portales, la Delia lloró amargamente cuando la Olga le contó que hacía dos años que mantenía relaciones con Osvaldo. Al comienzo la Delia le dijo que la despreciaba, que quién sabe cuántos amantes había tenido en otras pensiones antes de llegar a ésta. La Olga, pensando mandarla a la mierda por cartuchona, se retuvo y optó por no hacerlo: si lo hacía, la Delia, en venganza, podía contárselo a todo el mundo en la pensión. Y como la moralidad era lo principal para la dueña de casa porque si no capaz que creyeran que la suya era una casa de un carácter muy distinto, la señora Panchita tendría derecho a echarla. Así, la separaría de Osvaldo, obligándola a cambiar de domicilio otra vez más y a perder el mínimo rebozo de relaciones en el hueco que había logrado hacerse, aunque fuera transitoriamente, en la pensión de la señora Panchita. Transitoriamente, porque cuando ella fuera propietaria no iba a convidar a su casa a cualquiera, no señor, ya que con seguridad encontraría gente muchísimo más interesante con quien relacionarse en su casita, le dijo amenazante a la Delia, que vio peligrar su posesión de una amiga íntima con casa propia y jardín, a quien visitar en los amables domingos del futuro. Angustiada, fascinada, la cojita le explicó que lloraba al chupar lo que quedaba de su helado porque le daba miedo y vergüenza todo eso y un poco de asco. ¿Cómo era esa cosa que tenían los hombres, y cómo se hacía, cómo se ponía una en la cama, y si la cosa se les ponía dura así de repente como esos pitos que los niños soplan para los cumpleaños que a ella siempre le habían dado tanto susto? ¿Dolía mucho? ¿No, nada? Que le contara todo, por favor, que le contara todo, mi linda, se fue acalorando la Delia, que yo no sé, y como soy coja nunca voy a saber nada, y las cuestiones del amor no pueden ser tan desabridas como en las películas. La Olga se dio cuenta de que la avidez de la Delia le había ganado una aliada incondicional porque de ahora en adelante dependería en forma

22

absoluta de su persona para alimentar la despoblada vida erótica de su fantasía.

La demolición de la casa en la que Osvaldo Bermúdez tuvo su boliche era un drama que tocó el alma de todos los pensionistas de la señora Panchita. Al encontrarse con él en los pasillos le sonreían con respeto, como a alguien al que hay que dejar solo con su duelo. A veces iban Osvaldo y la Olga, a veces los acompañaban la Delia o Aliaga, que era atacante porque se les pegaba todo el tiempo, a ver a los peones desmontando el tejado y las puertas, o con chuzazos y un empellón tumbar todo el tabique de papel floreado que había sido un pasillo. Finalmente, quedó sólo la fachada color rosa en pie, con sus siete aparatosas ventanas en el segundo piso, a través de las cuales se veían unas nubes correteando por el cielo despejado.

—Mala cosa —le dijo la adivina a Osvaldo, porque ella también solía acudir a presenciar las diversas etapas del desastre; parados en la vereda de enfrente mirando la demolición, él, al principio, no la reconoció sin su kimono multicolor y sus chanclos de marabú, creyéndola sólo una vieja intrusa y fumadora con el pelo recogido en un turbante plomizo.

—Esto nos va a traer la mala a todos.

En la cama, sin siquiera acariciarse porque hasta para eso hacía falta ánimo, la Olga se puso furiosa cuando Osvaldo le contó el augurio de la parca: debía estar informada, ése era su modesto oficio que ahora quizás en qué insalubre tugurio ejercía:

—¿Nos *va* a traer la mala? —casi gritó, pero en susurros, la Olga—. Si ya la trajo. ¿Qué más quiere esa vieja? ¿Cuánto tiempo llevas sin trabajo desde que te desalojaron? Meses. Yo no estoy dispuesta a mantener a ningún hombre. Con el desempleo y la crisis que hay ahora ni de barrendero van a querer tomar a un hombre de tu edad y sin oficio. Cesante, como me contaba mi mamá que era mi papá cuando joven, pidiendo comida de puerta en puerta con un tarrito y el paltó sujeto con un alfiler de gancho como cuando la crisis del año 30 del paco Ibáñez. Pero cuando mi papá murió de tifus exantemático, que era una peste que en ese tiempo mataba a la gente pobre y ahora, como están las cosas, capaz que vuelva, mi mamá no se dejó morir, no señor, tira para arriba la vieja, siempre tira para arriba y no sé cómo se las arregló para conseguirse una máquina de coser y arrendábamos una pieza que la vieja pagaba con costura, y cuando no podíamos pagar empeñaba su máquina, que era una Singer de las de mano, no de las de pedal, y pagaba la pensión con eso, y después no sé cómo se las arreglaba para rescatar su máquina, y comenzábamos otra vez en otra pensión. Pero el viejo era cesante, con su tarrito, nada más, igual a como vas a ser tú ahora que las cosas andan tan malas otra vez, dicen en la oficina, todo el mundo muerto de miedo que pase algo y quedar sin trabajo. ¿Cuánta plata tienes ahorrada? Cuenta. No seas tonto, así no, déjame contar a mí. Te alcanza apenas para la pensión para ti y tu papá para lo que falta de este año. Y menos si al viejo se le ocurre enfermarse...

Pero al viejo se le ocurrió enfermarse al día siguiente de esta conversación, y morir. Aliaga fue de gran utilidad en esta coyuntura porque trabajaba en la oficina del Cementerio Católico, donde pese a su juventud tenía una excelente posición: sabía de *muy* buena tinta que aunque hicieran la reducción de personal temida allí igual que en todas partes, él quedaría, porque no era ningún tonto y sabía muy bien cuáles eran los amigos que pesaban. Hizo dos o tres llamadas por teléfono —que la señora Panchita no le cobró, dadas las circunstancias— mientras velaban el cadáver en su ataúd en el dormitorio del cual el anciano casi no salía desde hacía años, rodeado de los pensionistas y sus niños, y de don Damián Marmentini, y de la adivina que quién sabe de dónde descendió con su enorme melena colorada y su vestido de loro, fumando y rezando el rosario con profunda voz teatral, sin que nadie se atreviera a dirigirle la palabra a tan asombroso pajarraco que los niños contemplaban boquiabiertos. Aliaga llamó a Bermúdez,

24

que rezaba junto a la Olguita, porque quería hablar con él afuera de la capilla ardiente.

—Todo del uno —le susurró Aliaga satisfecho.

—¿Cómo...?

—Cero problemas: conseguido el nicho.

Lloroso, Bermúdez le dio un abrazo, agradeciéndole el favor que le hacía ocupándose de esto.

—Para servirle, Osvaldo. Mire: aquí tengo el número, galería H, número 401, de temporales...

—¿Qué son temporales?

—Bueno, es la modalidad moderna de inhumar a los deudos. Se compra derecho a la ocupación del nicho por un tiempo y después de unos años...

—Claro. Por un tiempo. Mientras se pasa la pena y uno se olvida —casi le gritó Osvaldo en el pasillo, vacío porque todos los pensionistas se encontraban hacinados en la pieza de los Bermúdez—. No, no, yo no quiero esos nichos temporales para mi papá. Quiero una sepultura perpetua, no uno de esos hoyos terribles en la pared donde van cambiando a los muertos cada tantos años cuando la parentela se olvida de ellos, y los echan a la fosa común como si fueran basura. No, no. Mi mamá quién sabe dónde estará enterrada, la pobrecita. Mi papá nunca me lo dijo, y después, con la hemiplejía, cuando ya no hablaba y quise saber, no pudo contestar. No, a mi papá por lo menos yo no lo voy a dejar tirado. Quiero una sepultura perpetua para él, de donde nadie jamás vaya a poder sacar sus huesos.

Para no causar escándalo —los pensionistas curioseaban al verlos discutir en el pasillo; la Olga Riquelme no se atrevía a terciar en la discusión temiendo que la gente se diera cuenta del grado de intimidad que mantenía con los Bermúdez—, Aliaga y Osvaldo se encerraron en el comedor para parlamentar tranquilos.

¿Estaba loco?, le preguntó Aliaga. Una sepultura perpetua en el Cementerio Católico era una propiedad que podía costar poco menos que una casa, bueno, casi, un lujo que nadie como ellos podía darse y era una tontería. Él mismo le había escrito a su papá en Iquique y el viejo le recomendó que no fuera tonto, que mejor ahorrara para comprarse un autito porque hoy por hoy un auto, no una casa y menos una sepultura, revela la calidad de las personas. El Cementerio Católico, de acuerdo, era un cementerio de gran categoría, donde estaba enterrada la gente más rica de las familias más antiguas: pero era... ¿cómo decirle para que entendiera?, era un cementerio con escaso movimiento ahora, un poco pasado de moda porque claro, toda la gente rica de antes estaba muerta y el Cementerio Católico, para qué le iba a decir una cosa por otra, estaba casi lleno, aunque se pensaba ampliarlo. Era una lesera gastar tanto. Se lo decía él, Aliaga, un hombre realista y moderno. Pero Osvaldo, sordo a razones, ciego a cálculos, embrutecido por el dolor, insistió en comprarle una sepultura perpetua a su padre. Cuando Aliaga no pudo hacer más para convencerlo de lo contrario, sin avisarles a las lloronas que se quedaron velando al muerto, los dos se fueron al Cementerio Católico, donde Osvaldo Bermúdez pagó al contado el precio de una sepultura perpetua para su padre en uno de los patios más retirados y en una de las galerías más altas para que no le saliera tan caro.

OSVALDO despidió a la gente que los acompañó al cementerio, regresando a su pensión con Aliaga, con los mellizos Poveda, con don Damián Marmentini y con la señora Panchita al cuidado de los niños de don Walter Urzúa, que se habían puesto a chillar porque ambos progenitores estaban trabajando el mismo turno en la Fuente de Soda del Portal Fernández Concha y no iban a poder asistir. Ni a la Olga ni a la Delia les dieron la tarde libre en el Correo para acompañar el duelo.

Fue sólo en la tarde cuando Osvaldo llevó aparte a la Olguita para revelarle lo que había hecho. Ella, sin contestarle ni preguntarle nada se encerró en su pieza y no volvió a aparecer hasta la hora de la comida. Cuando esa noche Osvaldo fue a visitarla no estaba seguro si iba a encontrar su puerta abierta o cerrada. La encontró sin llave. Entró y cerró. Ella le susurró en la oscuridad que no se tomara la molestia de acercarse y menos de desvestirse... después de la imbecilidad que acababa de hacer, que considerara sus relaciones terminadas para siempre y, por favor, saliera inmediatamente de su pieza, que alguien podía darse cuenta. Pero Osvaldo no salió: se sentó a los pies de la cama de la Olga Riquelme para alegar la causa de su amor. Aunque con el corazón destrozado, porque ella no era de hielo —así se lo comentó después a la Delia—, lo rechazó terminantemente, resistiéndose a la tentación de prodigarle la ternura que ella sabía que en esa ocasión él ansiaba; ella era sólo capaz de dársela a alguien que fuera propietario, o que aspirara a serlo, como Osvaldo Bermúdez si no hubiera cometido la idiotez de gastar todos sus ahorritos en el entierro del viejo de mierda de su papá. Osvaldo, en cambio, tenía un sentido familiar muy extraño, quién sabe por qué, si era igual a ella no más, a todos ellos, a la gente común y corriente de la pensión que abandonando sus raíces en los barrios y los pueblos vino gravitando hacia el centro, que se los tragó: allí no importaba de dónde salieron ni dónde dejaron a sus muertos, con la consecuencia de que tampoco sentían el desvelo causado por la inquietud de dónde iban a quedar sus propios huesos porque eran víctimas de problemas más apremiantes: problemas como no saber si se las iban a poder arreglar para llegar desde el momento presente hasta la tumba. Que *ella*, la Olga Riquelme, tuviera un sentido de familia con su mamacita que casi se mató de tanto trabajar para sacarla adelante, eso sí. Pero *ni ella* se había preocupado de averiguar —y lloró con amargura al recordarlo— si había terminado o no el período a que los restos de su madre tenían derecho en el nicho temporal cuyo número ya no recordaba.

Para Osvaldo Bermúdez, después que rompió con la Olguita, fueron semanas duras las que siguieron al entierro de su padre. Arrastrando los pies por las hojas caídas de los plátanos otoñales del Parque Forestal, junto a la reja del río, escudriñaba la menguante columna de Empleos Ofrecidos del *Mercurio*, igual a otras figuras desteñidas que iba dejando atrás. Nada: sólo la respuesta de este vientecito helado. Y lo acometió la tentación de lanzarse al Mapocho, como tanta gente solía hacerlo, lo que además de anular todos sus dolores era la solución de qué hacer con su osamenta, que nadie reclamaría. Se sentó en uno de esos escaños nuevos, esos pintados de blanco igual que en las películas, que pusieron para que los pololos miraran el río y el cerro San Cristóbal. Aterida como un gorrión disminuido por el frío entre sus harapos grises, en el otro extremo del escaño dormitaba una persona inmóvil. Osvaldo iba a cambiarse a otro escaño para estar solo, cuando la mujer, que parecía vieja y dormida, le pidió un cigarrillo.

—Lo siento. No fumo.

—¿Y cómo no te agarró el vicio, tú que vendías cigarrillos? —le preguntó de entre sus bufandas la adivina, que Osvaldo rehusó reconocer porque no le gustaba esa mujer que se metía en todo.

Él se levantó para partir, respondiéndole:

—Suerte, no más.

—¿Adónde va? —le preguntó la vieja.

—A ver a mi papá que está en el cementerio.

Inclinándose, la adivina cogió del prado un diente de león y se lo entregó a Osvaldo:

—Toma. Llévale esta florcita amarilla en mi nombre. Y dale saludos míos: éramos *muy* amigos.

Osvaldo no fue al cementerio. Era demasiado larga la caminata. Poniéndose el diente de león en el ojal, donde no tardó en languidecer, se fue a su pensión porque por lo menos ahí no corría viento. Aliaga, eufórico, lo esperaba en la entrada: quería saber inmediatamente, si, era urgente sobre todo que la respuesta fuera *inmediata*, si aceptaría o no un trabajo en la oficina del cementerio. Un puesto bajo, claro, subalterno suyo —suche, para decirlo de una vez por todas, aunque ahora los llamaban *juniors*—, y aunque no ganara precisamente una fortuna al principio, por lo menos era algo después de tantos meses sin trabajo..., podía hacer carrera pese a las leseras que la gente ignorante decía sobre los que trabajan en el cementerio. Eso sí, tenía que contestarle sí o no ahora mismo: había una *cola* de gente esperando esta vacante producida en forma tan sorpresiva, y la pecha, con las cosas tan desesperadas como estaban, bueno..., era como para no creer lo que la gente era capaz de hacer con tal de conseguir pega. Pero él, Aliaga, sabía relacionarse, haciendo chistes, halagando a la persona precisa, vistiéndose como un maniquí, madrugando a los demás cuando se presentaba la oportunidad, como ahora: no perdía el tiempo metiéndose con cualquiera, y resulta que él y el curita, clave en el asunto, hacían muy, pero muy requete buenas migas. ¿Quiúbo, Bermúdez? ¿Sí o no? Era cuestión de minutos, de audacia..., de segundos, quizás, para llamar por teléfono ahora mismo y dar una respuesta afirmativa.

¿Qué diría la Olguita?, fue lo primero que alcanzó a pensar Osvaldo. ¿Por qué hoy no estaba a su lado, como en todo, para mirar sus ojos y saber si esto o aquello era digno de ella (en tiempos más felices se trató de que fuera digno de «ellos»; si tal actitud de alguien o tal presunción los menoscababa), si en este caso debía aceptar o no? ¿Y si resultara que le daba más vergüenza estar enredada con un empleado del cementerio que con un cesante?

—Sí... —se arriesgó a contestar Bermúdez, ya que uno siempre podía echar pie atrás si ese trabajo era tan codiciado como decía Aliaga, que corrió al teléfono con la respuesta afirmativa de su candidato; o si la Olguita arriscaba la nariz diciendo que era una porquería.

HABÍA papas con chuchoca de comida. Todos estuvieron de acuerdo en que eran demasiado pesadas para la noche. Pero la señora Panchita las hacía muy sabrosas y se repitieron. En la mesa —compartida con Bermúdez y con los mellizos Poveda—, Aliaga, hablando en voz muy alta, como con frecuencia lo hacía para que desde todas las mesas se oyeran sus propias loas a sus logros, comentaba las dificultades, hoy por hoy en Chile, para conseguir un trabajo como este que él —dependía sólo de una entrevista a efectuarse mañana, y él sabía cómo manejarla— casi seguramente le había conseguido a Osvaldo en el cementerio, con fondo de retiro y todo, o por lo menos eso le contaron; en fin, eran detalles. En lo que se refería a él, pensaba comprarse un mini rojo de segunda mano pero en regio estado y podrían irse juntos al trabajo. La Olga, en la mesa de los Urzúa, que aunque acababan de regresar de Costa Rica le cargaban porque los chiquillos le decían «tía» con la esperanza de que los convidara a ver tele en colores, lo oyó todo. Pero ni pestañeó. Esa noche Osvaldo fue a ver si la puerta de la pieza de la Olguita estaba abierta —se dio cuenta en el comedor de que ella recaudó todo lo que Aliaga dijo—, excitadísimo con la posibilidad de reanudar sus relaciones y disimulando su excitación con el rollo de papel confort, trató de entrar. Pero encontró la puerta cerrada. Llamó:

—Olga... Olguita...

—Shshsh... ¿Qué quiere?

—Déjeme entrar.

—Váyase. No tenemos nada de qué hablar, usted y yo.

Al fondo del pasillo vio aparecer la figura de Aliaga muy apurado. Osvaldo alcanzó a encerrarse en el *water* y echar el pestillo por dentro.

Aliaga intentó abrir. Al encontrarlo ocupado golpeó:

—Apúrese.

—Ya salgo.

—¡Ah!, ¿eres tú, Osvaldo?

—Sí.

—Estas famosas papas con chuchoca...

Osvaldo salió, merodeando un rato cerca de la puerta de la Olga y llamándola muy despacito sin obtener más respuesta que la orden de partir y dejarla tranquila porque quería dormir. Cuando sintió que Aliaga por fin tiraba de la cadena, Osvaldo se disimuló en un recodo del pasillo para dejarlo pasar. Volvió a la puerta de la Olga Riquelme tratando de explicarle lo de la entrevista de mañana, rogándole que le diera ánimo. La Olga iba a susurrarle algo cuando Osvaldo vio que desde el otro extremo del pasillo, la Delia, cojeando y con un rollo de papel confort en la mano, se apuraba hacia el excusado donde Osvaldo alcanzó a refugiarse. Cuando la Delia golpeó, él salió, diciéndole:

—Buenas noches, Delita...

—Buenas noches.

—¿Pesadas las papas con chuchoca, no?

—¡Tremendas!

Y se encerró adentro mientras Osvaldo susurraba por el ojo de la llave de la otra puerta:

—Olguita... Olguita... Ábrame...

Ella también se había acercado al ojo de la llave por el interior, diciéndole muy rápido y en voz muy baja:

—Váyase al tiro, que me está comprometiendo. La Delia acaba de entrar al *water* y le juré que jamás en mi vida me iba a relacionar con un hombre que no fuera propietario. Váyase, mire que la Delia, que es tan novedosa, debe de estar aguaitando por el ojo de la llave del *water* detrás de usted. Ya, Bermúdez, oiga, váyase...

—¿Y si mañana me va bien?

El corazón de Osvaldo saltó al oírla titubear:

—Me cargan los cementerios.

—¿Me promete que hablaremos, Olguita?

—Yo no vuelvo a prometerle nada a nadie, pero no estoy peleada con usted...

Osvaldo le lanzó un beso por el ojo de la llave. Apenas alcanzó a incorporarse cuando la Delia salió, y, al verlo, sorprendida, le preguntó:

—¿*Tan* mal le cayeron?

—Sí, fíjese.

Y Osvaldo volvió a encerrarse en el excusado hasta

que el campo quedó libre para deslizarse hasta su habitación.

LA ENTREVISTA fue un trámite breve y exitoso. Básicamente, adivinó Osvaldo Bermúdez, debido a que Aliaga lo habló todo él. Hoy era sábado a mediodía. Comenzaría a trabajar el lunes.

Por amable sugerencia del jefe, Aliaga acompañó al nuevo a recorrer las galerías más antiguas y prestigiosas del cementerio para que apreciara la calidad del sitio donde iba a trabajar. Encima de capillas con sus lápidas de mármol blanco tras las rejas, lucían los apellidos de los dueños del país. Frente a ellas, uno tras otro, se abrían los arcos a patios luminosos de plantas descuidadas como en los patios de las casas de los fundos, palmeras, diamelas, y era todo un poco pobre, como lo había sido siempre, pese al prestigio de las familias, y un poco descascarado y polvoriento, y tal vez por eso todo parecía tan natural. En este mediodía de esperanza todo se ordenaba bajo el manto benigno de la coherencia, cuya cola, por un instante, Bermúdez creyó vislumbrar: tanto la paz de la vida, que incluía a la inalcanzable Olguita y a los dos gorriones que vio besarse en el ángulo de un sarcófago monumental antes de emprender el vuelo, como la paz de la muerte, representad por una dama languideciendo de dolor a los pies de un Cristo sobre el altar de una capilla: Familia Soto-Aguilar Arriarán, leyó en el dintel.

—¿Qué fundo? —le preguntó Aliaga.

—¿Dije fundo?

—Anda harto rayado hace días, le diré, usted, Bermúdez. A ver si se despercude un poco más el lunes para que me deje bien. Le voy a confiar una cosa: usted causó *muy* buena impresión. Uno de los argumentos más poderosos que esgrimí en favor suyo fue que recién le compró una sepultura perpetua a su papá en este cementerio. Eso da clase, ¿me entiende?, y se toma en cuenta. No como si hubiera colocado a su deudo en un nicho temporal. Claro que su sepultura es de las más corrientes, pero de todas maneras. Capaz que haya resultado una buena inversión esa sepultura a pesar de mis consejos. Pero ¿cómo iba a adivinar que de repente, con lo asustados que andan todos con tanto despido, se iba a abrir esta oportunidad?

Aliaga, se dio cuenta Bermúdez, quedaba excluido de esta ligera, liviana sensación de orden de los patios que no era más que el polvoriento desorden de los veranos de otro tiempo, y de estas hermosas encarnaciones del dolor, como la del ángel lloroso elevándose sobre el altar de la capilla de los Elizondo Valledor; o la de la Virgen María dispensando su consuelo a un señor un poco gordo y bigotudo arrodillado ante ella en la capilla de los Valverde Solo de Zaldívar. No ponía atención a las palabras de·Aliaga, que ponderaba a estas familias. Estaba preocupado, ahora que el asunto del trabajo se había arreglado, con la amenaza de la Olguita de aceptar la invitación al cine hecha por un viudo propietario de una casa con jardín cerca de la Gran Avenida, noticia transmitida por la Delia esta mañana antes de salir. Pero la Gran Avenida parecía también quedar excluida de este orden de luz y sombra de los corredores del fundo, y de esta sensación de arraigo que lo había ungido durante su breve paseo que pronto iba a terminar, porque Aliaga se lo estaba diciendo:

—Ahora volvamos.

Y al regresar por el mismo corredor, ahora un poco más rápido porque se estaba haciendo tarde, Aliaga se detuvo ante una capilla, diciéndole a Osvaldo, a quien agarró de la manga:

—Mire, no se fijó en esta capilla tan linda...

Se detuvieron ante la reja: por dentro, la capilla era de mármol rojo —mármol de Verona, se llamaba ese mármol, explicó Aliaga; había sólo dos capillas de mármol de Verona en todo el cementerio, un mármol que ya no venía—, algunas de las lápidas guarnecidas con pequeñas guirnaldas de metal patinado.

—Bronce —explicó Aliaga.

33

—Juan Emilio Robles Sanfuentes, 1807-1888; Manuela de la Plaza de Robles, 1827-1899; Hermógenes Rodríguez Albano, 1861-1928; Javiera Robles de Rodríguez, 1879-1965; Mariano Murray-Robles, 1920-1967; Victoria Robles de G. —leía Osvaldo.

—¿En qué se quedó paveando? Vamos, pues, Bermúdez.

—¿De qué familia es este mausoleo? —preguntó Osvaldo, alerta de nuevo, elevando su mirada al dintel donde leyó antes de que Aliaga pudiera contestarle—: Familia Robles de la Plaza... ¡Bah!, el segundo apellido de mi mamá era Robles.

—Sí, pero no se pase, pues, Bermúdez; no va a estar emparentado con los Robles propietarios de este mausoleo. Estos Robles eran mineros, de Ovalle, súper millonarios, que tuvieron que ver con la construcción de no sé qué ferrocarril...

—Claro, a Limarí.

—¿Y cómo sabe usted? No, no creo que fue a Limarí. Fue el ferrocarril a Combarbalá...

—Es el mismo.

—¿Usted cree que lo sabe todo, oiga? En todo caso, estos Robles eran gente súper rica, así que no creo... Hace tiempo que no entierran a nadie aquí, mire, quedan nada más que dos nichos vacíos sin nombre.

—Mi abuelita era de Ovalle.

—¿Y qué tiene que ver Ovalle?

—¿No dijo que eran de Ovalle?

—No. De Coquimbo.

—Puede ser. Pero había una casa de fundo y un patio con una diamela: esos arbustos que dan unas florcitas fragantes, malvas y blancas en la misma rama, y un pino muy grande, y como estuve jugando debajo de la diamela me pegaron porque ensucié el trajecito de marinero blanco que me acababan de regalar. Creo que no volvimos más.

Aliaga andaba como rabioso y apurado. Se separaron, Osvaldo para volver a la pensión, Aliaga para regresar a la oficina: como era sábado tenía que traspasarle el papeleo a los que les tocaba turno esa tarde; esta semana a él le tocaba turno el domingo por la tarde, que era una lata.

Parecía buena gente el nuevo, le comentaron.

—Sí. Pero medio siútico. Se levanta el tarro que está emparentado con los Robles de la Plaza, esos mineros de Ovalle del mausoleo de mármol colorado.

—¿Los del D5-77?

—Claro.

—Se pasó, oye...

—¿Por qué no dice que está emparentado con el viejito pascuero también?

Lo PRIMERO que hizo Osvaldo al llegar a la pensión fue dirigirse al comedor. Sin siquiera responderle a la señora Panchita, que estaba poniendo las mesas para el almuerzo, cuando le preguntó cómo le había ido en la entrevista se llevó la guía de teléfonos y se encerró en su pieza con ese volumen. Afuera de su ventana pasaban los autos, los camiones ensordecedores cuyos efluvios asesinaban a las mustias plantas de la Avenida Portales y erosionaban la pintura de otras fachadas como aquella en la que él cerró sus propios postigos. Robles. Robles. ¡Tanto Robles! ¡Qué apellido tan corriente! Casi una página entera. Unos —debían ser los ricos— figuraban con direcciones en Apoquindo y en Vitacura, y uno hasta en Kennedy. Los otros, la mayoría, vivían seguramente en calles como éstas, en habitaciones con cortinas polvorientas como las suyas, que no eran suyas más que porque las habían abierto y cerrado durante doce años, él y su padre, pero la propietaria era la señora Panchita. Robles Salcedo, Pedro. Robles Santelices, Pedro. Robles Savona, Pedro Pablo. ¿Qué buscaba? ¿A quién? Aspas de luz y colores vertiginosos se confundían en el molinete infantil que le regaló la misma señora perfumada que le regaló el traje de marinero blanco y lo obligó a comer la sopa de letras incoherentes, igual que estas que bailaban revueltas..., pero el perfume de esa señora era muy distinto a la colonia de su padre, que aunque ahora era pasado había sido únicamente estrecho y ahogante presente: el efímero olor a colonia barata, el pañuelo blanco asomado en el bolsillo del pecho, el cumplido otorgado a una linda hembrita que ni lo miraba... ¿Qué más? Olvidó el número de la tumba de su madre: enmudecido por la hemiplejía, que lo borró todo. ¿Para qué recordar, decía? La vida es un tango, chiquillo, y tu madre una pesada, la pobre, que se le ocurrió enamorarse de mí. ¡Y para qué decir tu abuela! Su padre, antes de la hemiplejía, había cancelado todo futuro, además del pasado, porque no hizo provisión alguna para que el futuro lo recibiera en forma que no fuera provisional. Estrecho, estrecho el presente paterno, las uñas cuidadas de los dedos que revolvían las cartas del dominó en algún bar, el lustrabotas de todos los días que lo idolatraba, el raído terno cuyos pantalones prendía con alfileres en la raya de la plancha al colgarlos sobre el respaldo de la silla, cuidadoso de una perfección necesariamente transitoria como ésa, y la cháchara con los vecinos, la política de oídas, el Pino, el Chicho, el Paleta, el León, el olor a colonia desvanecida sobreviviendo en el dormitorio, pese a que con la hemiplejía la colonia fue el primer gasto que se eliminó: Robles Torres, Robles Tuñón, Robles... ¿Qué sacaba con buscar si no sabía qué buscaba?

La señora Panchita golpeó su puerta:

—¿Osvaldo?

—Sí.

—Está listo el almuerzo.

—Gracias, señora Panchita. Hoy no voy a almorzar.

—¡Qué pena! Todos están preguntando por usted para felicitarlo.

—Estoy cansado, gracias. Voy a dormir.

—¡Qué lástima! A la hora de la comida, entonces...

¿Cuántas veces lo había retado la Olguita por desplomarse con la chaqueta y los zapatos puestos cuando llegaba que no podía más de agotamiento con el trabajo en el boliche, y se quedaba dormido un rato, y después se presentaba en el comedor con el traje arrugado? Ahora, sin siquiera soltarse el cinturón, se durmió abrazado a la guía de teléfonos. Fue un sueño pesado, ese sueño, sueño sin sueños, sueño cancelador que eliminaba todo un trecho de su conciencia. Su despertar enérgico reventó la delgada costra de su sueño para florecer con la certeza de que él pertenecía a algo que el estrecho presente de su padre le había escamoteado. Existió un pasado distinto a los cuartos amueblados en pensiones malolientes en que fueron transcurriendo las etapas del presente que su padre mantuvo tan mezquino, tan precario..., pero su futuro no tenía para qué seguir sintiéndolo porque la guía de teléfonos abrazada estallaba de Robles de todos colores y tamaños, entre los cuales su humillada abuela Robles, sí, Robles con todo el pasado sólido de Ovalle apoyándola, insultaba a su padre, despachándolo a gritos, maldiciendo el día en que su hija me conoció..., él se iba con las manos en los bolsillos silbando «La Chica del Diecisiete»... y su padre volvía cuando su abuela se quedaba dormida de tanto llorar, volvía porque él no la odiaba pese a los insultos, no estaba dispuesto a malgastar su menguada provisión de presente en emociones tan comprometedoras como el odio: eliminaba a esa gente haciendo aún más mezquino su presente, más sin futuro. Osvaldo sólo recordaba a su madre llorando por las peleas de su marido con su propia madre, y después riendo risitas furtivas y viscosas encerrada con su padre en piezas cada vez más sombrías y comiendo comidas cada vez más aceitosas. Su madre, que podía ser una pantera para proteger a su marido de los sollozos de orgullo de Robles herido de su propia madre, era una gatita en manos de él: de él que con la suavidad olorosa de sus manos la había arrancado de un pasado familiar para llevarla, y a Osvaldito con ella, a estas variaciones sobre el tema del aislamiento que eran las distintas piezas arrendadas en que había muerto su madre, crecido él, y vivido y muerto, prolongadamente, su padre. Robles Concha, Robles Cordovez. También podía haber una enormidad de gente con segundo apellido Robles. ¿Cómo encontrarla en ese pozo que era la guía? ¿Qué personas quería encontrar para que le contaran quién le había regalado el trajecito de marinero blanco que estaba prohibido ensuciar, y para no ensuciarlo estaba prohibido bajar del corredor al patio, igual al del cementerio, para jugar bajo la diamela del patio de una casa de un fundo, quién sabe dónde? Cuando la señora Panchita le golpeó la puerta Osvaldo escondió la guía debajo de su cama, temeroso de que le arrebataran ese catálogo de personajes de un pasado posible.

—A comer, Osvaldo.

—Gracias, pero hoy no voy a comer, señora Panchita.

—No almorzó. Se va a morir de hambre si no se sirve nada.

—Estoy cansado.

—La gente está preguntando por usted.

—Me voy a dormir al tiro.

—Qué pena...

—Buenas noches, señora Panchita.

—Buenas noches.

Alguna vez, muy de vez en cuando, emergían de la miseria de las pensiones con cielos rasos de yeso amarillento para visitar a inciertos parientes ricos que, decían, querían mucho a su madre aunque no soportaban al indeseable que llevó a la tumba a la pobre tía Victoria Robles —¿a la tumba? ¿A qué tumba? ¿Dónde estaba esa tumba? ¿Dónde iba a estar la suya? ¿Y la de la Olguita?—, la pobre tía Victoria que además de casarse con un santo pero pobre sin remedio y enviudar al año, tuvo la desgracia de que su única hija, que podía haber sido una señorita, cometiera la idiotez de casarse con un hombre con el que era mejor no tener nada que ver. ¿Dónde había abandonado su padre los huesos de su madre? ¿En qué patio? ¿En qué cementerio? Era seguro que no le compró un nicho perpetuo, sino uno transitorio, como todo lo suyo. Le dieron permiso a su madre para instalar un boliche en la entrada de una de sus múltiples propiedades de renta, de modo que la hija de la tía Victoria Robles, sí, Robles, casada con quien fuera con tal de no tener que soportarlo, no se muriera de hambre. Sí: estos parientes de su madre eran los dueños de la casa que demolieron privándolo a él de su independencia. ¿Cómo se llamaban estos señores? Se había olvidado: surtió efecto la lección de su padre que le inculcó su preferencia por no tener pasado. Así, su vínculo con este mausoleo de mármol de Verona se perdió.

Pero no para siempre. Osvaldo se levantó. Con el pelo revuelto y con un número de teléfono anotado en un papel corrió al comedor. Entró directo al teléfono sin saludar a nadie pese a los brindis que lo acogían desde las mesas, a las risitas de la Delia y la Olga chinchoseando con una gata romana recién parida, al ceño fruncido de Aliaga, a los chiquillos de don Walter Urzúa cantándole «*Happy Birthday to you...*»

Llamó por teléfono a don Damián Marmentini. ¿Estaban vivos? ¿Los conocía? ¿Cómo se llamaban? Iba a tener que llamar a la adivina, le dijo don Damián, él no se acordaba pero ella debía saber. Osvaldo memorizó el número de teléfono de la adivina y la llamó.

—José Luis y Fabio Rodríguez, Fabio es el cura —dijo ella.

—¿Rodríguez qué más?

—Rodríguez Robles, pues, de los Robles de Ovalle. Son primos hermanos de tu mamá, que en paz descanse la pobre. ¡Cómo no voy a saber la historia de los Robles, y cómo perdió la plata tu abuela! Claro que ya le llegó muy dividida porque eran doce los Robles de la Plaza, todos peleados entre ellos. Pero, en fin, tú ves que los Rodríguez Robles, pese a todo lo que los estafan, y lo tontos que son, siguen cada día más ricos.

Se había hecho un silencio en el comedor. Y en medio del silencio sonó la afirmación final de Osvaldo:

—Claro, Fabio y José Luis Rodríguez Robles, primos de mi abuela Victoria Robles de G., que es García, el primer apellido de mi mamá. Mi abuela y mi bisabuela, entonces, están sepultadas en el mausoleo de mármol colorado. Yo soy Osvaldo Bermúdez García-Robles.

Al colgar se quedó mirando desafiante a los pensionistas: algunos con la cuchara de sopa suspendida entre el plato y la boca, otros comiendo sin comentar nada. La Delia y la Olga, por su régimen para adelgazar, masticaban unas desabridas galletas compradas en una farmacia. Aliaga se había trasladado a la mesa de ellas durante la ausencia de los Poveda, que se fueron a pasar las vacaciones de invierno en Curanilahue: movió la cabeza como dándole a entender a sus amigas que el pobre Osvaldo estaba completamente cucú. Al verlo salir del comedor, con inclinaciones de la cabeza que evidentemente no iban dirigidas a nadie en particular, la Olga Riquelme respondió a lo implícito en el gesto de Aliaga.

—Siempre ha sido un poco.

—¡Y yo que lo encontraba tan corriente en su trato! Si no, jamás lo hubiera recomendado. Y resultó ser un siútico, creyéndose más que sus compañeros.

—¿Cómo va a ser corriente una persona a quien se le ocurrió comprarle una sepultura perpetua a su papá? —preguntó la Olga Riquelme.

Experto, Aliaga levantó un dedo para corregirla, diciéndole que quizás eso fue lo único cuerdo que hizo en su vida, por pura chiripa, claro: causó tan buen efecto entre los eclesiásticos, que fue una de las razones más poderosas por las que lo contrataron.

—No será para tanto —objetó la Olga sin levantar la vista de la punta de sus dedos de uñas rojas, haciendo bolitas de miga de pan sobre el mantel.

Cuando Aliaga le dijo la cifra del sueldo que ganaría Bermúdez, la Olga Riquelme levantó los párpados un segundo y al bajarlos aplastó salvajemente la bolita de miga de pan sobre el mantel con el índice, levantándose de hombros como diciendo, en primer lugar, que no le importaba ni un comino y, en segundo lugar, que no era más que un sueldo de porquería.

Rodríguez Robles: aquí figuraban, en la calle Vergara, Fabio y José Luis. ¿Por qué no le decía algo más sobre ellos esta guía maldita? ¿Cuántos años tenían? ¿Cómo eran sus caras? ¿Compartían algún rasgo con él o con su madre? ¿Eran simpáticos o antipáticos? ¿Estaban dispuestos a reconocerlo como parte de su arriago, convidarle un mendrugo de origen con que trascender el aislamiento del presente, anónimo y ciudadano, que su padre le propuso como única opción? Anotó los nombres, la dirección, el teléfono, tan precariamente unidos a él que si no los anotaba se desvanecerían al instante, y el frágil vínculo volvería a esfumarse. Una vez anotadas estas escuetas informaciones lanzó la guía a los pies de su cama y se quedó dormido con el papelito apretado en un puño.

Debe de haber sido tarde esa noche cuando una mano suave, tocándole la frente, lo despertó: esa mano lo había rescatado de un sueño muy profundo que no recordaba, para hacerlo acceder a un círculo más próximo a la superficie luminosa del sueño, donde las cosas eran más definidas. Osvaldo estiró la otra mano, no la que aferraba la cifra de sus vínculos sobre su corazón: una pierna de carne, de seda deslizándose familiar entre su mano y la piel que acariciaba. La pierna que al comienzo creyó brindada, se retiró bruscamente:

—Por favor, respéteme, Osvaldo —susurró la Olga Riquelme—. Me atreví a venir a su pieza contando con que usted es un caballero y que sabe portarse como tal. Vengo porque le ofrecí a Aliaga hablar con usted para que tenga más cuidado.

—¿Prendo la luz? —le preguntó él.

—Mejor. Para evitar malentendidos.

Ella, en bata, acercó una silla a la cama donde había dormido el padre de Osvaldo, en la que él fue a sentarse, su escaso pelo revuelto y su traje arrugado. Entonces la Olga continuó:

—Conviene que lo piense bien, porque se está jugando un futuro que no es malo. No se puede decir que sea como para volverse loco, pero en fin. La señora Pan-

41

chita tiene en el fondo de la casa unas piezas chicas. No hay razón, ahora que se murió su papá y usted le compró la sepultura, ya está, qué le vamos a hacer, pero ahora no hay razón para que siga viviendo en la pieza más grande y más cara de la pensión. La señora Panchita me dijo que esas piezas del fondo son muy baratas. Y con su sueldo..., bueno...

—¿Volver a comenzar otra vez?

La Olguita bajó los ojos:

—¿Por qué no?

Osvaldo la besó ligeramente en los labios. Sentados uno frente al otro, rodillas con rodillas, él dejó caer la mano en que tenía empuñado el papel del vínculo sobre su propia rodilla, mientras su otra mano indagaba bajo la seda de la bata en el otro muslo.

—¿Qué es eso? —le preguntó la Olga tomándole el puño, y agregó, sonriéndole—: ¿Secretos con su Olguita?

Osvaldo retiró su puño violento ahora, y la mano que le acariciaba el muslo, de pronto tirana y poderosa, se adueñó sin transición de su mayor intimidad. Violada, la Olga se puso de pie:

—¡Asqueroso! —le silbó—. ¡Lo único que les importa a los hombres! Usted es un roto, oiga. Me voy.

—No, no se vaya, Olguita —imploró Osvaldo, poniéndose de pie y estirando hacia ella sus brazos, una mano abierta y la otra empuñada.

La Olga agarró el puño siniestro con las dos manos, hundiéndole sus uñas de barniz saltado en la muñeca, arañándole el dorso de los dedos, haciéndolos sangrar, torciéndoselos, luchando contra él para que le mostrara ese emblema terrible que escondía su esencia misma, hasta que ambos cayeron jadeantes sobre la cama, separados por la mano ensangrentada de Osvaldo, por fin abierta, el papelito arrugado en su palma. Ella lo tomó, leyendo:

—«Fabio y José Luis Rodríguez Robles, Vergara 334, teléfono 88966.» Lo que me figuraba. ¿Quiénes son?

—Unos parientes míos.

—¿Quién le dijo que eran parientes suyos?

—Una adivina.

Durante un segundo la Olga Riquelme lo miró incrédula, e inmediatamente después lanzó una carcajada. Si ella misma no se hubiera tapado la boca con las dos manos habría despertado a toda la pensión, pero quedaron sus lágrimas de risa, y los estremecimientos de su cuerpo, que fueron amainando. ¿Una a-di-vi-na? ¡Entonces era verdad lo que Aliaga temía, que estuviera un poco tocado! ¿Una adivina? ¿Y él, que era un hombre grande, le *creía* a una adivina? ¿Por qué en vez de desvariar, no se daba cuenta de que su deber era causarle buena impresión a Aliaga? ¿Por qué ahora que se abrían de nuevo ciertas posibilidades le había dado esta locura que estaba poniendo en peligro su reputación en el cementerio antes de integrarse a su personal y poniendo en peligro…, bueno…, quería decírselo de nuevo…, poniendo en peligro la posibilidad de que ambos llegaran a unirse y ser propietarios?

—Pero… ¿cuál es mi locura?

—Todo este asunto del mausoleo de los Robles.

—¿Entonces, sacrificarlo todo para ser propietaria, como usted, no es locura?

—Claro que no.

En ese momento Osvaldo se rebeló. ¡Que lo dejara tranquilo! ¡Que locura o no, él iba a ser quien quería ser! Ya había muerto su padre que le imponía una conducta y un mundo que no eran los suyos. ¿Y si él, Osvaldo, tuviera otras aspiraciones, otras inquietudes, que ni Aliaga ni ella comprendían? ¿Por qué iba a tener que ser siempre asible, usable, disponible, rentable, dócil? No. Él ni sabía qué era lo que quería. Que lo dejaran tranquilo para ser loco. ¿Qué más loco que ella que creía que la salvación consistía en llegar a ser propietaria?

Había apagado la luz en un momento que después ninguno recordó, para así pelear en susurros, medio tendidos en la cama, discutiendo, ella ahora enfurecida: ¿Por qué se creía con derecho a tener aspiraciones distintas a las de los demás habitantes de la pensión? ¿Se creía superior a ellos? ¿No era igual a todos no más, un roto, sí, un roto que no conocía otra cosa que pensiones y piezas amuebladas, sin derecho más que al mísero deleite de unos buenos porotos viejos reposados y a la bendición de la tele? Que no se viniera a creer tanto, todos sabían qué clase de hombre fue su padre. Y por borrosos parentescos que reclamara por parte de su madre, estaban encerrados en un pretérito desactivado por el olvido y el rechazo. No eran algo vivo y mirando el futuro, como ella.

Furioso con la afrenta de no dejarlo ser más de lo que ellos le permitían porque otra cosa no les cabía en la imaginación, indignado ante la voluntad de reenrollarlo en el carrete insignificante de su padre, tiró a la Olga de un empellón sobre la cama que había sido suya. Sin besarla en la boca, igual que a una puta, la penetró con repentina y renovada potencia vengativa, sin que la Olga se atreviera a armar un alboroto porque podían echarlos de la pensión. Ella interpuso, sin embargo, todas las dificultades que sabe interponer una dama enardecida por los celos de cosas que la excluyen, hasta que terminó, agotada de tanto amor, pidiéndole perdón a Osvaldo, ya no sabía por qué ni de qué, ni él tampoco sabía por qué le exigía y le volvía a exigir que se rebajara. Osvaldo la mandó:

—Dime cómo me llamo.

En el silencio veteado por los ronquidos de los habitantes de los distintos dormitorios, la Olga Riquelme desenterró desde el fondo de su amor la certeza de cuál era la fantasía tan dolorosamente necesaria a la cual Osvaldo le estaba implorando, no, exigiendo que se sumara:

—Osvaldo Bermúdez García-Robles —suspiró colmada.

Sólo entonces él la besó en la boca, y se quedaron dormidos uno en los brazos del otro.

Ese domingo la Olga Riquelme ni divisó a Osvaldo, que salió temprano de la pensión sin dejar dicho dónde iba. Y ni siquiera dijo si iba a volver a almorzar, se quejó la señora Panchita, a quien le gustaba saber para sus cálculos de comida: raro, comentó, porque Osvaldo era tan considerado.

Aliaga se había hecho el propósito de tener una conversación seria con su amigo antes de que se integrara a su trabajo en el Cementerio Católico al día siguiente, que era lunes, con el fin de advertirle que sus fantasías de relación con la familia Robles podían causar pésima impresión. Pero Aliaga tampoco sabía nada de él.

—¿Qué le pasa, Olguita?

Ella dejó caer el peso de su cuerpo desalentado al sentarse al borde de su cama. Aliaga la escuchaba, las manos metidas en los bolsillos de su buzo porque en las mañanas de los domingos le gustaba salir a trotar en la Quinta Normal. En el pasillo enriquecido con el aroma del pino para las empanadas dominicales que la señora Panchita preparaba en la cocina, los bulliciosos chiquillos de don Walter Urzúa jugaban a los inidentificables juegos aprendidos en el exilio. Pese a que serían cerca de las diez y pleno día, la luz del velador de la Olga Riquelme iluminaba la taza de café enfriado y a medio tomar y el fantasma fucsia de sus labios impreso en el borde. Rompió a sollozar, sonándose los mocos y limpiándose el rimmel corrido por las lágrimas con un pedacito de papel confort rosado. Sí. Sí. Lo quería. ¿Por qué no lo iba a querer? ¿Por qué nadie se molestaba en darse cuenta de que hacía años que lo quería? ¿Era por el egoísmo de la gente, o por pura envidia? ¿O porque ellos, ella y él, eran tan poco merecedores de amor que postular a esa relación parecía absurdo? ¿O sólo porque pese a la falta de vida privada en la pensión maldita, donde nadie podía eructar en la habitación vecina, o tener un mal sueño, o recibir una carta o una visita o un telefonazo sin que todos supieran al instante, o supusieran el contenido de esos grises accidentes, a nadie le importaba un reverendo rábano lo que le pasaba

45

al otro? Sí. Lo quería. Y ahora se había ido sin decirle nada... ¿Adónde? ¿A juntarse con amigos que ella no conocía, esos misteriosos amigos del trabajo con que se juntan los hombres, quizás amigotes conocidos en tiempos del boliche, que se lo iban a quitar? ¿O donde esos parientes que lo tenían tan impresionado que a ella no se los presentaba?

—¿Qué parientes?

—Unos señores Robles, primos de su mamá.

—¡Ya estamos con los famosos Robles otra vez! —gritó iracundo Aliaga, disponiéndose a partir a la Quinta.

—No se vaya... —imploró la Olguita.

¿A quién le iba a contar sino a él, tan buen amigo que le había conseguido un trabajo? Ese trabajo, por mezquino que fuera el sueldo, significaba que ellos iban a poder ser propietarios un día de éstos, y pensar en casarse en una fecha no tan lejana. Lo malo era que Osvaldo se había puesto tan raro desde que le compró la sepultura a su papá. Y llegó tan sumamente raro de la entrevista de ayer, que más parecía que hubiera fallado que triunfado. O peor... ¿si, ahora que tenía un empleo fijo, dejaba de quererla? ¿Había secretarias en el cementerio? ¿Y esta monomanía de la familia Robles que le había dado tan de repente, insinuándole la existencia en él de regiones que ella no controlaba y a las cuales —estaba claro por su partida esta mañana sin siquiera despedirse de ella— no pensaba darle acceso? ¿Tenía miedo de que ella no les cayera bien a sus parientes, en caso de que no fueran los espectros de una locura?

—No existen —afirmó Aliaga.

—¿Por qué está tan seguro que no?

Aliaga le explicó entonces a la Olga quiénes fueron los famosos Robles, mineros de Ovalle en el siglo pasado, constructores de ferrocarriles, importadores de casas completas desarmables desde Francia para su comodidad, de mausoleos de Italia para su eterno reposo: le contó la reacción que había tenido Bermúdez ayer en el cementerio cuando le mostró el mausoleo de los Robles. Pintándose los labios mientras lo escuchaba atenta, la Olga creyó oportuno cruzarse un poco más su bata. Pero no era necesario, se dio cuenta: su interlocutor se había acalorado tanto explayándose sobre la peligrosa arrogancia de Osvaldo, arrogancia incluso comprometedora para él, que nada parecía tener realidad para Aliaga fuera de su rabiosa sensación de que Osvaldo se creía con derecho a vincularse con ese mausoleo. Era necesario, era urgente en realidad, antes de que se presentara a su trabajo mañana, convencerlo de que estas pretensiones podían poner en peligro su puesto.

—¿Es para tanto, entonces, el famoso mausoleo?

Aliaga le confesó a la Olga que sí: primoroso, una obra que los artesanos de hoy, y menos los artesanos nacionales, serían incapaces de repetir. Ella no comprendía, le confesó, que una tumba fuera para armar tanta alharaca por mucho que estuviera construida con ese mármol de nombre tan raro, y rodeada de tumbas de personajes importantes o aristócratas que a ella la tenían sin cuidado. Aliaga aguantó la respiración un minuto. Después, mirándola a los ojos y apuntándola con el índice acusador al extremo del brazo estirado, le preguntó con voz tétrica:

—¿Cuánto tiempo hace que no visita a sus seres queridos?

—¡Ay, Aliaga, no me asuste!

—¿Cuánto tiempo hace que no visita a sus seres queridos? —repitió él, serio, y luego, risueño, bajó el dedo y explicó—: Es el *slogan* del *poster* del cementerio nuevo, ese a todo lujo que van a inaugurar. Lo fui a visitar. Es precioso. Dicen que lo van a anunciar igual por la tele, con un *spot* de un hombre señalando con un dedo acusador: «¿Cuánto tiempo hace que no visita a sus seres queridos?»

—¡Qué tontería esta que les ha dado a todos con el asunto de los cementerios! ¡Hay que ver! ¡Hasta en la tele! Lo que es yo, hace años que no me aporto por un cementerio. Acuérdese que no me dieron permiso en la oficina para acompañar a Osvaldo al entierro de su papá.

—No es tontería, no crea. ¿No se ha fijado en los avisos económicos del *Mercurio*? ¡Cantidades de tumbas y mausoleos antiguos que se solicitan y que se ofrecen en venta, súper caro! ¡Y le diré que se los *pelean*!

DESPUÉS del almuerzo —las empanadas estaban ricas y la Olga sintió que Osvaldo no tuviera ocasión de probarlas— aprovechó que la Delia no se sentía bien y se iba a quedar en cama todo el día para dejar que Aliaga la convenciera de acompañarlo al Cementerio Católico, donde a él le tocaba turno ese domingo en la tarde. No es que sus argumentos la hubieran convencido, ni que esperara que nada que viera allí fuera a hacerla perdonar sus idioteces a Osvaldo, su falta de caballerosidad anoche, por ejemplo, y para colmo desaparecer y dejarla botada, hoy domingo. Como no tenía nada mejor que hacer aceptó la invitación de Aliaga.

Al bajarse de la micro Pila-Cementerio en la esquina de Recoleta, entre el tráfico de autos y micros atestadas de gente que iba a llevarle flores a sus seres queridos, la Olga pensó que ella, aun en el caso de que se hubiera propuesto hacerlo, no podría llevarle flores a su mamacita. Antes de salir con Aliaga escarbó entre sus pocos papeles y consultando una agenda vieja comprobó que, desde hacía dos años, los huesos de su madre ya no ocupaban el nicho temporal, sino que yacían confundidos con los huesos de otros en otro sitio al que su pensamiento no quería llegar para no ponerle el verdadero nombre. Iban a cruzar al cementerio. La Olga retuvo a Aliaga, diciéndole:

—¡Tengo sed!...

—¿Me acepta que la invite a servirse algo? —le preguntó él, comprobando en su reloj que le faltaban veinte minutos para comenzar su trabajo.

Entraron en un bar frente al cementerio desde cuya ventana, donde ocuparon una mesa, se veía a la gente afligida que dedicaba su domingo a honrar a sus muertos, quizá previo a ir a ver una película en la sesión de la tarde, o al estadio.

—¡Oye! —llamó Aliaga al mozo.

—Diga, no más, caballero.

—¿Qué se sirve, Olguita?

—Una papaya Nobis.

—Que sean dos.

ESPECIALIDADES DE HOY: AJIACO. CAZUELA DE VACA. BISTEC CON TALLARINES. La gente con sus manojos de flores entraban y salían por esas letras blancas, leídas al revés, pintadas con brea en el vidrio: sí, observó la Olga, entraban por la O de AJIACO, se deslizaban por la estrechez entre las dos eles de TALLARINES, pero, sobre todo, desde donde ella estaba sentada, todos los que salían del cementerio tenían que hacerlo por la mirilla de la V de CAZUELA DE VACA: apuntar sobre ellos... pun... pun a los facistas, como jugaban salvajemente los chiquillos de don Walter Urzúa..., matarlos a todos, dejarlos a todos tendidos con un agujero de juguete en el pecho, sepultarlos en la fosa común del cementerio, clausurarlo por lleno, rasarlo y construir un gran parque de atracciones sobre ese terreno en que los fantasmas cabalgarían en los caballos de los carruseles y los esqueletos gritarían de júbilo al sacarse un premio en una rifa.

—¡Osvaldo! —exclamó la Olga Riquelme al verlo aparecer en la mirilla, conversando con otro caballero.

—¿Dónde?

—¿No lo ve?

—No.

—Saliendo del cementerio, pues, con don Damián Marmentini. ¿Se acuerda que estuvo en el velorio? Amigo de Osvaldo, de los tiempos del boliche: es abogado.

—¿Abogado? Puchas, ahora que se está emparentando con los Robles no va a querer andar más que con abogados y doctores y corredores de propiedades, y a usted y a mí, Olguita, ni nos va a mirar.

—¡Ay, qué es pesado, oiga, Aliaga! No tiene por qué decir eso.

—Que no nos vea en este bar rasca, le va a dar vergüenza —insistió Aliaga pagando, y una vez afuera se despidió de la Olga porque ya le tocaba su turno, y mejor que Osvaldo mismo, no él, le mostrara su propiedad...

—¿Propiedad? —casi gritó la Olga, mientras Aliaga, que no la oyó, cruzaba haciendo cachañas con su cuerpo finito, de hombros y caderas estrechas, entre los autos y bocinazos y frenazos de las micros, en dirección a la puerta del cementerio.

Desde su vereda la Olga veía a don Damián y a Osvaldo aparecer y desaparecer y reaparecer entre los puestos de flores, cuyo olor le estaba produciendo náuseas, de modo que los flatos de la papaya Nobis le devolvían el gusto de las empanadas del almuerzo. Disimulándose entre los kioskos repletos de crisantemos, el corazón escapándosele del pecho, la Olga corrió para apostarse en la esquina, esperándolos, donde al cruzar la calzada para tomar la micro, no podían sino toparse con ella. ¿Cómo explicar su presencia allí? ¿Había ido a ver a su mamacita, a dejarle flores al viejo de mierda del papá de Osvaldo, a acompañar a una amiga de la oficina? No importaba, ya se le ocurriría algo, lo importante era que Osvaldo la viera, que la incluyera en su misteriosa desaparición dominical después de lo de anoche, que no la excluyera de su conversación con don Damián Marmentini, que seguramente versaba sobre su propiedad porque los tenía tan absortos que por un instante la Olga temió que al pasar junto a ella ni siquiera la vieran. Pero don Damián la vio:

—¡Olguita!

—Buenas tardes.

—¡Olguita! —exclamó recién entonces Osvaldo.

—¿Qué anda haciendo por aquí?

—Es que tuve que venir a...

—¿Quiere acompañarnos a servirnos algo? —la invitó galante, don Damián.

—¿Vamos, Olguita? Sí, acompáñenos. Pero usted lo vio clarito en el registro, don Damián: dice *cuatro generaciones*, y *yo* soy la cuarta.

—Si no le digo que no, Osvaldo. Pero necesita papeles para probar que su propiedad del mausoleo es judicialmente válida. ¿Entremos aquí? ¿Qué se sirve, Olguita? Dos papayas, mozo, y un tinto de la casa para mí. Pero va a necesitar mucho papeleo, Osvaldo, y además, coimear de lo lindo y conseguirse influencias. Tendría que empezar por buscar su propio certificado de nacimiento. ¿En qué comuna está inscrito? ¿Ve? Ni eso sabe. Y después, el certificado de nacimiento de su mamá y el de matrimonio con su papá, y quién sabe en qué fecha y dónde nacieron y se casaron... y quizás hasta el de su abuela..., gastos de nunca acabar, y tendría que estar haciéndose un viajecito a Ovalle...

—No puede ir a Ovalle —intervino la Olga— porque mañana entra a trabajar en el cementerio.

—Y quiero advertirle, Osvaldo, que ése sería sólo el principio de los trámites legales. Piénselo bien antes de meterse en este asunto. Claro que ser propietario de ese mausoleo a todo lujo, cuando todo el mundo anda como loco firmando letras para comprarse tumbas del porte de una estampilla que valen una fortuna, claro, no puedo negarle que es una gran oportunidad.

Don Damián se despidió porque iba al hipódromo: por suerte no quedaba lejos. El día estaba nublado pero no frío, con escasa luz. El cerro Blanco, como un forúnculo ciudadano, limitaba la vereda de enfrente, calvo, feo, estéril, inútil. En silencio —la Olga consideró la posibilidad de hacer pucheros pero se abstuvo por una sensación de que el momento le iba a presentar otras opciones— caminaron hacia cualquier parte dejándose arrastrar por el aburrimiento dominical. Pronto la Olga se dio cuenta de que ese «hacia cualquier parte» era de regreso al cementerio después de dar un rodeo. En un kiosko Osvaldo compró un manojo de Reinas Luisas. «Para su papá», pensó la Olga dispuesta a impedirle ese gesto dispendioso, pero alcanzó a detenerse meditando que éste no era el momento ni el lugar apropiado para hacer una escena. Lo acompañó por las galerías cubiertas del cementerio. Alrededor de los primeros patios se ordenaban, espaciosas, regulares, las capillas con nombres ilustres inscritos sobre la reja de las puertas. En los patios crecían diamelas, floripondios, palmeras, algún pino que no prosperó. Poca gente, iba pensando la Olga, y a ella los apellidos ilustres la tenían tan sin cuidado que no sabía distinguir entre los que lo eran y los que no: se trataba, simplemente, de un problema que jamás había rozado su existencia, y que no creía que rozara la vida dc muchas personas, fuera de aquellas a quienes el asunto concernía. No es que fuera insensible a la fascinación de las señoras elegantes en las revistas, tanto que ella fue la primera en la pensión que declaró que era una lástima que la hija de la princesa Grace no se hubiera casado con un príncipe sino con un cualquiera, y la Farah Dibah, tan dije, la pobre, y tan buena. ¿Pero esto? ¿Qué tenía que ver todo esto con esas luminarias? ¿Estas paredes descacaradas, estas flores secas en jarrones trizados, estos candados inertes seguramente desde hacía decenios, estos modestos techos de calamina? No podía negar, eso sí, que comparado con las paredes de muchos pisos repletos de nichos que como panales se alzaban al otro extremo de algunos patios, estas capillas, proporcionalmente, tenían la prestancia de las grandes mansiones del barrio alto, a veces estropeadas por edificios de poca categoría levantadas cerca: ella los conocía, esos conjuntos habitacionales, porque en su ambición de ser propietaria había visitado algún departamento piloto, y desde sus ventanas pudo contemplar los grandes espacios verdes de baja densidad de población de los jardines de los ricos, su asombrosa placidez bajo la lujuria de los crespones púrpura y lila florecidos junto a las piscinas.

—Ésta sí que es bonita —dijo la Olga, deteniéndose ante una capilla del doble de la dimensión de las otras.

Osvaldo se detuvo junto a ella sonriendo.

—¿Le gusta?

—Sí, porque es de mármol colorado, no blanco como las otras. Y tiene adornitos de bronce. Y es más grande.

—Es la mía.

—¿La suya?

—Y la suya si quiere, Olguita. Mire, hay dos nichos desocupados. ¿Se fija que están los huecos abiertos siendo que en los demás hay lápidas con nombre? Las lápidas de mármol de Verona correspondientes a estos huecos están almacenadas aquí en el cementerio, y si yo logro probar que soy la cuarta generación y no hay nadie que los reclame, esos dos nichos son para mí. Mire. Lea: Familia Robles de la Plaza. Y ahí, en esa lápida de arriba: Victoria Robles de G., es decir de García, o sea mi abuela. Yo la alcancé a conocer cuando era chico. Una vez me llevó de visita donde la parentela en un fundo. Peleaba mucho con mi papá, que se reía de ella porque le decía que era un roto y a él eso no le importaba. Mi mamá era García Robles. Yo soy el último, creo. Este mausoleo es mío.

Y en la cadena que cerraba la reja colocó el ramo de Reinas Luisas para honrar a sus mayores, a los que hacía tanto tiempo tenía olvidados, y ellos a él. La Olga Riquelme se asustó un poquito: las Reinas Luisas eran de esas tonalidades del rosa al lila y al morado y al púrpura que, desde las torres aún deshabitadas donde fantaseaba poder vivir algún día, había divisado en los jardines de las grandes casas del barrio alto en esos árboles tan lindos que se llaman crespones..., crespones: luto, lila, morado, y este espacio lujoso donde descansar para siempre. ¿Dónde descansaba su mami? Sus restos revueltos con los de otros no podían descansar, no, igual como en esas unidades habitacionales que desde los jardines de sus mansiones los propietarios veían alzarse intrusas en sus horizontes particulares, no podía existir ni el orgullo ni la comodidad. Ser propietaria de un nicho-departamento en una atestada pared no era, en el fondo, ser propietaria de nada; en cambio, ser propietaria de un mausoleo-de-mármol-mansión-con-piscina, eso sí que era ser propietaria de veras. Pero no estaba segura de nada. Reverente, agarrado a la reja, Osvaldo iba leyendo los nombres familiares que deseaba compartir con ella y que ella los hiciera suyos. La Olga Riquelme temió que la parentela de Osvaldo no quisiera acogerla. Al salir del cementerio, en cambio, del brazo de Osvaldo —como si ya fueran marido y mujer— la acometió la certeza terrible, y terrible por lo nueva, de que si era verdad y no una locura que Osvaldo tenía derecho a este mausoleo espléndido, entonces no iba a ser necesario *comprar* nada para ser propietario, porque —si se casaban— *siempre habían sido* propietarios.

AL COMIENZO la Olga Riquelme prefirió no decirle nada a la Delia. ¿Para qué antagonizarla con algo tan maravillosamente insólito y fuera de todo lo razonable como el mausoleo? Y sintió orgullo al verse capaz de una conducta tan generosa, ahora. Pero también andaba preocupada por otras cosas: Aliaga ya casi no le dirigía la palabra a Osvaldo, que se pasaba toda la tarde con don Damián Marmentini y casi no llegaba a comer. Lo peor era que a la Olga le había dado una especie de respeto que le impedía atreverse a interrogar a Osvaldo, como lo hubiera hecho antes de ver el mausoleo. Sentía como si él hubiera dado algo como un paso definitivo para insertarse en otro mundo, un mundo relacionado con grandes transacciones y viajes, con campañas políticas de las que ahora ya no había, con almuerzos con el candidato en el club de su provincia, compra y venta de vehículos y casas y tumbas y aparatos de alta fidelidad y teléfonos y tal vez valores, oro, bonos, cosas de las que la gente hablaba pero misteriosas para ella porque era un mundo al que las mujeres —especialmente las esposas —no tenían acceso. Ella había divisado desde lejos ese mundo de hombres solos hablando de negocios en la puerta del café Haití en el

Paseo Ahumada: nunca dejaba de preguntarse de qué podían estar hablando tan concentrados esos caballeros, qué cosas, exactamente, se jugaban en esas discusiones que terminaban con un apretón de manos o con unas palmadas en la espalda. Estaba segura de que los dos se reunían en algún sitio parecido al café Haití para hablar del mausoleo: don Damián era muy de palmotear la espalda. No podía dejar de confesarse que le producía cierto orgullo pensar a su Osvaldo en ese mundo tan asertivo, con el que Aliaga, claro, no tenía nada que ver: él era sólo un empleado, como ella. Y ésta era la verdadera razón, adivinó la Olga Riquelme, por la que Aliaga andaba como resentido con Osvaldo.

Vio a Osvaldo tan absorto en este mundo masculino de las transacciones a que lo había arrastrado don Damián Marmentini, que en las noches, pese a que ella le dejaba su puerta sin llave, rara vez acudía ahora a visitarla. A veces la despertaban los pasos de alguien que iba al excusado, y entonces su pobre corazón latía de esperanza. Dos o tres veces, es cierto, Osvaldo acudió a su lecho. Pero se comportaba de una manera muy distinta al cariñoso Osvaldo de otros tiempos: se metía en la cama rápidamente, hacía lo que tenía que hacer, y después se iba sin quedarse a comentar sus cosas con ella, como antes. La Olga supuso que así debían de ser todos los hombres preocupados por sus negocios porque decían que algo que llamaban «el mercado» iba a caer, tan agobiados por papeleos y compromisos enteramente viriles que no los podían compartir con la mujer nostálgica, en los largos cuchicheos sobre las amables menudencias del día.

—¿Qué le pasa con Bermúdez? —le preguntó una tarde la Olga a Aliaga.

—¿A mí? Nada.

—¿No andan peleados?

—¿Peleados? ¿Por qué vamos a andar peleados?

—No sé. Decía yo, no más, como ahora los veo tan poco juntos...

—Es que como ahora no se junta más que con abogados y notarios para discutir cosas de familia y de derechos y de papeles y qué sé yo qué cuestiones, bueno, no sé..., supongo que usted sabrá más que yo sobre todo este asunto...

—¿Qué asunto?

—Mire, Olguita, yo a usted le tengo mucho aprecio porque es una persona sencilla, como yo, así es que mejor que se lo diga: toda la gente del cementerio está furiosa con Osvaldo y de rebote conmigo. Llega tarde al trabajo, a veces falta o pide permiso para salir media hora antes. Y cuando está allá lo único que hace es recibir a don Damián Marmentini que se lo lleva metido en la oficina y los tiene cabreados a todos con sus cosas. ¡Viera! Al principio nos reíamos de Osvaldo por lo siútico. Pero ahora las cosas están pasando a más y ya no saben qué hacer con él.

—¿Qué tiene de particular que se preocupe del mausoleo de su familia? —preguntó la señora Panchita, que estaba poniendo las mesas para la comida y oyó esta conversación—. ¡Ojalá una tuviera esa suerte! Aquí en la pensión todos le encontramos la razón a Osvaldo. Los mellizos Poveda fueron a aguaitar y dicen que el mausoleo es una cosa verdaderamente maravillosa. Yo voy a hacerme un tiempecito para ir a verlo con la Delia cuando se levante. Y la señora de don Walter me dijo que en otros países...

—¿Y a mí qué cresta me importa lo que diga esa comunista de mierda? —gritó Aliaga, saliendo del comedor con un portazo que dejó reverberando los vidrios de toda la pensión.

—Él es el que está raro, no Bermúdez —dijo la señora Panchita—. ¿Cómo será lo bien que está Osvaldo, que su tío José Luis Rodríguez Robles lo llamó por teléfono para dejarle recado que no se olvidara de ir a tomar té en su casa el jueves?

ESA NOCHE, Osvaldo abrió la puerta del dormitorio de la Olguita y acercándose a la cama en la oscuridad, la acarició, cuchicheándole con la misma dulzura que antes. Después del amor, abrazados aún, la Olguita le preguntó a Osvaldo si era verdad lo que la señora Panchita le había contado: que estaba invitado a tomar té con sus parientes ricos el jueves. Él respondió que era verdad, pero que no sabía si iba a poder ir.

—¿Cómo va a despreciar una invitación así?

Osvaldo la apretó en su abrazo. La besó en la boca, dulcemente. Le acarició el interior de los muslos, lenta, prolongadamente, como sabía que le gustaba. Después, de repente, la dejó, y tendiéndose junto a ella sin tocarla, con las manos cruzadas detrás de la cabeza cerró los ojos: ella le preguntó qué le pasaba. Le respondió que nada. Tenía preocupaciones muy grandes, de dinero sobre todo, con las que prefería no molestarla a ella que tan generosamente se ofrecía para compartir sus preocupaciones, como compartían, y como compartirían, todo.

—¿Y la plata que tenía ahorrada? —quiso saber la Olga.

—Ya no me queda casi nada.

—¿Pero está loco? ¿En qué la ha gastado?

—Los trámites están costando más caros de lo que creímos.

—¿Qué trámites?

—Los del mausoleo.

—¿Don Damián?

—Don Damián. Tiene el asunto casi listo. Pero necesito irme a Ovalle a buscar una fe de bautismo, y si no voy personalmente, nadie lo puede hacer; mandar a don Damián, con lo aficionado que es a comer bien en los restoranes, me costaría mucho más caro, y a mí no me queda... nada...

—¿Nada?

—Nada.

Cuando Osvaldo, a continuación, le pidió a la Olga que por favor le prestara plata para este viaje de tres o cuatro días a Ovalle, ella se enfureció. ¡Todo era una locura tan, tan grande por aspirar a cosas que la gente como ellos no tenía derecho! ¿Y su trabajo? ¿Se proponía dejarlo por tres días cuando ella sabía de buena fuente que pensaban echarlo? ¿Iba a despreciar la invitación de sus parientes Rodríguez Robles para tomar té con ellos el jueves? ¿Y ella, que había estado ahorrando todo lo que podía, con los mayores sacrificios, y que tenía su platita metida en unos fondos mutuos que le daban un interés de cuatro por ciento que aumentaba su capital, iba a tener que sacar su plata y reducir sus intereses para que él cumpliera con un sueño, una ilusión loca, una tontera, una absurda fantasía?

—¿En qué financiera? —le preguntó Osvaldo.

—En la Super-Interest.

—La Super-Interest va a quebrar en una semana más. Don Damián, que sabe mucho de esas cosas porque tiene muchos amigos, me lo dijo. Con el reajuste del precio del dólar, que tiene que venir en cuestión de días, todo el mundo anda aterrado sacando su plata de las financieras y comprando cosas o mandándola al extranjero si puede. Me dijo ayer no más que le aconsejara sacar su plata de las financieras, que están cayendo como moscas, si no quiere perderlo todo.

—¿Y qué vamos a hacer?

—Usted dirá, pues, Olguita.

La Olga comenzó a lloriquear porque no entendía nada. Pero Osvaldo le dijo que don Damián decía que nadie entendía nada..., tenía algo que ver con la política, parece, y con este asunto de la recesión mundial, que también era difícil de entender. A ella ya le habían bajado los dividendos de la Super-Interest, pero no tanto como para asustarse. Don Walter decía lo mismo que don Damián, pese a que don Walter había sido del MAPU, y don Damián se preciaba de ser Chicago Boy. ¿Cómo no tener miedo, ella, ellos, tan chicos, cuando se sabía que los grandes también tenían miedo? ¿Cómo no ver que todo se estaba viniendo abajo después de los intereses tan altos de hacía un año, que le prometieron seguridad eterna aun a ella, que jamás se había atrevido a aspirar a tenerla? Osvaldo consoló a la Olguita, acariciándola, enjugándole las lágrimas en la oscuridad, asegurándole que don Damián le había dicho que en estos momentos, como estaba el mundo y el país, lo único que valía la pena tener, lo único donde la plata estaba segura, era en propiedades... y ellos, sí, ellos *ni siquiera iban a tener que comprar una propiedad*, sino simplemente reclamar lo propio..., sería una locura no llevar todo esto hasta sus últimas consecuencias.

—¿Vamos a ser propietarios de veras, entonces?

—De veras.

Y cuando Osvaldo abandonó la habitación de la Olga esa noche, lo hizo con la firma de su novia en el libreto de la Super-Interest para pedir un rescate. La Olga ponía en sus manos el pequeño capital que guardaba para comprar una casa. Él lo iba a gastar juiciosamente en un viaje a Ovalle, y don Damián colocaría el resto en otros fondos mutuos que a él le merecían más confianza que los Super-Interest.

—Salió a comprar pasaje en el avión de las once a La Serena —dijo la señora Panchita cuando la Olga se levantó para ir al comedor a tomar su desayuno.

—¿En avión?

—Sí. ¿Se imagina? En avión. Qué miedo, ¿no?

La Olga estuvo nerviosa todo el día, no sabía si por el terror —y el respeto— que le producía el hecho de que Osvaldo volara, o por la incertidumbre general, y por su dinero. El jefe de la sección de Avenida Matta, que como era viejo y tenía romadizo no se portó cargoso con ella esta vez, le confirmó sus temores: sí, este país se iba a la mierda con las intervenciones en los bancos y las quiebras de las financieras, y lo que es él, con lo cara que estaba la vida, el sueldo ya no le servía para nada. Con lo único que podía contar de veras, aunque se decía que los precios iban a bajar, era con su propiedad cerca de la Gran Avenida..., esa propiedad que él tantas veces le había puesto a sus pies.

Cuando la Olga llegó de regreso a la pensión después de su trabajo, se fue a tejer a la pieza de la Delia, que desde hacía veinte días estaba con permiso médico, enferma de hepatitis. Tenía por lo menos para un mes

más de cama y se lo pasaba llorando: la Olga le prestó
su televisión en colores para que se entretuviera y con
eso ya no se sentía tan abandonada; por lo menos, los
chiquillos de don Walter Urzúa, y a veces la señora
Panchita, iban a acompañarla. Esa tarde no la tenía
prendida. Estaba triste, la Delia: el día era lluvioso, y
con la lluvia le dolía su cojera. Su pieza era interior, y,
le dijo a la Olga, ella no tenía perspectivas como las
suyas: un hombre bueno y con trabajo que la quisiera,
ahora una familia que seguramente la iba a acoger con
gusto, y un mausoleo que decían que era una preciosura donde dejar descansando sus huesos junto a los de
su ser más querido. Ésas eran realidades, cosas tangi-
bles, reconfortantes, con las que ella, por desgracia, no
podía contar. Y si a la Olga se le iban sus pesos con las
ruinas de las financieras, tal como predecía don Damián,
a ella ya se le había ido todo lo ahorrado con esta
enfermedad tan terrible porque era tan sin asunto y
tan larga que en esta etapa ya ni siquiera enfermedad
parecía. Golpearon la puerta de la pieza de la Delia. La
Olga fue a abrir.

—¡Ah!... es usted, Aliaga, pase...

—Pase..., pase, no más, y gracias por su visita a
una pobre enferma —lo acogió la Delia desde la cama,
contenta de ver a cualquier persona: hacía tanto tiempo que estaba en cama que era como si la gente hubiera
ido olvidándola, borrándola, y si bien al principio acu-
dían a acompañarla, ahora hasta los chiquillos de don
Walter se hacían de rogar para ir a verla si el programa
de la tele no les gustaba.

—Con usted quiero hablar —le dijo furioso Aliaga a
la Olga.

—Por favor, sea más educado, oiga, mire que está
en la pieza de una enferma que necesita reposo.

—¿Sabe que Bermúdez no se presentó al trabajo esta
mañana y ni siquiera avisó?

—Sí sé.

—¿Y sabe que lo van a echar, y creo que a mí también?

—No se asuste tanto —repuso la Olga, impávida, sentada a los pies de la cama de la Delia sin interrumpir su tejido.

—¿Por qué hoy no fue a la oficina?

—Tenía una diligencia que hacer fuera de Santiago.

—¿Dónde?

—En Ovalle.

—¡Eso está muy lejos!

—Se fue en avión.

—¿En *avión*? —gritó Aliaga.

Con esto, se descompuso en acusaciones e improperios. ¡Qué se creía este Bermúdez —¿James Bond?— viajando en avión, cuando apenas tenía para el boleto en la micro Pila-Cementerio, tanta plata debía! Todos lo odiaban por creído, por farsante, por siútico, por... por todo, sí, lo odiaban. Había dado órdenes de limpiar y renovar de arriba abajo el mausoleo. ¡Era un ladrón!, gritaba Aliaga despeinado, temblando de ira y agitando las manos. Se estaba *robando* un mausoleo que no le podía pertenecer, eso es lo que estaba haciendo. ¡Y si era dueño, entonces que pagara las reparaciones, que pagara las lápidas de mármol que mandó grabar! Como los marmolistas le iban a cobrar a él, a Aliaga, si Bermúdez no aparecía con el pago, les dio orden de no grabar nada. ¡La plata que debía Osvaldo por todo esto! ¡Era un salteador de caminos, un ladrón! ¡Y si no cancelaba esa cuenta enorme, bueno, él iba a tener que sacar la cara por Bermúdez en el cementerio, cosa que no estaba dispuesto a hacer!

—¿Con qué nombres dijo que las grabara?

—¿Grabara? ¿Que grabara qué?

—Las lápidas, pues, Aliaga, las lápidas —le recordó la Delia.

—Osvaldo Bermúdez García-Robles; y la otra, Olga Riquelme de Bermúdez García-Robles.

—¿Los marmolistas cobran por lápida o por letra? —quiso saber la Olga.

—Letra.

—Entonces que en la mía diga Olga R. de Bermúdez

García-Robles. Es al Bermúdez García-Robles a lo que hay que darle importancia porque es lo que nos relaciona con la familia. ¿No te parece, Delia?

—Claro.

—¡García-Robles, desde cuándo! ¡Hasta a usted la contagió con la siutiquería, Olguita, a usted que era tan sencilla!

—¿Cuánto le debe Osvaldo a los marmolistas por el trabajo?

—Voy a ir a calcular tomando en cuenta la alteración que usted me pide.

—Muy bien —terminó la Olga—. En un cuarto de hora lo espero en el comedor. Delia, voy un ratito a mi pieza a buscar mi libreta para cancelarle todo lo que le debo a este... este roto impertinente. ¡Y usted, jamás se atreva a decir que un Robles es un ladrón! ¡Y menos Osvaldo, que es un santo y jamás le ha robado un cinco a nadie!

La Olga Riquelme pidió que le dieran la tarde libre del jueves en la oficina, a cuenta de sus vacaciones. Quería tener tiempo para prepararse para acompañar a Osvaldo a tomar té en casa de sus tíos. La noche anterior la había convencido de que aceptara hacer la visita con él en calidad de novia:

—¿De novia? —preguntó la Olga en la oscuridad de la cama.

—¿No somos *casi* propietarios?

—Sí.

—¿Entonces, por qué no vamos a ser *casi* casados, o sea, novios? —repuso él, encendiendo, después de un beso, la luz del velador.

De encima del mármol tomó un paquetito que había dejado allí antes de meterse en la cama. Se lo entregó a la Olga. Ella lo desenvolvió, e incrédula, abrió el estuche: una alianza de oro reposaba sobre un cuadradito de raso celeste. Se le llenaron los ojos de lágrimas y apretó a Osvaldo, susurrando:

—No podía imaginarme.

—A ver... póngaselo. ¿Y tampoco se imagina vestida de blanco, entrando a la iglesia? ¿Y tampoco se imagina que somos propietarios del mausoleo? ¿Por qué nosotros no vamos a tener derecho a cumplir con estos sueños? Dice don Damián que si el anillo no le queda bien, que se lo devuelva y me lo hace cambiar por otro de un número más grande. Me lo consiguió a muy buen precio con unos turcos que tienen una joyería en la calle Bandera arriba, amigos suyos: en el centro costaría el doble. Mañana me va a traer el mío.

Y claro, cuando mostró su alianza en la oficina, todos la felicitaron muy contentos, porque la Olga Riquelme era una compañera simpática, siempre de buenas, así es que no le costó nada conseguir que le dieran esa tarde libre aunque los demás iban a tener que trabajar por ella. Les explicó:

—Es que vamos a hacerle la visita de estilo a unos parientes de mi novio. Con ellos tenemos que finiquitar los trámites para una propiedad que la familia va a poner en manos de nosotros.

La Delia, que también había pedido la tarde libre para ayudar a arreglarse a su amiga, en la micro que las transportaba a la Avenida Portales, iba tan excitada que a cada rato acariciaba el anular de la Olga, lustrándole la alianza con su propio pulgar: la Olga le prestó el anillo un rato a la cojita para que se lo probara. Le quedaba de lo más bien, y la Delia, retirando un poco su mano, contempló su anular engalanado con la más bella promesa del mundo, haciendo que la alianza relumbrara al sol.

Antes de partir a la oficina esa mañana, a la hora del desayuno en el comedor, como quien no quiere la cosa, la Olga le mostró su anillo de compromiso a la señora Panchita para probar cómo reaccionaba: la dueña de casa, entonces, embargada por el sentimiento, se lanzó a sus brazos asegurándole que siempre había soñado que se celebrara un matrimonio en su pensión, y ahora ella, que era un amor y se arreglaba regio y a la última moda, iba a casarse con Osvaldo Bermúdez, su pensionista más antiguo y más querido. ¡Qué dicha tan grande!

Cuando la Olga regresó de su trabajo a mediodía, la señora Panchita le sirvió un almuerzo liviano, la mandó a dormir siesta para que no estuviera nerviosa porque eso causaba mala impresión, diciéndole que cuando despertara le iba a tener listo un baño caliente y champú y talco, y después, entre ella y la Delia, le iban a poner los rulos, a peinarla y a maquillarla. ¿Qué se pensaba poner?

—Pensaba ir muy sencilla, con mi traje sastre azul marino.

—Claro. Pero tiene que ser con una blusa linda.

—Una de esas con vuelitos en el cuello, como se usan ahora, sería regio.

—Pero yo no tengo.

—Yo tengo una color lila, de seda, que compré en la *Duty Free* en el aeropuerto de Panamá cuando nos volvimos —dijo la señora de don Walter Urzúa—. Es linda, de Taiwan. La tengo lavada. No, no, gracias, no voy a comer huesillos para así apurarme y dejársela planchada antes de irme a la Fuente de Soda. ¿Me presta la plancha, señora Panchita?

—Al tiro se la traigo.

—Y también el secador, que lo vamos a necesitar —le recordó la Delia.

—¡Uy! —exclamó la señora Panchita—. No me está funcionando muy bien.

—Tráigalo no más —dijeron los mellizos Poveda—. Nosotros tenemos rebuena mano para arreglar esas cuestiones.

Después de la siesta y el baño, sentada frente al espejo con una montaña de rulos sobre la cabeza, mientras la Delia le pintaba las uñas y la señora Panchita le depilaba las cejas, las tres mujeres hacían planes. No era cuestión de comprar traje de novia, aunque sí de casarse de blanco y con velo: don Damián sabía dónde arrendaban unos vestidos preciosos y las tres podían ir a elegir uno mañana después del trabajo. Y en cuanto quedara la propiedad del mausoleo bien establecida, según lo que dijeran los tíos esta tarde, y refrendada por el papeleo que tenía listo don Damián y el albacea de los hermanos Rodríguez Robles, anunciarían oficialmente el matrimonio para dentro de quince días —¿o mejor diez, o una semana?—, y entonces Osvaldo podía cambiarse con todas sus cosas a la pieza de la Olga. Este arreglo, declaró la señora Panchita, le convenía mucho también a ella porque entonces quedaría vacante la pieza más grande de la pensión —don Damián le tenía una candidata estupenda como pensionista—, y también les convenía a ellos, la nueva pareja, porque así no pagarían más que la mitad de lo que estaban pagando. La Olga le echó una mirada de temor a la Delia al darse cuenta de que la dueña de la casa parecía saber mucho más de lo que debía saber, pero pasaron el asunto por alto y asintieron sin confesiones ni aclaraciones ni escenas.

La señora Panchita con la Delia se quedaron comentando cuando Osvaldo pasó a buscar a la Olga —ella misma, con sus blancas manos, le había planchado su mejor camisa al novio; los mellizos Poveda le convidaron colonia; a la salida, los chiquillos de don Walter les cantaron «Happy Birthday to you...»—, que nadie podía negar que la Olga Riquelme iba hecha una reina. No cabía la menor duda de que le haría una impresión maravillosa a la familia Robles, a la que estaba a punto de incorporarse.

En la tarde, mientras esperaban el regreso de la pareja, don Damián, que llegó atrasado, trajo no sólo la alianza de Osvaldo, sino a la adivina para ver si le convenía la pieza que fue de los Bermúdez: era una anciana frágil y tiritona, la cabeza enrollada en un trapo como una toalla descolorida que le ocultaba el pelo; sólo dos patillas rojo vivo, a ambos lados de la cara, sugerían el fuego de su gran melena escarmenada y la extravagancia del vestuario y el maquillaje de su profesión.

—Sí. Me conviene mucho esta pieza —dijo—. Es

grande, así puedo arreglar esta parte como un saloncito, separándolo de la cama con un biombo japonés que tengo. Y queda al lado de la entrada, lo que es más discreto para mi clientela, que como muchas veces se trata de personajes muy encopetados prefieren mantener su incógnita.

—¿Qué clientela? —le preguntó la señora Panchita—. En esta casa no se pueden tener industrias ni negocios. Es una residencial, de ambiente familiar, donde vive gente sencilla y tranquila.

Cuando la parca le explicó su exaltado trabajo y convidó a la señora Panchita a pasar al comedor para tirarle el tarot que extrajo de una imponente cartera de hule negro, que quién sabe qué otros instrumentos de magia podía contener, se dejó seducir sólo momentáneamente por las predicciones de triunfos, ventura, riqueza y amores. Se dio cuenta de que por muy fascinante que fuera tener a una adivina en su casa, iba a correr el peligro que se transformara en una fuerza tan poderosa que podía arrebatarle la autoridad sobre su establecimiento, igual a sí mismo durante veinte años, y ya era demasiado tarde para cambios y para amores propios, aunque no para amores ajenos. Después de la partida de la adivina, cuando le estaba comunicando su decisión negativa a don Damián para que le transmitiera su rechazo a esa señora, recomendándole que lo hiciera del mejor modo posible porque ella no deseaba verse enredada en las venganzas de los astros, llegó Aliaga hecho una tromba.

—Me voy de aquí.

—¿Pero por qué, Aliaga, por Dios? —le preguntó la dueña de casa.

—No puedo seguir conviviendo con esta gente.

—Es toda gente buena, pero si quiere irse, entonces váyase.

—¿Qué estái diciendo, cabro? —le preguntó don Damián agarrándolo de una manga para retenerlo, y palmoteándole el hombro.

—Usted tiene la culpa.

66

—¿Yo?... —don Damián estaba sorprendidísimo.

—Por meterle ideas raras en la cabeza a Bermúdez.

—¿Qué ideas?

—La cuestión del mausoleo.

—Yo no le metí esa idea en la cabeza.

—Pero se la abonó.

—¿Yo?

—Claro, aprovechando toda esa huevada de ser propietarios, que tiene locos a Osvaldo y a la Olga.

—Más respeto con su lenguaje en mi casa, oiga, Aliaga —le advirtió la señora Panchita.

Aliaga continuó frenético contra don Damián:

—Que arreglara esto del mausoleo, que hiciera grabar las lápidas, que pintara el techo, que la fe de bautismo tal, que el certificado cual... y los Robles no eran ninguna maravilla, le diré, porque eran unos mineros ricachones de provincia, no más. Y ahora que hace no sé cuánto que Bermúdez ni aparece por allá, toda esta cuestión cayó sobre mí y me exigieron que pagara yo los arreglos del mausoleo porque si no, los iba a tener que pagar el cementerio, y como no quiero, y además no tengo plata porque tengo que mandarle casi todo a mis viejos en Iquique porque los milicos les redujeron la jubilación de profesores primarios... y a mí me echaran de la pega...

—¿Y a Osvaldo?

—También.

—¿Él sabe?

—¿Qué va a saber si anda en las nubes?

—Sí: en las nubes —declaró la señora Panchita—. Cuando usted se enamore va a andar igual. Quiero participarle que Osvaldo se va a casar con la Olguita, su novia.

Aliaga se dio el lujo de carcajearse:

—¡Novia! No sea lesa, pues, señora Panchita, si son amantes hace años y toda la pensión lo sabe. La única colgada, a la que estaban engañando, era usted, para que no los echara.

—El engaño no es lo mismo que la discreción, Aliaga, no sea guagua. ¿Usted cree que soy tan tonta que después de veintitantos años de tener casa de pensión no voy a saber lo que pasa aquí? ¿Qué me tengo que meter yo en los asuntos de los demás, como se está metiendo usted que es un cabro tonto, no más, cuando las cosas se hacen bien, y las relaciones son serias y entre gente grande que sabe lo que hace? Para que lo sepa: esta misma noche voy a cambiar a Bermúdez a la pieza de la Olguita con todas sus cosas.

—¡La famita que va a tomar esta casa! —chilló Aliaga—. ¡Yo me voy!

Aliaga se encerró en su pieza a hacer su maleta. La Delia, don Damián y la señora Panchita le dieron vuelta la espalda, dirigiéndose al comedor.

—Osvaldo se quedó sin empleo. ¿Qué van a hacer ahora para casarse?... —meditó en voz alta la Delia.

—No se preocupe, Delia, yo le tengo casi conseguido un empleo mucho mejor a Osvaldo... —la tranquilizó don Damián.

—¿Usted? No me venga con cuentos, don Damián. ¡Qué le va a conseguir un puesto usted, si usted no tiene ni dónde caerse muerto y de abogado no tiene más que los dos primeros años de estudio, de cuando las culebras andaban paradas! Usted no vive más que de comisiones rascas que se consigue por ahí y le va a conseguir un empleo al pobre Osvaldo.

Don Damián bajó el diapasón de su voz y se quitó los pulgares de los bolsillos de su chaleco:

—Bueno, entonces le voy a enseñar a hacer comisiones igual que yo...

«...Sí, PUES, Osvaldito, lástima que los tiempos estén tan cambiados, y tan viejos y tan enfermos tu tío Fabio y yo, que en esta casa, que antes nadaba en la abundancia, no haya más que galletas de agua que servirte a ti y a tu novia con el té. ¿Riquelme qué más dijo usted que era, mijita? Cubillos..., mejor hacerse el leso con la parte Cubillos, usted no tiene la culpa. Pero se podría decir que los Riquelme, que es un apellido chileno antiguo, son casi de la sociedad, todo depende del *segundo* apellido. Claro que no es que no se hayan dado a conocer por el mal paso que dio doña Isabel, y por lo tanto no merecen calle. ¿Ves cómo Fabio menea la cabeza? Él está de acuerdo, porque es un hombre muy moral y encuentra que es el colmo que le hayan puesto el nombre de esa mujer a una calle, y a una calle del centro, donde vive gente decente. Supongo que hay que tomarlo como si a esa calle le hubieran puesto, digamos... Castro. No había para qué ponerle Castro a una calle. Nadie puede decir que los Castro sean gente conocida. Mucho más conocidos son los Riquelme. ¿Cómo me puedes negar una verdad así, pues, Fabio? Tú siempre discutidor, como todos los curas. Conocidos son los Riquelme, aunque tú no quieras y aunque sean conocidos por el mal paso que dio doña Isabel, que, para que se diga la verdad, es lo que de carambola hundió al país en el desastre en que está. Mi abuela Díaz de Valdés Carrera, no, no por los Robles, que era gente del Norte no más, de ayer, sino por los Rodríguez porque mi papá era Rodríguez Díaz de Valdés, jamás se refirió a él más que como el "huacho". Pero en fin, no hay que hacerle caso a Fabio porque es muy intransigente: yo siempre le alego que después de tres generaciones es mejor olvidarse de esas cosas, como decía mi papá. ¿No le parece, señorita Castro? Miren a Fabio: se durmió el pobre. ¡Yo lo he estado encontrando *tan* colorado estos días! Usted que está más cerca de él, mijita, por favor échele viento con este *Mercurio* que quién sabe de cuándo será, porque en esta casa no se compra un *Mercurio* qué sé yo desde cuándo..., se le debe haber quedado a Arturito cuando vino a vernos la semana pasada para que firmáramos los papeles de la hijuela. Échele viento fuerte un buen rato, no más, señorita Marmentini. Así, después vuelve. El pobrecito ya casi no habla. Y es menor que yo, fíjese. Pero yo estoy tanto mejor conservado. ¿Por qué no me haces el favor de empujarme la silla de ruedas hasta el lado de Fabio,

Osvaldito? Gracias. Te diré que Fabio a veces oye. ¿Ves cómo a pesar de tener las manos con el rosario entre los dedos sobre la sábana, reacciona, y lo oye todo cuando lo remezco un poco? Di que sí, Fabio, no seas pesado. ¿Te fijas cómo dice que sí con la cabeza en el almohadón? Claro que a veces le gusta hablar, depende con quien. ¿Y ustedes, en el baile de quién se conocieron? No conozco ningunos Marmentini que den bailes, y menos bailes en mausoleos, que encuentro de una irreverencia de lo peor. ¿Damián Marmentini? No lo ubico. Gente nueva, supongo. O de Viña. Tengo muy buena memoria para los apellidos y ubico a todo el mundo, pero jamás en mi vida he ubicado a ningún Marmentini..., a no ser que sean unos italianos que se querían meter en sociedad y dieron un baile en que todos nos portamos harto mal..., pero no creo que hayan sido Marmentini. No me suena. Muy caballero el señor Marmentini que dio el baile. Échele viento, no más, mijita, harto viento, que ya está bueno que vuelva. ¿Y ustedes dónde viven? Ay, tan linda la Avenida Portales, y dicen que está tan de moda. Cerca, por Agustinas al llegar a Brasil, vivían mis tías Mendizábal... Mendizábal Díaz de Valdés, pues, Fabio. ¿Cómo vas a estar tan tonto que no te acuerdes de ellas? ¿Ves cómo habla cuando un tema le interesa? No hablas de puro mañoso, Fabio, no me vengas a decir que no. No, no en Alonso Ovalle. Las tías Mendizábal vivían en Agustinas abajo, cerca de la Avenida Portales. Eran unas parientes de ellas, Pérez Mendizábal, las que vivían en Alonso Ovalle esquina, justamente, de Castro, la calle de su familia, pues, mijita. Ah, bueno, Riquelme, lástima, parecía que la cosa tenía más salvación por lo Castro, pero qué le vamos a hacer. En todo caso usted tiene dos calles, mediocres, claro, pero sumadas, supongo, dan una calle buena. ¿Cómo? ¿Qué dice? ¿Que ya no están? ¿Cómo no van a estar? ¿Cómo van a sacar dos calles que han estado ahí toda la vida, a dos cuadras de aquí, y sin decirnos nada a nosotros? ¿La Panamericana? ¿Qué diablos es la Panamericana? ¿La mitad a lo largo?

¿Una sola vereda? ¿Cómo se puede sacar una calle, y peor la mitad de una calle, a lo largo? Deben de ser cosas de los yanquis, como los chicles..., qué espantoso lo encuentro. Pero, Osvaldito, por favor, no me compliques con esas locuras modernas de sacar media calle a lo largo, porque si a uno se le ocurre sacar una calle, uno saca una calle, pero no media calle, y no a lo largo. ¿Dónde se habrá visto? ¿Ves cómo Fabio oye? Es porque la señorita, que es un ángel, le está echando viento con ese *Mercurio* de la semana pasada. ¿Ve? Hasta se está riendo y me quiere decir un secreto. Habla fuerte, no más, que nadie más que yo entiende esos ruidos que haces después de tu operación. ¡Ja ja ja ja, qué cómico es mi hermano! A las puertas de la muerte como está —y no me cabe la menor duda que el Señor lo acogerá en su Santa Gloria porque ha sido un gran predicador, como eran los sacerdotes de antes, y un gran caballero, muy buena mano para el rocambor y todo—, a las puertas de la muerte, como te digo, y a pesar de eso haciendo chistes: fíjate qué ocurrencia, dice que son medias calles porque son apellidos de medio pelo... Ja ja ja ja, no me puedes decir que no es cómico. ¿Entonces fue en el baile de las Marmentini donde se conocieron usted y la señorita Castro? ¡Qué lástima! Estoy convencido de que hay partes mejores para conocerse que en el baile de unas extranjeras como las Marmentini..., aunque usted dice que son de Viña. En fin, qué se le va a hacer. No, ni los Marmentini ni los Castro tienen nada que ver con el mausoleo del Cementerio Católico, que es de los Robles. En todo caso, como te iba diciendo, fue así como tu mamá conoció a ese infame de tu papá, que le hizo la vida imposible a la tía Victoria. Se le dijo y se le dijo que no mandara a la Victorita a ese baile, pero la tía Victoria, que como buena de la Plaza era como mula de porfiada, la mandó no más a ese baile de las Marmentini que tú te lo llevas nombrando como si fueran gran cosa y nadie las conoce ni en pelea de perros, pero como la tía Victoria ya estaba pobre le daba desesperación que no convidaran a la Victorita a más bailes porque todo el mundo sabía que a ella ya no le quedaba ni un cinco partido por la mitad. Pero tú te acuerdas cómo era de porfiada y la mandó no más, con un vestido que le prestaron las Pérez Mendizábal, esas que viven en la calle Riquelme y que eran tan buenas con la tía Victoria porque les daba lástima, y así fue como conoció a gente que no tenía para qué haber conocido y después le daba permiso para que fuera sola al teatro El Garden, aquí en la Alameda frente a Castro, a ver películas, y en el teatro, las Marmentini le presentaron a la Victorita al desastre del Bermúdez ese, que llevó a la tumba a la pobre tía Victoria. ¿Murió? ¿Cuándo murió tu papá, mijito, por Dios? Era harto más joven que yo, te diré. ¿Y de qué murió? Se demoran años en morir los hemipléjicos y sufren muchísimo. Mi hermano Fabio no ha tenido hemiplejía, que creo que siempre les da a los gordos como él, pero ha tenido casi todo lo demás y ahora se nos va a morir cualquier día, dijo el doctor Barriga, que vino a examinarnos hace..., no me acuerdo cuándo pero hace poco. Por eso es que aunque es cuatro años menor que yo, parece *abuelo* mío. ¡No! ¡Qué horror! Ni me lo recuerdes. En el Cementerio Católico por ningún motivo, ese cementerio es un espanto. Los Díaz de Valdés Carrera tenemos un mausoleo enorme y primoroso, donde cabemos todos de más, en el Cementerio General. Tenemos que quedar todos juntos, como debe ser. ¿Qué dices, Fabio, que no te oigo? Parece que tuvieras una flema..., bótala..., ¿le puede pasar la cantora para que la bote y pueda hablar, señorita? Debajo de la cama, gracias, tan buena que es usted, mijita. No le queda ñadita de voz al pobre. Habla más fuerte. ¿Que quieres que te enterremos en el Católico? Por ningún motivo. Todos los Díaz de Valdés Carrera tenemos que descansar juntos aunque no hayamos hecho otra cosa que agarrarnos de las mechas toda la vida. Sí, ya sé que en el General entierran a judíos y protestantes y a extranjeros, y eso no te gusta. Pero como tú te vas a morir antes que yo, voy a ser yo el que va a disponer

dónde te vamos a enterrar. En todo caso ese mausoleo
de los Robles era un espanto, pues, Fabio. Acuérdate
que cuando éramos chiquillos le decíamos "la casa de
putas", porque era colorado y vistoso, claro que eso
era antes que entraras al Seminario, cuando las casas
de putas parecían casas de putas, no como ahora que
dice Arturito Alarcón que parecen casas de familias de-
centes. Por lo pretencioso de ese mausoleo se conoce
que los Robles eran un poco..., bueno, en la familia se
puede decir esto sin avergonzarse porque hay confianza
y es historia antigua..., sí, los Robles eran un poco nuevos ricos. Gente muy bien, claro, y los de la Plaza de lo
mejor, y en su tiempo los Robles tuvieron millones que
hoy nadie tiene idea dónde fueron a parar. Se hicieron
sal y agua. Lo malo es que tuvieron demasiadas hijas
mujeres feas que se casaron con gente desconocida y
pocos hijos hombres y todo se dispersó y no queda ni
un cinco. Y los hombres nos quedamos solteros, como
yo, o entraron al Seminario como el tonto de Fabio.
Mire, mire, señorita Castro, Fabio está rezando, mire
cómo pasa las cuentas del rosario y mueve los labios,
sí, así, sígale echando viento que es lo que mejor le
hace. Ya no quedan más Robles. ¿El mausoleo? ¿Quedan dos nichos? Pero, claro, pues, mijito, no faltaba
más, no creo que nadie vaya a querer dormir su sueño
eterno ahí, es tan espantoso: ese cementerio fue una
locura de la gente cuando se enfureció en tiempos de
la ley de los cementerios laicos de cuando ese pillo
de Santa María, y los Robles, para hacerse pasar por
gente muy católica y de toda la vida, se compraron ese
mausoleo para enterrarse en sagrado. ¡Cómo se reía mi
papá de la capilla en el cementerio de la familia de
mi mamá! "La capilla de los Robles, ni regalada", decía.
¿Propiedad? Pero claro que es propiedad..., ¿cómo no
va a ser? Ya ni me acuerdo quién está ahí. Voy a llamar a Arturito Alarcón para que me diga, él, que no es
persona conocida pero es de toda confianza porque es
nieto del administrador de mi papá en Chiñigüe, lo sabe
todo, y lo educamos nosotros mismos. ¿O por qué no

lo llamas directamente tú mismo si dices que tienes todos los papeles listos para que arregle el asunto directamente con tu abogado, ese señor Marmentini? ¡Por Dios, qué cantidad de Marmentini hay en Chile ahora! Te lo llevas hablando de ellos, no más. Hace más de diez años que ni Fabio ni yo salimos a la calle, así es que uno ya no sabe quién es quién, por eso no me puedes exigir que entienda qué es esto de partir las calles *a lo largo*. Y Arturito, de acuerdo con el doctor Barriga, nos tiene estrictamente prohibida la televisión. Dicen que nos vamos a poner nerviosos y nos puede subir la presión. ¿Es linda la tele? A mí me gustaría verla, sobre todo el Festival de Viña, donde dicen que canta una chiquilla rubia preciosa que se llama Raquel no sé cuánto... Raquel Marmentini, supongo, como ahora se llama casi todo el mundo. No quieren traernos la tele y ahora son ellos los que mandan porque la verdad es, Osvaldito, que ya no nos queda salud para nada..., son tantos años. El teléfono de Arturito Alarcón, que es como hijo de esta casa y para nosotros es un gran alivio pensar que él se queda a cargo de repartirlo todo después de nuestra muerte, sí, claro, el teléfono de Arturito es... ¿Cuál es el teléfono de Arturito Alarcón, Fabio? Está más enfermo que yo aunque es más joven porque ha comido y ha tomado más que yo, pero tiene mejor memoria para los números, aunque confunde todos los apellidos mientras que yo ubico a todo el mundo. Ayayayay, ya se nos desvaneció otra vez: más viento, señorita, más viento, como le echa la monjita de la Caridad que nos viene a cuidar en la noche... ayayay, parece que esta vez ya no va a volver. A propósito de ayayay, ¿sabe el chiste de las Pérez Freire? ¿Adivinas por qué se metieron debajo de la cama cuando el terremoto?... ¿No adivinas? Bueno, tonto, porque eran cantoras, pues hombre, ja ja ja ja. Ahora, mira, volvió. Oye, chiquillo: ¿cuál es el número de teléfono de Arturito Alarcón? Yo no me acuerdo a pesar que lo llamamos tres o cuatro veces al día. ¿Cuánto?... Tres, dos, dos. ¿Otra vez dos? Qué raro. Dos, nueve, siete. ¿Lo apun-

taste bien, mijito? Me alegro mucho que te vayas a
casar y que vayas a ocupar con tu mujer, que es un
dije, los nichos que quedan en el mausoleo de los Robles. ¿Te acuerdas del trajecito de marinero blanco que
te regaló mi mamá cuando la tía Victoria te llevó de
visita a Chiñigüe? Pero no le hiciste ninguna gracia a
mi mamá, te diré, porque al tiro te ensuciaste el trajecito y después fue como si la tía Victoria se desvane-
ciera porque nunca se supo más de ella, aunque creo
que una vez le oí decir a alguien que había puesto una
tienda. Es bueno que la gente se case. Así no queda
sola. Nosotros dos solterones somos una lata y nos llevamos peleando todo el día, por plata, por política, por
parentescos, por números de teléfono, desde hace años.
¿Qué sería de nosotros sin Arturito Alarcón? No quiero
ni pensarlo. Si no fuera por él que nos defiende, todos
los parientes pobres estarían pidiéndonos cosas que no
se pueden dar, no como tú que nos pides algo razonable
como ese mausoleo, que al fin y al cabo es un peso que
uno se saca de encima..., estar seguros de que esos
nichos los van a ocupar personas de la familia. Adiós,
Osvaldito. Que seas muy feliz, cualquier cosa en memoria de la tía Victoria, que como decía mi mamá no era
buenamoza pero tenía estupenda figura, y un pelo rubio, rizado, precioso. ¿Te acuerdas, Fabio? Así es que
no tienen por qué darme tantas gracias. Adiós, señorita
Marmentini. Encantado de conocerla. Usted es una monada, pasar toda la tarde echándole aire a mi pobre
hermano. Claro, vengan cuando quieran porque nos hace
falta gente de buena voluntad que le venga a echar aire
a Fabio y así se demore un poquito más en morirse.
¿Cuándo se casan? Siento mucho que no podamos man-
darles un regalo porque estamos tan, tan pobres: Arturito Alarcón está comprando para nosotros la hijuela
de al lado, en Chiñigüe, porque ahora que hay una cosa
que dicen que se llama la recesión, que no sé qué es, los
fundos se compran por cuatro chauchas, y con esto, Chiñigüe se va a agrandar en un treinta por ciento de su
superficie. No, si le debemos mucho a Arturito porque

gracias a él no nos hicieron la reforma agraria en tiempos de los comunistas. ¡Quién sabe cómo se las arreglaría! Fabio, Fabio, despierta, chiquillo. ¿Me oyes? ¿Es en un treinta por ciento o en un ochenta por ciento que se va a agrandar Chiñigüe con la hijuela que nos está comprando Arturito? Quince, parece que dice. En fin. ¿No les dije que era buenazo para los números? Yo nunca me acuerdo. Y tengo que sacar las cuentas con los dedos, toda la vida igual. Pero los parentescos, eso sí, los tengo aquí, en la punta de la lengua y no se me olvidan jamás. Así es que para que no se me vaya a olvidar si alguien me pregunta, mijita, quiero que me repita bien clarito: ¿usted me dijo que usted era Marmentini Castro, o Marmentini Ovalle?»

ESE INVIERNO la Delia no terminaba nunca de mejorarse de su hepatitis. Claro que a estas alturas ya no era hepatitis sino pura fragilidad. De pronto amanecía sintiéndose un poco más animada y hacía el esfuerzo de levantarse para ir a la oficina, pero siempre volvía a caer en cama, llorosa, resfriada, temerosa de perder su trabajo, de morirse, de estar sola, aburriéndose. La señora Panchita pegó unas tiras de telaemplástica en las ranuras de su ventana para que no entraran chiflones, pero ya ni se sabía por dónde entraban chiflones en esa casa quejumbrosa de tan vieja que era. En todo caso, ese invierno fue así en Santiago, lluvioso y opaco, y todo el mundo había caído con gripe y andaba con la nariz colorada chorreando. El día, de escasa claridad, terminaba como a las cinco de la tarde, hora en que era necesario encender la luz con el consecuente gasto de electricidad que a fin de mes se transformaba en cuentas enloquecedoras, y la ciudad entera hedía a estufas de parafina. El cerro San Cristóbal estuvo completamente oculto por la niebla durante varias semanas. Y hasta el cerro Santa Lucía, prosaico y urbano, se había procurado sus modestos mantos de neblina para fingir, en ese rincón de lo que iba quedando de la Alameda, una escenografía elegíaca, cubriendo con ellos sus monumentos y sus arcos de pacotilla.

A pesar de esto y de la enfermedad de la Delia, en la pensión de la señora Panchita los preparativos para el matrimonio de la Olga Riquelme con Osvaldo Bermúdez seguían su curso. Por fin habían decidido no arrendar vestido de novia porque salía muy caro para tan poco rato, sino improvisar uno con una blusa bordada perteneciente a la dueña de casa, y con un tutú romántico de la señora de don Walter Urzúa, que antes de salir arrancando había pertenecido al cuerpo de ballet del Teatro Municipal, y ahora, después de tantos años afuera, ya no veía forma de volver al baile, que era lo suyo, porque estaba tanto menos joven. En todo caso, como era alta, a la Olga Riquelme el tutú de la señora de don Walter le llegaba hasta los tobillos.

—Pero debería llegarle hasta el suelo para que pareciera traje de novia de verdad —se quejó la Delia, que estaba un poco antipática.

—No —la contradijo la Olga—. Ésta es la línea que viene este año. Además, quién se va a estar fijando, unos centímetros más, unos centímetros menos.

Lo del velo fue un problema. Hasta que una tarde, don Damián, que ahora se metía en todo, dio la solución al asistir a una prueba, a las que no dejaban entrar a Osvaldo porque trae mala suerte que el novio vea el vestido de la novia antes de la ceremonia misma. Don Damián observó:

—¡Tantas capas de tul de más! ¡Si hay como para hacer una carpa de circo!

Lo echaron de la pieza. Para aplacar su risa producida por la cómica observación de don Damián, la Olga se levantó una capa de tul sobre la cara y la cabeza con tanto acierto, que la señora Panchita, sin consultar a la dueña del tutú, porque a esta hora estaba en la Fuente de Soda, con unas tijeras tan enormes que parecían de esas que usan para cortar los pollos en las carnicerías, cortó el velo, improvisando ahí mismo un precioso tocado de novia.

Osvaldo, entretanto, andaba en otras cosas. Todos los papeles referentes al mausoleo estaban firmados. Pero no se atrevía a volver al cementerio porque le debía unas platas al grabador de las lápidas, amén de otras platitas que debía por concepto de manutención y limpieza, que no tenía con qué cancelar porque otra vez andaba buscando trabajo. Sabía, sin embargo, que Aliaga estaba a punto de ser reincorporado a su puesto, gracias no sólo a su espléndida hoja de servicios y a los años que llevaba en la oficina, sino a que don Damián —con quien Aliaga se las arregló para quedar en buenas relaciones— le consiguió con Arturito Alarcón una carta escrita en nombre del Presbítero don Fabio Rodríguez Robles, recomendándolo calurosamente. Por desgracia no podía hacer lo mismo por Osvaldo, que estuvo tan poco tiempo empleado antes de que comenzara a faltar y por eso lo despidieron, por eso y porque todos en el servicio lo encontraban antipático. Don Damián y Arturito Alarcón estaban íntimos del alma. Cada vez que la Olga Riquelme pasaba por el Paseo Ahumada los veía hablando en el fondo del café Haití sin que Osvaldo los acompañara, desde donde a veces don Damián la saludaba afable aunque no la invitaba para presentarle a Arturito, en quien la Olga cifraba esperanzas inconfesadas, porque con sus influencias y contactos, y como administrador de la caja de fondos de los hermanos José Luis y Fabio Rodríguez Robles, todo era posible.

Osvaldo estuvo a punto de vender su prensa y sus herramientas para hacer llaves que guardaba almacenadas en un sótano de la pensión: en un Jumbo había ido a mirar una máquina siniestra, japonesa y modernísima, en la que el cliente metía su llave y su dinero por agujeros, apretando un botón, y por el otro agujero salían cuantas copias de la llave el cliente pagara, plastificadas y todo. Con esto, claro, su labor artesanal, sus limas y escofinas, que tantas veces le habían hecho sangrar los dedos, quedaban obsoletas. Pero no vendió nada, pese a su urgencia por conseguir dinero antes del matrimonio, y a su derrota frente a la máquina. Y no vendió por una razón que tuvo alborotada a toda la casa: don Damián anunció que no sería imposible hablar con Arturito y convencerlo que le diera permiso a Osvaldo para que instalara *otro* boliche en la entrada de *otra* casa, en un barrio más retirado donde no hubieran llegado todavía los refinamientos de las máquinas japonesas, casa perteneciente, como es natural, a los hermanos Rodríguez Robles: de este modo, la futura familia Bermúdez Riquelme tendría por lo menos cierta infraestructura económica. Estas nuevas pusieron de muy buen humor a todos los habitantes de la pensión de la señora Panchita, que acogió a don Damián como uno de la familia: lo invitaba a comer casi todas las noches y se quedaba observándolo. Hasta que una noche le dijo al oído a la Olga que si ella no se equivocaba, y ella, no era por alabarse, tenía muy buen ojo en estas materias, don Damián le echaba unas miraditas de lo más lánguidas a la Delia, que parecía estar mejorándose:

—¡Pero si es coja! —protestó la Olga Riquelme, como si el brote de un nuevo romance pusiera en peligro las armonías inefables de su propio epitalamio.

El domingo del matrimonio, por suerte, amaneció claro, la niebla y el *smog* recién lavados por la lluvia nocturna, los cerros urbanos verdes, al fondo de las calles la cordillera nevada y nupcial dispuesta a sumarse a la ceremonia. La señora Panchita dejó la pensión cerrada con llave porque absolutamente todos los pensionistas participaron en el cortejo: hasta la nueva familia de tres, amiga de don Walter Urzúa, que acababan de llegar de Costa Rica y ocuparon la pieza de los Bermúdez; y el solterón jubilado de la Contraloría, suscrito a varias revistas, lo que inclinó la preferencia de la dueña de casa por él para la pieza de Aliaga porque pensó que las revistas iban a representar algo muy positivo para amenizar el ambiente de su casa. Juntos, esperaron la micro en la esquina, que los llevó hasta la parroquia más cercana, donde habían estado haciéndose las amonestaciones. Presenciaron la breve bendición de la nueva pareja, y en media hora, casi antes de que los chiquillos se alcanzaran a aburrir y comenzaran a fregar, ya estaban de regreso en la pensión, dispuestos a divertirse en la fiesta. Habían arrimado todas las mesas del comedor a la pared como un *buffet*, y en el medio, antes de salir, la señora Panchita había arreglado los *sandwiches* y la nívea torta con dos muñequitos de plástico encima. La Olga trajo al comedor su tele en colores y la Delia su transistor con *cassettes*, y puso el «Danubio azul»: según lo habían visto hacer en películas que venían de países increíblemente adelantados, la novia le tiró el ramo a su mejor amiga, que lo cogió ruborosa, y se lanzó a los brazos del novio a bailar el primer vals..., pero como no había padre ni suegro ni suegra con los cuales continuar las diversas etapas del rito tantas veces presenciado y envidiado en la tele, don Damián sacó a bailar a la novia y Osvaldo a la señora Panchita, y todos comenzaron a beber y a bailar porque después de todo matrimonio tiene que haber fiesta. El grito de los chiquillos de la pensión sentados en el suelo mirando la tele, sacó a los bailarines del ensueño del vals:

—¡Goooool! ¡Goooool! ¡Gooool de Chile!

Se detuvo el baile y todos se arremolinaron palmoteando alrededor de la tele. Quedaron sólo los novios bailando en el medio del comedor, mientras la señora Panchita entraba a la cocina a buscar más combustible para la estufa porque estaba hedionda. Al volver para completar su tarea, mientras los novios giraban en su sueño, solos en medio del comedor, se abrió paso entre el grupo de espectadores y les apagó la tele. Encarándolos, con los brazos clásicamente en jarras, exclamó:

—¡Buena cosa! ¿Qué es esto, partido o matrimonio? ¡Ya, a bailar todos! ¡Pon más fuerte la música! ¡A bailar y a comer y a tomar hasta que todos se curen, que estamos aquí para celebrar un matrimonio, no para ver a unos tontones grandes pateando una pelota!

Se pusieron a bailar de nuevo, ahora un poco desganadamente, los hombres con los ojos fijos en la tele que los chiquillos habían encendido otra vez aunque sin sonido, las mujeres desprendiéndose para formar un grupo junto a la mesa comentando lo rico que había quedado todo y lo regia que se veía la Olga, lo lindo el vestido, parecía comprado en Providencia. La señora Panchita le pidió a don Damián que descorchara la botella de champán para que todos brindaran por los novios. Como no había más que otra botella, echó sólo un poquito en cada copa. Dirigiéndose a la concurrencia que besaba a los novios brindando por ellos, don Damián dijo:

—Y ahora, si me lo permiten, quisiera decir unas palabras. Cuando Osvaldo Bermúdez García-Robles y Olga Riquelme Cubillos, hoy su legítima esposa, me pidieron ayuda profesional para solucionar el problema de una propiedad, parecían dos avecillas asustadas, perdidas en la oscuridad del equinoccio legal y ansiosas de luz y protección...

—Muy bien, don Damián, muy bien —aplaudió la Delia.

—Bravo —aplaudieron al unísono los mellizos Poveda.

—Gracias, Delita..., gracias. Movido por mi afán de equidad y mi sentido de la justicia, acogí en mi seno las inquietudes de estos espíritus puros que aspiran a lo más alto. Y hoy puedo decir, con legítimo orgullo, que con mi modesto esfuerzo he puesto mi granito de arena para contribuir a que se materialicen los inalienables derechos de estos espíritus nobles, para que gocen de una morada perpetua. Queridos amigos: los invito a terminar este delicado ágape haciendo una breve excursión para conocer el Palacio de Mármol, que por sentencia ejecutoria del 24 de julio de 1982, es de legítima propiedad de mi distinguido cliente Osvaldo Bermúdez García-Robles y de su esposa, doña Olga Riquelme de Bermúdez García-Robles...

La señora Panchita dijo que ella llevaría la botella de champán que quedaba en un balde con hielo, y vasitos de cartón para hacer allá el último brindis. Y cerrando otra vez su casa con llave, con niños y todo, volvieron a la esquina a esperar la micro que los llevara al Cementerio Católico.

Pareció un domingo especialmente concurrido y alegre, quizá porque en un día de sol en un invierno opresivo a la gente le gusta salir y hacer programas. Cuando el cortejo nupcial de Osvaldo y la Olga bajó de la micro Pila-Cementerio en la esquina de Recoleta, las micros y los taxis y los autos y los camiones y la gente formaban algo así como un nudo vivo y estridente en la calzada repleta. Esperaron enfrente, en la esquina donde la Olga se había encontrado con don Damián y Osvaldo hacía unos meses, y donde el bar seguía ofreciendo, hoy, las mismas ESPECIALIDADES DEL DÍA de entonces: AJIACO. CAZUELA DE VACA. BISTEC CON TALLARINES, detrás de los kioskos atiborrados de claveles que parecían de papel, y de crisantemos. Esperaron que todos bajaran para formar un grupo compacto y alegre en la esquina. La señora Panchita, muerta de la risa porque estaba un poco curada, tiró lejos el agua del hielo derretido del balde donde traía el champán, al centro de la calzada: riendo, todos siguieron con la vista la dirección señalada por el agua, hacia la vereda de enfrente. Allí esperaba la figura que atrapó sus miradas: vestida con su traje verde cata, su melena fulgurando roja al sol, sus aros largos centelleando en sus orejas, brillantes de polvo de plata los párpados, de *rouge* púrpura los labios, de esmalte negro las larguísimas garras.

—¡Ay! ¡Se nos olvidó convidarla! —susurró Osvaldo.

Sintió que la Olga, tomada de su brazo, se ponía a temblar ante esta mujer que le hacía amistosas señas desde la vereda del otro lado. La Olga le contestó con una cariñosa señal, como si la esperara de toda la vida, y dijo:

—Voy...

Y sin que pudieran impedírselo, la Olga Riquelme se lanzó al oleaje de micros y autos y camiones y cucas que bocineaban, insultaban, patinaban tratando de evi-

tar a la Olga que intentaba llegar a la otra orilla sin
hacerle caso a los gritos de los suyos:

—¡Olga!...

—¡Olguita!

—¡Cuidado!

—Vuelva, por Dios...

—Corra...

—Cuidadooooooo...

—¡Olguitaaaaaaaaaaa!...

NI SE LE NOTABA el golpe con que la micro Pila-Cementerio le quebró la espalda. Ni le ajó el velo de novia, ni
alteró la expresión de felicidad de su rostro. Así, no la
tuvieron que desvestir, apenas limpiarla un poco, como
a todos los muertos, porque los muertos son sucios, y
componer su tocado de tul para velarla en la pensión,
las mesas todavía arrimadas a la pared mostrando los
restos de la fiesta del matrimonio: sólo fue necesario
despejar los canapés y la torta que quedaba, y las copas
y los platos usados, y el ramo de flores demasiado vistoso para un ambiente de funeral con que la Delia había
decorado la mesa del banquete. La velaron todos los
pensionistas y amigos de la casa, y también algunos
compañeros de Correos. El viudo que había sido jefe en
la sección de Avenida Matta lloró desconsolado, diciendo que ahora que la Olguita había muerto ya no le quedaba más que jubilarse. Los que fueron compañeros de
trabajo de la occisa le enviaron una gran corona de claveles blancos, pero el jefe de Avenida Matta le mandó
otra corona, aparte.

Don Damián tenía la llave del mausoleo. Arturito
Alarcón se la había entregado cuando comieron juntos
un par de semanas atrás para dejar finiquitado el asunto. Don Damián llevaba la llave de sorpresa en el bolsillo con el fin de entregársela a la orgullosa propietaria
a la hora de los brindis, cuando todos quedaran estáti-
cos de admiración frente al esplendor del mausoleo de

los Robles de la Plaza. Ahora, durante el velorio, mientras las mujeres lloraban, rezando sus rosarios en el comedor de vidrios polvorientos, y afuera llovía a cántaros, él, emotivamente, colocó la llave simbólica entre las manos de la Olga cruzadas sobre el pecho, que aún sostenían el ramo nupcial. Sólo cuando cerraron la tapa y sellaron el cristal dejando su cara de siempre asomada a esa diminuta ventana eterna, se la volvió a quitar con toda discreción porque claro, iban a necesitar la llave del mausoleo, y ya no se trataba de símbolos. Llevó aparte a Osvaldo, que estaba como atontado y con el rostro tan descompuesto como si a él, no a la Olga cuyas facciones permanecieron serenísimas, lo hubiera atropellado la Pila-Cementerio: le dijo que como único heredero de su esposa, iba a tener que tramitar la posesión efectiva de sus bienes.

—¿Qué bienes?

—El mausoleo, por ejemplo. ¿Ustedes no tienen separación de bienes, supongo? Bueno, entonces el mausoleo es un bien ganancial. La mitad es de propiedad de la Olguita como cónyuge suya, lo que significa que usted va a tener que tramitar la posesión efectiva de *esa* mitad. Yo me encargaré de todo. Claro que va a tener que pagar algo, no mucho...

Todo había que pagarlo. El dinero aparecía a duras penas, quién sabe de qué pródigos bolsillos instantáneos, quién sabe de qué miserables ahorritos y sueldos, para pagar el cajón, el sepelio, el cortejo fúnebre, los dos autos negros de la comitiva llevando a los principales deudos —los demás partieron más temprano, en micro, para esperar al cortejo allá—, y cuando llegó el furgón, fueron Osvaldo, los mellizos Poveda, don Damián, don Walter y el pensionista nuevo solterón que apenas conoció a la Olguita, quienes cargaron el féretro llevándolo lentamente por los pasillos en dirección al mausoleo.

—La ventaja del Cementerio Católico se ve ahora que está lloviendo afuera, con los mausoleos en estas galerías cubiertas..., pero ya va a amainar... —susurró don

Damián al oído de Osvaldo, que como deudo principal cargaba el cajón adelante.

Las mujeres no suelen asistir a entierros, que es más bien cosa de hombres, pero las mujeres de la pensión fueron no más, y también las compañeras del Correo, a las que la Olguita y la Delia les habían hablado tanto del mausoleo que nunca habían llegado a creerles completamente. Una ráfaga de viento helado pareció cortar la lluvia, y en unos minutos salió el sol: todo era menos terrible así.

Al acercarse al mausoleo vieron a Aliaga, más atildado que nunca, esperándolos junto a la reja de la tumba de los Robles de la Plaza, en actitud de defensa. Don Damián se adelantó para abrir la reja con la llave de la familia mientras los demás esperaban con el cajón a cuestas y las mujeres de luto, atrás, recitaban letanías.

—Buenas tardes, Aliaga.

—Buenas.

—¿Podría tener la gentileza de quitarse de ahí para abrir? Como ya le advertí por teléfono, Aliaga, vamos a inhumar los restos de doña Olga Riquelme de Bermúdez García-Robles, lamentablemente fallecida en el día de ayer. Pese a que usted se resista a creerlo, obran en mi poder todos los documentos que atestiguan que ella y su marido, don Osvaldo Bermúdez García-Robles tienen pleno derecho legal a ocupar los dos nichos de su propiedad en este mausoleo, para yacer por toda la eternidad uno junto al otro.

No es que Aliaga se riera. Pero sonrió una sonrisita helada, y sin decir una palabra ni hacer un gesto más que retirarse de la reja, le señaló el interior del mausoleo a don Damián y a Osvaldo, que habían traspasado su parte del peso del ataúd al más fortachón de los mellizos Poveda. Prendido de la reja, Osvaldo, incrédulo, leyó en la lápida del nicho que creía destinado a recibirlo a él:

—José Luis Rodríguez Robles, 1897-1982. Mi tío. ¿Cuándo falleció?

—Hace tres días. Lo inhumamos anteayer.

—¡Pero si Arturito Alarcón me dijo que lo iban a inhumar en el mausoleo de los Díaz de Valdés Carrera en el Cementerio General! Ése era el deseo de don José Luis —exclamó don Damián Marmentini.

—Sí, así era, en efecto —explicó Aliaga—. Pero como falleció primero el más anciano de los hermanos, don José Luis, antes que el presbítero don Fabio, éste dispuso contra viento y marea que él se oponía terminantemente a que su hermano reposara en un cementerio que recibía a protestantes y a judíos, y que ahora que era él quien disponía, quería que lo enterraran a él y a su hermano en el Cementerio Católico. El otro nicho es para don Fabio.

—¿Cómo es posible que Arturito no mc llamara para comunicarme este contratiempo?

—Anda muy ocupado con los asuntos de la sucesión.

—¡Apuesto que anda como loco!

Las oraciones de las mujeres seguían. Sobre los hombros fatigados de los deudos, el ataúd de la Olga comenzaba a bambolearse un poco: si los tres hombres que discutían junto a la reja del mausoleo no actuaban pronto, iban a tener que dejar el cajón en el suelo. Afuera, en el patio, más allá de los arcos, el sol hacía relucir como si fueran artificiales las hojas de un magnolio, y los pajaritos, como suelen hacerlo después de una lluvia, piaban alegremente. Pero don Damián, que era hombre de recursos, sacó de su bolsillo un legajo con muchos timbres y lacres, lo que revelaba que había recibido el beneplácito de innumerables reparticiones públicas y se trataba de un documento imponente, de fiarse. Don Damián le leyó su contenido a Aliaga, que consternado se fue retirando de la reja mientras Osvaldo la abría con su llave:

—«...sin perjuicio del orden de prelación natural pertinente» —terminó de leer triunfante don Damián—. ¡Ya no puede ser más explícito, pues, Aliaga!

—¿Y eso qué quiere decir?

—Que el reconocimiento de sus derechos no excluye el derecho de los demás parientes que quedan, y que existe simplemente un orden de preferencia de acuerdo al orden en que vayan falleciendo.

La discusión entre don Damián y Aliaga se alborotó, aunque en voz baja como convenía a un lugar como el cementerio, hasta que ambos se retiraron a la oficina a llamar por teléfono a Arturito Alarcón y a zanjar el asunto con los jefes. Mientras tanto el sepelio siguió su curso, ajeno a las dificultades legales. Los sepultureros, que durante el poco tiempo que Osvaldo trabajó en el cementerio se habían hecho amigos suyos porque no era orgulloso como Aliaga, y permanecieron amigos suyos durante todas sus visitas al mausoleo de los Robles de la Plaza, tomaron el cajón de la Olguita, colocándolo dentro del nicho abierto. Luego, con tornillos y con una mezcla especial, ajustaron la gran lápida, tapando el cajón: pero la lápida no tenía nombre.

—¿Por qué? —preguntó Osvaldo desolado.

El sepulturero más viejo, con su aliento hediondo a vino, le susurró al oído:

—Los grabadores marmolistas esperaron. Pero como usted nunca pagó...

—¡Si yo mismo le di la plata a don Damián para esto!

—Puede ser. Pero como parece que usted les debe otros pololos y el asunto de la sepultura estuvo siempre en veremos, prefirieron esperar hasta que la cosa se aclarara y les pagara todo lo que les debe.

Los niños, aburridos con la espera, comenzaron a jugar a las escondidas entre los santos de mampostería y los monumentos. Al cabo de un rato regresó don Damián solo, diciendo:

—Asunto arreglado. El mausoleo es suyo, Osvaldo. Don Fabio tendrá que ser inhumado en el mausoleo de los Díaz de Valdés Carrera en el Cementerio General. Arturito me acaba de decir que don Fabio se encuentra en estado de coma y se espera el desenlace para unos minutos más, de modo que Arturito dispondrá así las cosas. Don Fabio quedó tan mal después de la muerte de su pobre hermano...

—¿Y a mí, para qué me sirve un mausoleo lleno? —le preguntó Osvaldo.

—Ah, mi amigo, eso es cosa suya —replicó don Damián cerrando la reja del mausoleo con la gran llave y entregándosela a Osvaldo mientras todos comenzaban a retirarse—. Yo tengo que apurarme ahora para ir a hablar con Arturito. Pueda ser que me reciba, tiene tanto que hacer. Mi más sentido pésame, Osvaldo. Créame que lo acompaño en su dolor.

En la puerta del cementerio Osvaldo despidió el duelo con abrazos, aceptando y agradeciendo condolencias y conmiseraciones. La señora Panchita y la Delia quisieron llevarse a Osvaldo a la pensión, darle un caldo de pollo livianito y después ver que se acostara a dormir una siesta para que descansara.

Cuando todos partieron en sus distintas micros, Osvaldo quedó parado entre los kioskos de crisantemos: sabía exactamente donde quería ir. Cruzó al frente y fue orillando el cerro Blanco, tan vacío, tan inútil como siempre, un estorbo urbano, nada más, caminando luego por Recoleta hasta la Vega Central: la lluvia ya se había secado en el pavimento, y el cielo relucía luminoso. También el viento había decaído, se dio cuenta Osvaldo al cruzar el puente de la Estación Mapocho, o más bien el viento se había remontado porque allá arriba, en el cielo azul, se dedicaba a corretear las últimas nubecitas blancas. Bajó por Bandera, con todos los negocios cerrados porque era domingo, hasta la Alameda, y entró por San Diego, calle que tan bien conocía, una cuadra, dos: allí en la esquina, formidable y rosada aún, se levantaba la fachada de la casa en cuyo portal había tenido su bolichito: le habían arrancado todas las puertas, todas las ventanas, hasta los marcos..., por esos grandes agujeros vio cruzar el cielo un avión plateado y brillante que iba a aterrizar, se imaginó Osvaldo, en el Aeropuerto Internacional Comodoro Arturo Merino

Benítez, que todo el mundo llamaba simplemente Pu-
dahuel.

—¿De dónde vendrá esa gente? —se preguntó Osvaldo—. ¿Adónde irá?...

Pero pronto olvidó sus preguntas sin sentido. En la
fachada color rosa, las columnas y los plintos, los tím-
panos y drapeados de mampostería semiderruida de los
que se descascaraban los restos de la pintura rosa, parecían enmarcar, hoy —tal vez porque estaba tan aso-
leado este frío día invernal—, aberturas especialmente
grandes, sobre todo la de la puerta de entrada donde
él antes tenía su local: por ella, y por las seis ventanas del primer piso, vio que el terreno de detrás de
esa fachada como de escenografía, había sido rasado,
como la elipse del parque Cousiño, listo para manio-
bras militares: un barrial plano, vacío, totalmente despoblado.

—Qué raro —se dijo, y cruzó al frente.

Antes de entrar por esa puerta que parecía no conducir a nada, se quedó en el umbral mirando el terreno
listo para edificar. Hacía tiempo que debían de haber
empezado esa construcción, y nada..., tal vez este terreno terminaría, como ahora tantos otros en la ciudad, en
estacionamiento de autos. Después de esta reflexión entró... o salió...

Allí se dio cuenta de que el terreno no estaba totalmente vacío. Adosada al revés de la fachada que lucía
aún los restos de empapelados distintos señalando las
distintas habitaciones, Osvaldo vio una mejora de calamina, poco más que una mediagua, como encogida en
ese rincón detrás de la fachada. Se acercó: un biombo
japonés protegía la entrada, y el barrial y el agua tras-
pasaban por debajo el oropel desteñido del biombo. Osvaldo golpeó en la calamina:

—¡Pase! —chilló la voz de la adivina desde adentro—. Ah, chiquillo, eres tú..., pobre. ¡Qué mala suerte!
¡Qué le vamos a hacer! Siéntate, no más. ¿Quieres una
tacita de té?

—Bueno.

—Te va a hacer bien.

En silencio bebieron juntos el té hecho con bolsitas varias veces usadas. El cuartucho lucía colgajos de trapos extrañamente bordados, con grandes estampas de dioses de innumerables brazos, mapas del firmamento y de otras esferas, una sillita dorada renca, un catre de bronce y un florero con dos plumas de pavo real, todo esto para disimular las paredes de ladrillo y calamina que rezumaban humedad. Cuando Osvaldo terminó de tomar su té le devolvió la taza a la adivina. Ella le preguntó al verlo levantarse para partir:

—¿Quedó bien instalada tu mujer, mijito?

—Sí.

—El mausoleo es precioso.

—Sí. Pero... ¿y yo?

—¿Tú qué?

—Queríamos descansar eternamente juntos. Ahora...

—Claro, al tontorrón de José Luis Rodríguez Robles se le fue a ocurrir morirse antes que Fabio, y Fabio le hizo la mala jugada a su hermano, y a ti...

—¿Dónde voy a quedar yo, entonces?

—¿Tú? Igual que yo: en cualquier parte. ¿Quién se va a molestar en reclamar nuestros huesos?

—Es cierto..., nadie. Me voy.

Osvaldo apartó la hoja del biombo que cerraba la abertura que era la puerta de la mejora, y entró un brazo de luz que reveló la miseria de los dorados falsos, de los colgajos inmundos, de las estampas desteñidas, del esmalte saltado de las garras de la adivina, que al salir le dijo:

—Oye, Osvaldo.

—¿Qué?

—¿No tienes alguna cosita que regalarme?

—Yo... —y buscó en sus bolsillos.

No encontró más que la llave del mausoleo: una llave grande, pesada, quizás de bronce: lo que había querido era vida, no muerte, y no titubeó en entregársela a la adivina.

—¿Es para mí? ¡Qué linda! ¡Gracias, mijito! ¡Gracias! ¡Que Dios te lo pague!

—Bueno, se está nublando otra vez. Me tengo que ir. Hace frío. Hasta luego.

Y salió al barrial del que comenzaba a emanar una neblinita arrastrada que no auguraba nada bueno.

—Hasta lueguito... —le contestó ella, despidiéndolo desde su puerta, ataviada con su viejo kimono y agitando una mano—. Saludos a todos en la pensión..., ya nos veremos por ahí...

Y a Osvaldo Bermúdez García-Robles no le dio miedo que la adivina se despidiera de él dándole esta cita.

LOS HABITANTES
DE UNA RUINA INCONCLUSA

MAÑANA A MAÑANA, tarde a tarde, veían cómo la obra gruesa del edificio iba creciendo: primero los fosos de los cimientos para plantar la raíz de la construcción; en seguida el concreto, el varillaje de fierro para darle firmeza a ese concreto, asegurando estabilidad en caso de terremoto porque se trataba de un edificio de gran categoría. Luego el primer piso, la losa, el ruido infernal de la máquina mezcladora, las risas y gritos del enjambre de obreros que corriendo por el terraplén de tablones acarreaban mezcla en carretillas para verterla en cajones verticales, donde al endurecerse formaban las pilastras destinadas a afianzar los muros que iban subiendo, hilera tras hilera de ladrillos colorados, dejando vanos de lineamiento transitoriamente impreciso para las ventanas y las puertas; después otro piso más, y otro, hasta alcanzar dentro de unos meses —era de suponer— la altura proyectada.

Este edificio se estaba alzando en una de las calles arboladas más tranquilas de la parte madura de los buenos barrios residenciales, sombreada por plátanos y ceibos, al atardecer frescas de jardines regados y fragantes de jazmín, ñipa y césped recién cortado. Los vecinos no veían con buenos ojos la aparición de un edificio de departamentos en el barrio donde hasta ahora, por suerte, no existía ninguno, porque en primer lugar obstruiría la vista, y, en segundo, porque traería gente inclasificable a esta calle hasta ahora habitada por gente de toda la vida. ¿Por qué *aquí*, se preguntaban algunos, irritados por esta insinuación de cambio, por qué justamente *aquí* y no en alguno de los barrios nuevos más de moda, de más arriba? Los vecinos, en todo caso, no llegaron a convencerse del lado positivo del asunto, aunque el constructor, pero sobre todo el

arquitecto que era una persona conocida, les asegura-
ron a los intrépidos que fueron a consultarlos, que se
trataba de departamentos de gran lujo. No quedarían
descontentos con el resultado, les dijeron: se trataba
de un edificio de proporciones discretas, para gente muy
seleccionada que no estropearía el ambiente armonioso
de las buenas casas del barrio que había ido adquirien-
do cierta pátina, por decirlo así, con sus árboles inmensos, sus prados, sus matorrales inexpugnables defendi-
dos por rejas de fierro y mastines..., el simpático alarife
agregó que se diera por descontado que un paisajista
rodearía el nuevo edificio con agradables áreas verdes
según lo mandaba la ley vigente en este sector, ahora
que las cosas en el país parecían haber terminado por
ordenarse.

Los más molestos eran Francisco Castillo y su mujer, Blanca Castillo de Castillo: las ventanas traseras
del edificio se abrían justo sobre su jardín, donde el ceibo, por desgracia, no quedaba al lado que debía para
ocultar su residencia de la curiosidad de los futuros
vecinos. No iban a dejar de ver a Blanca hecha un
cachafaz bajo su chupalla, trabajando en los macizos
de peonías, delphiniums, centaureas y caléndulas que
con su magnífico estallido de color durante todo un
mes de primavera alegraban el corazón..., sí, lo alegraban aun antes, esperando ese mes, preparándolo con
podas, trasplantes, injertos, almácigos. En la Exposición de Flores de octubre, no pocas veces Blanca Castillo había conseguido galardones importantes —por sus
peonías rojas sobre todo, casi negras, que eran sober-
bias; nadie las tenía como las suyas—, premios que
eran su orgullo porque por su trabajo los merecía. Ahora, en vista del edificio que por el momento no pasaba
de ser un antipático esqueleto hediondo a cemento
húmedo, se alegraba de que Pía se hubiera casado cuatro años antes y tuviera casa propia y su propio jardín
para asolearse en el estado de desnudez que se le antojara. De otro modo hubiera resultado insoportable
que no sólo los obreros que hormigueaban sobre la

creciente estructura, sino futuros vecinos, se dedicaran a fisgonear para ver a su hija, tan larga, tan delgada, tan morena, desde detrás de hipotéticas cortinas de pésimo gusto.

El matrimonio de Pía, con la brillante recepción que se extendió desde la terraza en que habitualmente se reunían a tomar tragos, hasta las mesitas arregladas en el jardín, ahora era algo firmemente establecido en el pasado. En cambio, a Blanca y a Francisco Castillo les había costado una semana completa, después del reciente matrimonio de su hijo Andrés, volver a adquirir el ritmo normal de sus vidas. No es que durante esta ceremonia fuera muy complicado el papel de los padres del novio —al contrario del papel de los padres de la novia, que por experiencia sabían que era una locura; Andrés se había casado con la hija, preciosa y muy inteligente por otra parte, de gente que ellos no conocían, y Andrés, sensato y cariñoso, no les exigía que los conocieran más—, pero cuando las personas llegan a cierta edad siempre se agitan más de lo necesario, y prefieren lo que siempre han conocido.

Andrés se casó un sábado. Sólo al lunes subsiguiente, Francisco, con su bastón —una coquetería sentadora a sus años y al dejo de cojera debida a causas demasiado borrosas en el pasado para recordarlas—, y Blanca, después de comer tranquilamente, pudieron retomar su costumbre de sacar a dar su paseo alrededor de la manzana, bajo los árboles, a la perra *cocker spaniel* dorada que Pía había bautizado con el absurdo nombre de Marlene Dietrich: el resultado fue que las empleadas, especialmente la Rita, que era de Chanco, la llamaban con fonemas sólo remotamente parecidos a los del nombre de la estrella germana. Sin embargo, Marlene Dietrich los comprendía perfectamente, sobre todo si se trataba de su hora de comer.

Para las personas maduras, estos mínimos rituales cotidianos, como sacar a la perra después de comida, adquieren un delectable carácter de hitos reguladores que van dándole homogeneidad y prolongando el tiempo, antes de instaurar el miedo de que comience a escasear. Cuando llega la edad en que uno sigue trabajando sobre todo para probarse que es capaz de seguir, cuando los hijos se van, llevándose todas las preocupaciones, son cosas como el aroma nocturno de los árboles y el rumor del agua refrescando las hojas después del bochorno del día, lo que parece fundamentar la esperanza de cualquier forma de renacimiento.

Francisco Castillo pensaba, cerrando la reja de su casa para sacar a Marlene Dietrich, que este deleite tan modesto que era caminar alrededor de la manzana del brazo de su mujer, jugueteando con su bastón innecesario, reverdecía la emoción de una pareja afianzada por enfocar con preferencia las peripecias positivas, aunque fueran mínimas, enriquecidas por el coraje de incluir también lo que no fue bonito. Después del matrimonio de Andrés, instigados por la intrusión del edificio vecino, consideraron fugazmente la posibilidad de vender su casa, ahora demasiado grande para dos personas. Pero Blanca concluyó que por ningún motivo ella moriría en un departamento; estaba acostumbrada a sus flores y a sus árboles y a sus empleadas; francamente, no veía razón para privarse de estos gustos. Además, asintió Francisco caminando lento tras Marlene Dietrich que husmeaba los árboles y plantas de la vereda, no tenían ninguna necesidad de vender. Andrés mismo, que después de una adolescencia fácil floreció en una juventud de compromiso real con los temas económicos típicos de la nueva generación, les dijo que en este momento el precio de las propiedades era bajo debido a la recesión mundial, y sería tonto, pudiendo hacerlo, no esperar hasta el año siguiente cuando las perspectivas serían más auspiciosas.

Era necesario tener un poco de paciencia, se repetían. Pero a Blanca y a Francisco los molestaba la nueva construcción, vigilante, húmeda, inestable y transitoria, no sabían por qué, y la incomodidad del gentío que atraía a esa calle: los gritos, la efervescencia de los muchachones que acarreaban material, la mezcladora bulliciosa, los camiones que descargaban piedrecilla y arena obstruyendo la vereda, montones de sacos de cemento, la calzada con frecuencia atascada por vehículos demasiado grandes, y en la tarde la alegre partida de los obreros —¿cómo se las arreglaban para andar tan limpios y bien trajeaditos, pensaba Blanca recordando los harapos de los obreros de antes; canturreando al partir con sus chaquetas y bolsones de falso cuero, recién lavados después del trabajo, el pelo negro mojado y relamido?—, contentos como toda la gente joven. Y también como alguna gente ya no tan joven, capaz de sentir que unos sencillos paseos nocturnos bajo los árboles son ingredientes no desdeñables de lo que, a pesar de todo, con la humildad de los años se llega a reconocer como felicidad.

DE PRONTO, de un día para otro, la construcción vecina se detuvo. No sonó la infernal máquina mezcladora. No llegó el hormigueo de trabajadores en la mañana. Ni se oyeron sus gritos ni los bocinazos de los camiones ni el bullicio. Quedaron los tres pisos de la obra gruesa rezumando humedad, erizados de varillas de fierro que aspiraban a la mayor altura del proyecto completo, y hasta los montones de arena y piedras y ladrillos, y los sacos de cemento desaparecieron de la vereda, que quedó limpia. Se llevaron las herramientas, las maderas, desarmaron la casucha del cuidador y la transportaron a otra parte, y los baldes y las palas y los harneros y la maquinaria menor, relegando toda traza de actividad al pasado. Los habitantes del barrio sólo recordaban un vago temor de verse invadidos. Tan vacía quedó la obra gruesa que no cerraron a la calle los tres pisos del edificio inicialmente destinado a tener cinco: un cascarón de ladrillo y cemento completamente hueco, con suelo de tierra que no se terminaba de secar, trasparente de boquetes abiertos al cielo.

Una tarde, al volver de su oficina de abogado, en vez de entrar directamente a su casa, Francisco Castillo se demoró un poco delante de la construcción abandonada y gritó hacia adentro: ¡Uuuuuuuhhhhhhh! Obtuvo la réplica de un eco. Siguiendo el camino abierto por su propia voz entró en el edificio, puro hormigón, ladrillo, fierro y la brutalidad irregular de los boquetes de las ventanas que más tarde serían dominados por las terminaciones, aunque por el momento sugerían ruina. Las proporciones de lo que sería el zaguán, debió confesarse Francisco Castillo, no eran mezquinas; este vano vertical abierto al cielo era para el ascensor; y en torno a ese agujero se desplegaba la cinta de un terraplén destinada a la escala. Ayudado por su bastón subió por el terraplén hasta el segundo, hasta el tercer piso. Se asomó por una ventana abierta a su jardín. Allá vio a Blanca bajo su chupalla marchita, hincada junto a un borde de clavelinas. Iba a llamarla desde arriba, pero no lo hizo, retenido no sabía por qué, como ansioso de que por lo menos esto permaneciera secreto suyo, o temeroso de poner en contacto este espacio, que era pura pregunta, con el espacio de su casa, que era pura respuesta. Luego bajó. Abrió la puerta de su casa con su llave y entró, llamando a su mujer que acudió a saludarlo con un beso.

—¿Dónde estabas? —le preguntó él para disimular su pequeña aventura.

—En el jardín. Se enmalezaron en forma atroz las clavelinas. Espérame en la biblioteca mientras me lavo las manos y me arreglo un poco.

Sobre el tapete verde de la mesa de juego abierta junto al *bow-window*, Francisco extendió el naipe para un solitario, enigma que le pareció insuficiente. Dejando las cartas dispuestas, fue a sentarse en el sofá cuya cretona iba a ser necesario cambiar, hojeando otra vez el soberbio volumen de antiguas fotografías de la Rusia zarista publicadas por Chloé Obolensky, que compró la semana pasada y que tan gratos momentos le había proporcionado al mirarlo junto con Blanca. Buscó de nuevo esa imagen de la familia de la burguesía rusa en torno al samovar, personas gentiles y sin embargo extrañas; y los bailes de disfraz en la corte a comienzos de siglo, de los cuales un baile a que asistió la madre de Blanca en esta pobre capital latinoamericana evidentemente había sido una pretenciosa imitación; y con algo de desasosiego compartido por marido y mujer, se demoraron en las fotografías de extrañas tribus, de razas cuajadas de adornos bárbaros en bosques y tundras y desiertos regidos por valores inimaginables, señalándoles vastedades que los hizo sentirse endebles, con una emoción no producida por el *National Geographic*, tal vez porque en este caso al elemento de la distancia se agregaba el perturbador elemento del tiempo; se entretuvieron, sobre todo, reconociéndolas como las más poderosas, en esas fotografías de hirsutos mendigos y peregrinos con su saco en la espalda y su cayado en la mano, más que nada en las de mendigos jóvenes, cuya suciedad y desesperación tenía algo de sagrado, de místico, cubiertos de harapos y perdidos en sí mismos y en el espacio, dueños de un orden de experiencias tan distintas a las de ellos, habitantes de este tranquilo barrio arbolado. Era peligroso asomarse a ese mundo que comenzaba justo más allá del territorio que Marlene Dietrich, noche a noche, marcaba como suyo con su orina. Francisco cerró el libro cuando entró Blanca refrescada, y se sentaron uno frente al otro para solucionar el enigma accesible propuesto por el naipe sobre la mesa de juego. Y después de comer, como todas las noches, con la última oscuridad de la primavera, le pusieron su collar a Marlene Dietrich para sacarla a dar una vuelta por la manzana.

Las ventanas encendidas, en otras habitaciones donde comían o leían o jugaban al naipe otras personas, se vislumbraban detrás de los árboles de otras casas. Ecos de risa, de música, atenuados, se oían en el fondo de otros profundos jardines donde alguien regaba el pasto. Una empleada cuchicheaba con su novio en la sombra de una puerta, un auto estacionándose, un muchacho regresando de una excursión con una mochila a la espalda caminando muy rápido por el medio de la calzada, perros amigos de Marlene Dietrich ladrándole al sentirla pasar... pero no todos sus amigos: el quiltro de los cuidadores de la construcción vecina, un perrito simpático de ladrido atiplado al que le encantaba juguetear un poco con la lujosa perra sobreprotegida antes que tuviera que recogerse, ya no estaba: la construcción de muchos edificios había quedado detenida, como ésta, comentó Francisco. Por suerte, en ese barrio era la única construcción, y nada iba a cambiar. Para ellos, claro, esta crisis era positiva porque significaba que ya no demolerían otra casa buena para construir esos edificios que parecían colmenas, como estuvo sucediendo en otros sectores privilegiados, y así los jardines espléndidos seguirían tan espléndidos como toda la vida.

De regreso de su paseo con Marlene Dietrich, al dar vuelta la esquina de su calle, vieron pasar de nuevo al apresurado excursionista que marchaba por la calzada, ahora en sentido contrario. Ellos continuaron su lento paseo hacia su casa, comentando que la mochila del excursionista era realmente enorme. La oscuridad no les permitió observarlo bien, y además caminaba tan rápido como si... como si fuera cuestión de vida o muerte llegar a una cita..., no, no parecía excursionista, comentaron, más bien un andariego vigoroso, incluso podía ser un pordiosero, por su barba descuidada... pero no, dijo Blanca: que Francisco se acordara de la barba con que llegaba Andrés de sus excursiones cuando era soltero... en fin. ¿Qué se podía decir de alguien que apareció a la luz de un farol un segundo, y después desapareció?

Al detenerse con la llave en la mano en la reja de su casa, vieron que el excursionista, o andariego, con su casa a cuestas, ahora mucho menos rápido, venía por la vereda de ellos con un papel en la mano, y escudriñaba la numeración de las casas como quien busca una dirección que no puede encontrar. Blanca y Francisco entraron y cerraron su reja al verlo acercarse. Desde dentro, disimulados por el granado en flor, lo vieron escudriñar también la numeración de su casa y compararla con la que llevaba escrita en un papel. ¿Tocaría el timbre? ¿Venía por ellos? En ese minuto lo vieron de bastante cerca: un rostro tenso, no mal afeitado sino con una barba corta y dura y rala, y unos ojos azules tan pálidos como los ojos de una estatua en un rostro de hombre no tan joven como al principio pareció. Fue alejándose: vieron que también buscaba el número en la obra gruesa de al lado. Y lo vieron entrar en esa construcción.

Blanca y Francisco se miraron. Corrieron de la mano hasta el jardín de atrás, el del ceibo y los macizos de flores de estación. Se quedaron observando, en la noche estrellada, el esqueleto del edificio inconcluso. Vieron al excursionista o vagabundo, que por su barba bien cuidada más parecía extranjero, recorriendo el edificio, su figura recortada de repente en el vano de una ventana o de una puerta: subió hasta el techo erizado de varillas de fierro, y desde el jardín, vieron su silueta desasosegada oteando, al parecer, la ciudad en busca de la dirección que no encontraba: se dibujó, con su mochila llena con aquello que basta para sobrevivir, contra el horizonte ciudadano de un cielo rojo como una hoguera química.

—Vamos a ver si sale —dijo Francisco—. No me gustaría nada que se quedara en ese edificio.

—¿Por qué?

—No sé. No sé quién es. Ésa no es su casa. Y desde las ventanas podría quedarse vigilándonos. No me negarás que es una sensación bien poco agradable, sobre todo de noche.

—No veo por qué, si dentro de media hora vamos a estar durmiendo.

—No voy a poder dormir ni una pestañada pensando que hay un señor en el edificio inconcluso de al lado vigilando mi casa.

—¿Vigilando? ¡Qué tontería! ¡Como si hubiéramos hecho algo malo!

Se apresuraron para esconderse entre las ramas del granado junto a la reja, llevando una linterna en la mano por si se ofrecía, esperando que el personaje saliera. Permanecieron allí mucho rato, hasta que Francisco, cansado pero sin sueño, dijo:

—Voy a ir a ver.

—No te metas.

—Me carga la idea de que esté ahí.

—Voy contigo.

—No. ¿Para qué? Espérame adentro.

Con el bastón firme en una mano por si hubiera necesidad de defenderse, lo que era poco probable en un barrio como éste, y con la linterna encendida en la otra, Francisco recorrió de arriba abajo el edificio inconcluso, habitación por habitación, que encontró completamente vacías. El muchacho no estaba. Al salir, vio que Blanca, desobedeciendo su consejo, se encontraba en la vereda, despeinada por las ramas del granado.

—¿Por qué saliste? —le preguntó Francisco. Un poco alterada, ella contestó:

—Salió..., pasó otra vez hacia allá, buscando...

—Entremos. Déjalo buscar.

No pudieron dejarlo buscar porque sin que se dieran cuenta, el muchacho había regresado por la vereda con su papel en la mano hasta encontrarse cerca de ellos en la oscuridad. Francisco dio dos pasos hacia él, interpelándolo con gentileza:

—¿Señor...?

Sobresaltado, porque no había visto a la pareja en las tinieblas vegetales, el andariego retrocedió un poco, como si los temiera. Blanca le preguntó también cortésmente:

—¿Buscaba algo?

Era joven, aunque no tan joven como para conmover exclusivamente por su juventud. Vestía igual que todos los jóvenes de ahora, *jeans* y polera, con su gran mochila a la espalda. Tenía ojos enormes y luminosos, muy claros, y en su sorpresa al ser interpelado se vio que no entendía qué le preguntaban..., pertenecía a otro ámbito cultural porque no entendía la más simple pregunta en castellano... o tal vez fuera sordo, no, sordo no, eso no cuadraba con un hombre tan vigoroso y tan libre: habían oído hablar de muchachos como éste —no muchacho, era un hombre hecho y derecho—, hombres polvorientos, trashumantes, solitarios, que recorren el mundo de un extremo al otro de a pie y nadie, ni ellos mismos saben por qué y para qué lo hacen, tostados por todos los soles, las manos rudas pero no sucias, su modesta polera desteñida, y sus Adidas que aunque no precisamente nuevas, eran Adidas, no sucias.

—¿Buscaba una dirección? —volvió a preguntarle Blanca con las inflexiones bien entrenadas de su voz, porque se veía que era un extranjero decente que necesitaba una mínima ayuda para encontrar a parientes en quienes refugiarse por lo menos por un tiempo.

Ante esta segunda pregunta de Blanca el andarín comenzó una larga y encolerizada explicación en un idioma completamente ininteligible, de fonemas y raíces que Francisco no logró reconocer, fuera de todo el ámbito de su conocimiento, quizás un idioma altaico o armenio, aunque por qué no finlandés o islandés..., no conocía ninguno de esos idiomas, pero creía por lo menos ser capaz de relacionarlos con alguna área de la geografía y de la cultura, cosa imposible con el idioma que hablaba el andariego de la mochila. Durante su largo y apasionado discurso inútilmente explicativo señalaba primero hacia un lado de la calle, luego hacia el otro, y después siguió hablando ininteligiblemente mientras agitaba el papel. Blanca y Francisco hicieron pequeños gestos destinados a comunicarle que no entendían nada pese a toda la pasión que estaba poniendo en sus palabras, y que lo primero sería encontrar un terreno común de comprensión.

—*English?*... —le preguntó Francisco.

El andariego lo negó con la cabeza.

—*Français?* —preguntó Blanca.

Él se alzó de hombros.

—*Deutsch?... Italiano?...*, *a little?*

Entonces, con rabia, el andariego hizo un gesto de violencia con la mano, enérgico y vertical, que cortaba toda posibilidad de comunicarse por medio de un idioma, gesto que les arrebataba, como con un dolor terrible, su casa, sus muebles, sus cuadros, su jardín, sus libros, y los dejaba viviendo en el agresivo cascarón de la obra gruesa de al lado, esencial y húmeda como cueva para aborígenes, desprovista de los signos de modestas historias personales. Al negarse a la comunicación mediante el instrumento de un idioma compartido, aunque fuera en retazos, el andariego agitó ante ellos, urgente, amenazante, el papel con un número escrito, sí, que lo ayudaran a encontrar ese número. Por medio de torpes señales, como pudieron —y también con un suspiro de alivio— le indicaron al andariego que esa numeración quedaba por lo menos quince cuadras más arriba por la misma calle. Casi sonrió ante esta aclaración experta que logró entender: tenía unos ojos curiosos, vacíos pero atentos —atento a cualquier movimiento agresivo: para defenderse, pensó Francisco— y exigentes. Esbozó, con la misma mano que cortó la comunicación, un gesto aceptante de lo recién dado por Francisco y Blanca, y enunció incomprensibles palabras de agradecimiento: sintieron un vuelco emocionado del corazón al aceptar aunque fuera esta forma de reconocer su cortesía. Lo vieron partir por el medio de la calzada, oscura salvo por los charcos intermitentes de los faroles, con la enorme mochila a la espalda... ese excursionista endurecido que no hablaba ni comprendía ningún idioma reconocible, peregrino perdido en una estepa del siglo pasado.

COMENTARON este incidente con Andrés y Margarita, que vinieron a almorzar al otro día. Les explicaron que ante la opacidad del idioma del andariego y a su propia incapacidad de descifrarlo ni relacionarlo con ningún idioma de un espacio cultural conocido, y también frente a su vestimenta que tenía algo de igualmente indescifrable por lo «general», es decir, sin evidencias de oficio, nacionalidad, dinero, clase social, se sintieron como contemplando un océano donde sucedían cosas incontrolables de las cuales este muchacho quizá fuera víctima, y ellos, impotentes, o víctimas también.

—¿Que no dice que no era tan muchacho?

—En fin, hijo...

—Sentimentalismo suyo, mamá —la despachó Andrés riendo.

—Puede ser —repuso Blanca al trinchar el pollo—. Pero a ti, Andrés, cuando eras chiquillo, te he visto igual al volver de una excursión, barbudo, tostado, cansado, hambriento, sucio como un mendigo, los ojos claros brillando, alucinados de distancia. Al verlo a él, por un segundo te vi caminando perdido en un país hostil, en medio de un idioma y una cultura en la que te fuera imposible reconocer los códigos. ¿No es válido, entonces, mi sentimiento de pequeñez frente a un mundo gobernado por emociones y sentimientos a los que yo jamás he tenido ni tendré acceso, y mi temor, que revivo a través de lo que tú fuiste, repetido en este andariego tan violento..., no es válido, entonces, sentir que no entiendo a veces, y que a veces no estoy segura de nada?

—Sí, es válido —repuso Andrés, pensándolo.

Cuando Andrés se fue a la Bolsa después del almuerzo, y Margarita al doctor, Francisco le dijo a Blanca:

—Ha cambiado tanto.

—¿Quién?

—Andrés.

—No tanto.

—No..., supongo que no..., nunca tuvo *pathos*. En fin, se está haciendo rico con los asuntos como están. Eso por lo menos es bueno. Pero siento que pese al caos político y económico, su mundo, y el mío y el tuyo, permanece siendo un mundo benigno, y tan chico que a veces me irrito. El mundo del andariego debe ser enorme, hostil, pero libre.

Hojearon juntos otra vez el terrible libro de fotografías rusas. Siendo tan normal el aspecto del muchacho de la mochila, tenía algo que lo emparentaba con estos peregrinos, ciegos o no, con estos vagabundos barbudos y melenudos, limosneros, cubiertos con los extraños emblemas de sus dioses, músicos ambulantes judíos o gitanos o kurdos, con estos santones miserables atormentados por las liendres, con estos predicadores que no conocían ni los límites ni las proyecciones de la visión que predicaban pero que vivían en la orilla misma del no vivir, una órbita tan distinta a la de una madura pareja burguesa en una insignificante capital de América del Sur.

La Pía vino a comer esa noche con su marido para anunciar el nacimiento, dentro de siete meses, de otro hijo más: los cuatro celebraron contentos, se despidieron tarde después de hacer proyectos para el nacimiento y discutir los posibles nombres del niño. Blanca y Francisco los acompañaron hasta la reja para despedirlos con afectuosos besos. Los vieron subir al auto, ponerlo en marcha, alejarse. Se alegraron de que sus hijos fueran felices. Llamaron:

—Marlene Dietrich... Marlene Dietrich..., ven, vamos...

La perra, que era inteligente pese a que dicen que los *cocker spaniel* no son brillantes, llegó con su collar y su correa en el hocico porque sabía que era la hora de su paseo.

—Tranquila..., tranquila..., no te retuerzas... —le decía Francisco mientras le ponía el collar y Blanca abría la puerta.

Salieron. Era una de esas maravillosas noches primaverales y fragantes...

No alcanzaron a dar dos pasos cuando tropezaron con el muchacho —no, no muchacho: hombre, caminante, mendigo, *clochard*, *hippie*, excursionista, andariego, maleante... no, maleante no— que salía del edificio inconcluso. Se detuvo frente a ellos, blandiendo, acusador, el papel, sin sonreír porque aún no encontraba su destino.

¿Cuánto rato hacía que acechaba desde esa fracasada intención de lujosa casa de departamentos? ¿Los había visto, a él y a ella, y a Andrés y a Margarita, tomando sus apacibles *whiskies* en la terraza de atrás, frente al jardín iluminado? Viéndolo agitado y colérico, Francisco se avergonzó de que hubiera sido testigo, quizás envidioso, probablemente dolorido, de tanta paz. Y lo odió por violar su intimidad, por vigilarlo y quizá juzgarlo. Pero el viejo hábito de compasión, privativo de la cultura a la que él pertenecía y quizás el muchacho de la mochila no, lo hizo pensar que mirándolos desde la oscuridad del desolado edificio vecino, había comparado esa situación tan benigna con situaciones en su propia vida, tal vez añorando otra cosa que el desarraigo.

Con un precario y no muy extenso repertorio de gestos que necesitaba repetir para darse a entender, el muchacho de la mochila logró comunicarles que ese número, en esa calle —es decir, la dirección que había estado buscando con tan encolerizada urgencia— no existía.

—¡Qué tontera! —dijo Francisco.

—Tiene que existir. Estas calles de por aquí están muy bien numeradas.

Se quedaron los tres como anonadados, en silencio un segundo, hasta que Francisco lo rompió diciendo:

—Mira, Blanca: llevémoslo en el auto. Son cinco minutos de ida y cinco de vuelta. ¿Qué nos cuesta? Todavía no he entrado el auto.

No encontraron el número que buscaban en la parte de la calle que Blanca y Francisco estaban seguros de encontrarlo. No existía. Irritados, vencidos por algo, con el muchacho que había comprobado el error de quienes estaban seguros de saber una verdad por pequeña que fuera, volvieron en el coche hasta su casa. Al llegar, antes de bajarse, intolerante con su error y el de las

109

autoridades responsables de la numeración, Francisco le indicó al muchacho de la mochila que le volviera a mostrar el papel. Encendió la luz del auto: leyó, además de la dirección, un número que podía ser...

—*Telephone?* —le preguntó, haciendo el gesto correspondiente.

Él, ansiosamente, señaló el número, afirmando:

—*Telephone...,* *telephone...*

—¿Por qué no le sugerimos que entre a hablar por teléfono desde la casa para que no haya confusiones y así sabrá *exactamente* dónde ir?

Abrieron la reja y entraron el coche. El andariego, antes de cruzar el umbral se limpió los pies en el felpudo como si quisiera dejar allí el polvo de todos sus caminos. ¿Quién, en qué hogar le habían enseñado este pequeño gesto culto y cortés que Blanca jamás había logrado enseñarle a sus hijos? ¿Qué compulsión infantil lo obligaba a hacerlo ahora, innecesariamente, como una muestra de respeto que contradecía la contrariedad de su tono? Dejó su mochila en un rincón del vestíbulo. Lo invitaron a pasar a la biblioteca para que desde allí hablara. No miró ni los cuadros, ni los búcaros de flores cuidadosamente mezcladas por Blanca, ni las fotografías ni las alfombras, ni las paredes cubiertas de libros: era evidente que las cosas referentes a la civilización lo tenían sin cuidado pese a haberse limpiado los pies al entrar. Se dirigió directamente al teléfono. Blanca y Francisco se sentaron en el sofá de cretona, contemplando al muchacho de la mochila sin su mochila junto a la esquina del escritorio mientras marcaba una y otra vez, encolerizándose más y más al no obtener el tono ni lograr que entrara su llamada. Lo observaron: algo había cambiado en él. Las Adidas no estaban limpias; arrugas de cansancio y manchas de suciedad ensombrecían su rostro envejecido; tenía los dientes amarillos, irregulares, espaciados, las manos partidas, sangrantes..., no, no era un muchacho, era un hombre maduro al cual sólo la penumbra de sus anteriores encuentros les hizo adjudicarle juventud debido a la energía de su talla atlética. Blanca sintió una especie de sobresalto al verlo bajo la lámpara, endurecido por soles distintos a los que ella conocía..., de un desierto en Australia, trabajador en las minas brutales del noroeste..., de Israel, con la metralleta en la mano..., curtido por climas crueles, Alaska, Groenlandia, las tierras malas de cualquier parte..., tundras desprovistas de ecos en su conocimiento del mundo.

...Por fin alguien del otro lado —quienquiera que perteneciera a ese otro lado, que era el suyo— contestó su llamada. Su rostro se descompuso, como si el haber acertado, lejos de producirle paz y agrado, le produjera sinsabores: gritó, discutió alterado, se negó a obedecer una orden, impartió otras distintas, colérico y peligroso en ese idioma irreconocible pese a la atención con que Francisco analizaba los fonemas en busca de raíces, de paralelos. ¿Política? ¿Pasión? ¿Armas? ¿Drogas? Todos los lugares comunes, conocidos de segunda mano, pasaron por la imaginación de Francisco. ¿Mucho dinero? ¿Poder? ¿No son, acaso, éstas las cosas por las que las personas se enfurecen, por las que se juegan la vida los vigorosos hombres jóvenes como éste? ¿Ideales? ¿Una mujer? ¿Qué podía ser la causa de su rabia, quién lo esperaba y para qué, en la dirección equivocada —o falsa— que le habían dado? ¿Era en verdad un idioma el que hablaba, un sistema coherente cargado con siglos de cultura en su lento desarrollo, o una jerigonza improvisada por una confabulación de maleantes? Lo que mantuvo helados a Francisco y Blanca en su sofá de cretona no era el idioma intrincado, sino la extraordinaria violencia con que el andariego hablaba, el rostro contorsionado, sus puños gesticulantes apretados, todos los músculos que controlaban sus facciones describiendo la tensión del peligro. Con una mano se cubrió los ojos, doloridos de furia, el movimiento iracundo de la otra mano como para lanzar lejos el auricular, la cabeza agitada en negativas, en aceptación, peligrosa... peligrosa sobre todo porque sólo las emociones del muchacho de la mochila eran comprensibles, no sus causas, no sus contenidos, una abstracción del odio y el terror puros, no la atmósfera de su situación como resultado de valores que ellos podían juzgar. Y los aterró ignorar qué cosas movían y conmovían a este ser que no terminaba nunca de hablar por teléfono, recibiendo e impartiendo quién sabe qué peligrosas órdenes, quién sabe de qué lejano país.

Blanca se puso de pie. Desde afuera de la biblioteca llamó a Francisco: ella tenía miedo, le dijo. Por favor, que este hombre tan raro saliera de su casa cuanto antes. Sí, que lo echara. No quería tener nada que ver con él. Había pensado ofrecerle un plato de comida porque era posible que tuviera hambre. Pero no lo iba a hacer: nada en su vida la había preparado para enfrentarse con el peligro..., un peligro casi físico, lindante en la delincuencia y la miseria. Ella tenía la certeza de que el peligro era la materia de que se nutría su vida. Se iba a acostar porque tenía miedo. Que Francisco se deshiciera de ese hombre que hablaba el idioma incomprensible. Y esta noche que tuviera cuidado de cerrar la verja con candado *doble*.

La puerta de la calle estaba cerrada con llave. Por un segundo, Francisco, que se sentía frágil, concibió al muchacho como su prisionero, y pensó llamar a la policía para que los desembarazara de una vez y para siempre de este bruto. Pero en su rostro percibió trazas de tal hábito de dureza que no dudó de que este pobre loco había llegado a algo a lo que él nunca podría llegar: estaba en peligro. O estaba poniendo a otros en peligro. Y porque Francisco le envidió esa experiencia no llamó a la policía mientras el muchacho intentaba explicarle lo inexplicable. Es duro, todo lo que este hombre conoce es duro, pensó Francisco. Tal vez le hayan enseñado con dureza a limpiarse los pies antes de entrar en una casa. ¿Para qué ser duro con él si lo que le envidiaba era su conocimiento de la dureza, él que sólo sabía barajar matices? Afable, entonces, le señaló la puerta de la biblioteca. El andariego salió. En el vestíbulo se puso su mochila, encorvándose como un

vagabundo bajo su peso. Salieron al jardín. Francisco
llamó:

—Marlene Dietrich..., Marlene Dietrich...

Cuando Marlene Dietrich llegó contoneando sus caderas de placer ante el paseo, el muchacho se dio cuenta de quién era Marlene Dietrich... y, repentinamente
cambiado, lanzó una carcajada, maravillosa por lo inau-
dita: acariciando a la perra rubia le silbó el alegre y
largo silbido con que los hombres jóvenes celebran el
paso de una mujer deseable por la calle. Con la verja
ya abierta Francisco le ofreció la mano: .

—Adiós —le dijo.

Él sonrió, contestando con su sombrío acento:

—Adiós.

Fue la única palabra que dijo alguna vez el andariego que Francisco pudo comprender. Lo vio alejarse, in-
clinado bajo su saco, casi arrastrando los pies como un
vagabundo cualquiera de los que hay por miles en la
ciudad. Cuando subió a relatarle el desenlace feliz a
Blanca, la encontró tirada en su cama, vestida, sollozando:

—¿Qué te pasa? —le preguntó Francisco, tomándola entre sus brazos para consolarla.

Ella se liberó, poniéndose de pie bruscamente, sin
la ayuda de nadie:

—Nunca más va a pisar una persona como ésa mi
casa —declaró, continuando con el rostro cubierto por
sus manos—: Odio el terror, la brusquedad..., odio lo
que no entiendo. Sí, odio el odio, y te prohíbo que me
lo vuelvas a traer a la casa.

—Yo no lo traje.

Blanca encaró a Francisco:

—No me mientas, cobarde. ¿Crees que no sé, desde
el primer día, que me miraste de la ventana del edificio
de al lado mientras yo desmalezaba mis clavelinas?

—¿Y qué tiene que ver el edificio de al lado con lo
que sucedió esta noche?

Blanca se había acercado a Francisco, y tomándolo
por los hombros lo zamarreó gritándole:

113

—¡No sé! ¡No sé! ¿Cómo quieres que sepa? Lo único que sé es que no quiero miseria. No la soporto. Últimamente he estado viendo demasiados mendigos por la ciudad, no quiero verlos..., los odio, los odio..., me da pavor esa gente barbuda y cochina y zarrapastrosa con abrigos desteñidos y sacos al hombro y pelo sin cortar y con ojos de terror, gente sin origen y sin destino, hambrientos, desesperados, aterrados: así es toda la gente que veo ahora y no puedo... y ese edificio tan inhumano como el idioma que habla el andariego, vigilando mi jardín..., no puedo..., no puedo...

Francisco trató de besarla y abrazarla para que se calmara, como tan efectivamente sabía hacerlo desde hacía tantos años. Blanca lo rechazó: le daba asco, le dijo. Luego, arrepentida, un poco más suavemente para no herirlo, pero alejándose de todo contacto con él, le pidió que por favor esa noche la dejara dormir sola. Desde la puerta él le preguntó:

—¿Por qué, Blanca?

Ella titubeó:

—No sé. En todo caso, ten compasión, y déjame odiarte sin causa esta noche.

Blanca pasó dos o tres días en cama, leyendo. Les explicó a sus hijos que no es que estuviera enferma, sólo que a su edad tenía ganas y derecho a flojear un poquito.

—Claro que tiene derecho, mamá.

—Claro, Blanca. Descansa.

En la noche —le confiaba en susurros a Francisco— oía pasos. No sólo los pasos del andariego de la mochila sino también los pasos de todos los otros seres hoscos y cubiertos de arpillera y jirones de lana desteñida, los ojos desencajados por dolencias y hambre, las barbas fétidas habitadas por liendres, las manos huecas... pero tal vez también locos o viciosos o perversos, quizá seres arruinados que eligieron, entre muchos, este destino. Le repetía noche a noche, abrazada a él

114

para que la reconfortara, que oía esos pasos blandos de pies desnudos o zapatos viejos, de trapos amarrados con cáñamo a piernas sarnosas. ¿No los oía, él también, avanzando?...

—Francamente no, mi linda.

Sin embargo, ahora, cuando Francisco salía de su oficina después de despachar los pleitos más urgentes de la tarde, caminaba un poco por el centro y por el parque en dirección a su casa antes de tomar el taxi, y comprobaba que hasta cierto punto Blanca soñaba la verdad: si uno miraba con atención veía, en realidad, muchos mendigos. La verdad, claro, era que en este país siempre hubo mendigos y vagabundos, sólo que ahora que todo sufría de tan terrible inestabilidad uno se fijaba más en las señales de la miseria, y por eso las *veía* más. Con este asunto de la recesión que tenía tan angustiado a todo el mundo, resultaba difícil, por simple, clasificarlos de asociales y locos..., sí, sí, *eran*, sin duda, asociales y locos, pero se hacía apremiante precisar que el hecho de ser asocial, el hecho de ser loco, estaba profundamente vinculado, a través de estos seres trashumantes y aterrados, con la locura de todo lo que estaba pasando, y eran su emblema.

Francisco hizo descansar a Blanca durante casi una semana en cama, que permanecía atenta a las figuraciones de esos pasos que avanzaban. En la noche, antes de dormirse, Blanca le pedía por favor a Francisco que no privara a Marlene Dietrich de sus paseos nocturnos alrededor de la manzana, y que todas las noches antes de regresar revisara el edificio inconcluso de al lado con el fin de comprobar que no había nadie acechando desde allí, porque eso le daba miedo: él entraba, armado de bastón, linterna y perra, y lo recorría entero. Nunca se quedaba mucho rato. A veces deseaba hacerlo, pero prefería no inquietar a Blanca con la prolongación de su ausencia. Ella tardó bastante en aventurarse, tímidamente al principio, a la calle, salir a cualquier cosa, a comprarle ropita amarilla a su nueva nieta que era morena, por ejemplo. Francisco notó que Blanca llegaba agotada de sus correrías callejeras, aunque contenta, pero reticente para narrarle lo ocurrido afuera de su casa. Poco a poco, sin embargo, se fue soltando, y le relataba a su marido con una minucia obsesiva, cómo era el atuendo de cierto mendigo que había divisado al venir, en la vereda de enfrente, un mendigo no muy distinto a aquel del libro de Chloé Obolensky..., era como si Blanca saliera de su casa con el único propósito de buscar a ese mendigo, y también a otros, pero sobre todo a éste. Luego, compulsiva, le confesaba a su marido que había seguido durante horas a otro mendigo sin que él notara su persecución —detalle muy importante: los vagabundos son hoscos, tímidos, asustadizos, seres marginales que evitan todo contacto con la gente—, detallando el violeta desteñido de la chaqueta que antes fue azul marino, los pies y pantorrillas medievalmente envueltos en arpilleras atadas con tientos, las barbas de resplandor anaranjado por lo sucias, las facciones azules de enfermedad, brillantes los ojos de miedo, y por fin el rojo desfallecido del trapo anudado al cuello y el verde pastel de un chamanto a cuadros tirado sobre un hombro. Y en la tarde, en vez de sacar solitarios en la mesa junto al *bow-window*, Blanca y Francisco hablaban de estos seres, como si los ojos alucinados de Blanca, que percibía ciertos niveles de miseria que trascendían la estética pero eran demasiado dolorosos para examinarlos, iluminaran también, para Francisco, las páginas llenas de mendigos del libro ruso, esas distancias, esas carreteras que se iban a meter en los horizontes color sepia del siglo pasado por donde Blanca veía acercarse una figura perdida y dolorosa: cuando esa figura llegara hasta ellos no quedaría ni un resto de opulencia en este libro, sólo la opulencia invertida de los mendigos multiplicándose en el espacio que los rodeaba.

Un domingo, mientras tomaban un traguito solos en la terraza antes de almorzar, la Rosa acudió a avisarles que en la puerta, un hombre sucio, melenudo y barbudo, que no hablaba idioma cristiano, parecía preguntar por ellos. Blanca y Francisco corrieron hasta la verja porque adivinaron que era él. Aunque más viejo y desaseado, con la polera rajada, venía casi benigno, casi sonriente, trayendo un ramo de flores que le entregó a Blanca. Esto no pudo dejar de conmoverla: hablaba en su duro idioma indescifrable, seguramente carente de poesía, pero sin violencia ahora, explicando con sus gestos —fácil descifrarlos: avión, volar— que esa tarde partía a otro país. ¿Adónde... adónde? No dice. Se niega a decir. Quiere ocultarse, no dejar rastros... ¿Por qué será que estos hombres se niegan a dejar rastro de su paso por la tierra? El desierto de Gobi... Sinaí..., Alaska..., las estepas siberianas perdiéndose en un camino sepia del siglo pasado, los huracanes que lo habían traído a este remoto rincón del planeta lo trasladaban ahora a otros climas inclementes porque no era capaz de vivir más que en la inclemencia, y todo en nosotros, hasta nuestro clima, pensó con tristeza Blanca, es demasiado benigno: se le rompió el corazón de pena por este ser que no sabía vivir sino en el riesgo, y entonces, sin ser capaz de resistirse, lo abrazó. El andariego apoyó un segundo su frente en el hombro de Blanca, y la retiró en seguida como si este abrazo le propusiera una empresa que no estaba equipado para resistir. Ya afuera de la verja, se despidió:

—¡Adiós!

Y Blanca dijo, con los ojos arrasados por las lágrimas, segura de que este muchacho no sabía ir más que hacia el sufrimiento:

—¡Adiós! ¡Cuídate!

El muchacho de la mochila manifestó su falta de comprensión de la última palabra. Blanca le dio a entender de alguna manera, como si se hubiera establecido entre ellos un código de signos inteligibles, que no tenía la menor importancia, que olvidara. Francisco le dio su tarjeta con su dirección y su teléfono. Que la guardara, le dijo, que alguna vez los llamara desde un teléfono australiano, por ejemplo, proporcionado por gente no muy distinta a ellos, para decirles cualquier cosa que ellos no comprenderían. Guardó la tarjeta de Francisco en una billetera gorda y vieja y sobada y que llevaba en el bolsillo trasero del pantalón.

—¡Adiós! —se despidió Francisco, y señalando su tarjeta le indicó que les escribiera a esa dirección..., que no se olvidara de estos tranquilos burgueses fortuitos que desconocían la experiencia de la dureza, pero cuya nostalgia era un reconocimiento de esa carencia. Él, entonces, riendo un poco, abrió la boca mostrando su lengua, indicando que qué le iban a hacer, no tenían lengua en común con la cual comunicarse y menos escribirse.

El andariego entonces dijo:

—¡Adiós, Marlene Dietrich! —y acarició a la perra antes de partir, mientras ellos vieron alejarse por el camino hasta el borde mismo de la página color sepia, esa figura encorvada y sucia de vagabundo con su saco al hombro.

Al principio, Blanca y Francisco hablaban mucho del vagabundo de la mochila durante sus paseos nocturnos, abundando en conjeturas, como si lo echaran de menos, pero como se había ido a otro país, lo fueron olvidando. Agregaron a la pequeña ceremonia nocturna de sacar a Marlene Dietrich para que diera una vuelta alrededor de la manzana e hiciera pipí en sus árboles favoritos, la de recorrer palmo a palmo, minuciosamente y con la ayuda de una linterna con que escudriñar los rincones, la obra gruesa del edificio vecino. A veces permanecían largo rato en ese recinto destemplado, tanto que volvían a su casa con la ropa transida por una especie de humedad, de cierto olor... y como parecía haber adquirido algo como una textura que sus dedos no reconocían, la colgaban en un extremo del *closet*, aparte, como con la intención de no volver a usarla porque había quedado apestada y repugnante con esas visitas. Al cabo de un tiempo, sin embargo, como jamás encontraron a nadie en el edificio, ni jamás advirtieron cambios extraños en el horizonte de la ciudad que contemplaban desde la plataforma del último piso agresivo de varillas de acero, dejaron de visitarlo, y olvidaron al muchacho de la mochila.

Pero no por mucho tiempo. Blanca esperaba un llamado de Pía, que le pidió que la acompañara a elegir un regalo de cumpleaños para Andrés, cuando al levantar el fono escuchó en el lugar de la de su hija, una voz ronca hablando con la violencia del muchacho ya olvidado, pero que no era *su* voz. Llamó, después, a la Pía para decirle que no iba a poder salir con ella. E inmediatamente llamó a Francisco a la oficina. Que se viniera al instante. Que viniera a acompañarla. Que lo dejara todo para venir: tenía miedo. Se sentaron en el sofá de cretona desteñida a esperar.

Al poco rato llegó Rita, agitadísima, casi llorando: un hombre alto, terrible, tan pobremente vestido como los cesantes de otro tiempo —¿a qué tiempo se refería?— había venido a dejar un paquete: parecía muy fornido, dijo la Rita, cubierto por un abrigo andrajoso sujeto en el pecho con dos alfileres de gancho, sin zapatos, pero con los pies amarrados con trapos inmundos, barbudo, fétido, un tarrito ennegrecido donde seguramente calentaba su comida, sujeto al cinturón que le ceñía la indumentaria al cuerpo. Entregándole el paquete, le había dado a entender a Rita por medio de gestos —sólo gestos y ruidos, porque no hablaba ningún idioma que Rita pudo identificar como «cristiano»—, que alguien iba a venir a esta dirección a buscar ese paquete.

—¿Se fue?

—Sí, señor.

—¿Por qué lo dejaste irse sin avisarnos?

—Es que me dio no sé qué...

—¿Y el paquete?

—Se lo recibí, no más. ¿Qué iba a hacer?

—¿Por qué..., por qué se lo recibiste, idiota? —le gritó Blanca de pronto histérica.

—Es que me dio miedo, pues, señora. ¿Y cómo iba a decirle que no a ese pobre cesante?

—¿Por qué te dio miedo?

—Porque no podíamos entender nada de lo que decíamos y estaba como furioso.

—¿De qué color tenía los ojos?

—Negros.

—Ah...

Aliviados, decepcionados ante esta respuesta, Blanca y Francisco se echaron atrás en el sofá. Él preguntó:

—¿Y el paquete?

—Lo dejé afuera, en el *hall*.

—¿Está segura de que ese paquete no es para nosotros?

—Sí, de eso estoy segura: alguien lo va a pasar a buscar.

—¿Cómo sabes si no entiendes su idioma?

—Sé.

—Tráelo.

Cuando Rita dejó el paquete sobre la mesita de café antes de darle las buenas noches para que se retirara, Blanca y Francisco lo examinaron: bastante voluminoso, ese envoltorio de arpillera que antes quizá fue roja pero que ahora era de un tono muy sutil de lila, venía atado con un cáñamo fuerte y mal trenzado. Lo palparon, intentando adivinar qué contenía. Lo escucharon: nada de tic-tac peligroso..., nada de artefactos duros que estallan. Lo olieron: carecía de otro olor que el de la miseria. Podía contener cualquier cosa, bombas, drogas, ropa, armas, dinero robado, cualquier objeto incriminatorio ajeno a sus vidas. ¿Qué hacer?

—Llamemos a Andrés, que tiene tanto sentido común.

—No —dijo Francisco—. Ese niño tiene tanto sentido común que no va a entender nada.

—Pero, ¿qué hay que entender, pues, Francisco?

Él la miró:

—No sé.

Ella cerró los ojos:

—Yo tampoco.

120

Escondieron el paquete inexplicable dentro del *closet* donde habían guardado su ropa azumagada por las continuas visitas al edificio inconcluso: estaba destiñéndose, poniéndose verdosa, arrugada. Iba a ser necesario deshacerse de ella en cuanto tuvieran tiempo, regalarla a los pobres de la parroquia, por ejemplo. Decidieron no hablar más del asunto. Pero el tiempo tácito iba enconando la incógnita del paquete contagioso, escondido pero terriblemente presente, hasta que de tanto no hablar del paquete ni del hombre que lo iba a venir a buscar, cuya visita esperaban sin esperarla, Blanca, un día, histérica porque Francisco se equivocó —¿o hizo trampa?— al extender el solitario sobre la mesa de *bridge*, le gritó que ella ya no podía seguir viviendo ni un minuto más con el famoso paquete en la casa, que lo sacara, que se lo llevara no importaba dónde, que se deshiciera de él mientras ella se acostaba, pero que lo bajara del *closet* inmediatamente y lo hiciera desaparecer. Esto sucedió en la época en que Francisco acababa de dejarse un bigotito muy bien recortado sobre el labio superior, clásico, distinguido, canoso. Al sentir que Blanca, arriba, se metía en cama, el apagó la luz, quedándose un buen rato con esa voluminosa presencia enigmática, que acababa de bajar, frente a él en la oscuridad. Después, furtivo, sin llevar a Marlene Dietrich, que se quedó aullando en la reja, salió con el paquete a la calle plácida pero animada de sombras como siluetas, de crujidos como pasos. Decidió entrar en el edificio inconcluso. Los boquetes de la obra gruesa parecían haberse deteriorado, perdiendo la regularidad, y Francisco creyó que vista a través de ellos la noche crecía, como vista a través de una lente, como escuchada a través de un amplificador. Recorrió el edificio de arriba abajo. No había nadie. Jamás había nadie. Y abandonó el paquete en un rincón del segundo piso, sin ocultarlo porque no había nada con qué ocultarlo, ni nadie a quien ocultárselo.

De regreso a su casa encontró a Blanca en bata, vigilando la casa vecina desde su ventana.

—¿No te has dormido?

—No puedo.

—¿Por qué?

—¿Lo dejaste?

—Sí. Que lo vayan a buscar allá si quieren.

—Claro. ¿Qué tenemos que ver nosotros con ese paquete?

—Claro.

Esa noche ni Blanca ni Francisco lograron hundirse en el descanso total. A cada rato despertaban desde la superficie del sueño porque creían oír gente en el edificio, o merodeándolo en busca de ese paquete que temían, querían, que se llevaran. Durmieron tan poco esa noche que, cansado, Francisco decidió no ir a su oficina ese día. Lo pasó en casa, sin afeitarse, leyendo el diario y jugando solitarios. De vez en cuando iba al edificio vecino a comprobar si el paquete seguía donde él lo dejó: allí estaba, intacto. Pero la noche siguiente, y la siguiente, y la siguiente, atemorizado por algo como una marea de sombras andrajosas movilizándose por la calle bajo los árboles, tampoco durmieron, sin atreverse a salir, pese a que Marlene Dietrich chillaba enloquecida para que la sacaran, sólo montando guardia para que nadie entrara a apoderarse del paquete inmundo, vigilando constantemente el edificio inconcluso desde las distintas ventanas de su casa y desde el jardín. Cuando al quinto día los visitó, Andrés los encontró estragados y temerosos, su padre despachando las cosas más urgentes de su oficina por teléfono, como si estuviera enfermo.

—¡Qué pinta! —le dijo Andrés a su padre.

—¿Por qué?

—¿Cuántos días hace que no se afeita?

—Creo que cuatro o cinco. Voy a aprovechar para dejarme barba.

—¿Barba? ¿Como un *hippie*?

—¿Estás loco? Una perita, nada más...

—¡Qué ridiculez tan grande, un hombre de su edad y con la barba blanca! Va a parecer un anciano.

—¡Hazme el favor de meterte en tus cosas y no pasarte la vida criticando todo lo que yo hago! —le gritó Francisco.

Blanca lloraba, sentada en el sofá de cretona. Entre sollozos murmuró:

—El paquete...

—¿Qué paquete?...

Cuando por fin le explicaron la historia a Andrés, interrogó a Rita sobre el hombre que lo trajo y montó en cólera, corriendo a la casa vecina a buscar ese paquete que debía contener todas las claves. Su madre todavía lloraba.

—Es el colmo que a la edad de ustedes se metan a jugar con cosas así. Hay que llevarlo inmediatamente a la policía —exclamó Andrés, furioso.

—Ustedes todo lo arreglan ahora con la policía —le gritó Blanca a su hijo—. No tienen otra visión, la gente joven. Eres incapaz de aceptar que este envoltorio pueda significar algo para alguien, ni comprender que haya códigos distintos a los tuyos..., el hecho tan simple de que un hombre nos solicitó justamente a nosotros que guardáramos este bulto significa que alguien, no sé con qué fin, ni quién, nos señaló. Este paquete tiene importancia, la que sea, en la vida de una o de varias personas. No, no, no entiendes nada porque eres uno de esos hombres que este triste tiempo de la historia ha despojado del espíritu que cuando niño parecía que ibas a tener...

Andrés, que solía ser espléndido en casos así, escuchó a su madre, y después la calmó con palabras cariñosas. Blanca le pidió a Francisco que la acompañara hasta su dormitorio para acostarse: estaba agotada. Cuando bajó de nuevo a la biblioteca, Francisco encontró que Andrés había deshecho el paquete sobre la alfombra. Le gritó a su hijo:

—¡Desgraciado! ¡No tenías derecho a hacer eso! Eres un inmoral..., un corrompido. No has sabido respetar ni a tu madre ni a mí, ni a todos los seres que pueden depender de este paquete que nos confiaron.

—¡No quiero que mi mamá y usted se vuelvan locos! ¿No la oyó divagar, recién? ¿Y usted, hecho un limosnero con barba de una semana, no se da cuenta que están... mal?

—¡Tú estás más malo de la cabeza que nosotros, creyendo que tus benditos porcentajes y prórrogas lo van a solucionar todo!

Se dijeron cosas desagradables durante unos minutos más. Después se pusieron a examinar juntos el contenido del paquete: chaqueta raída, chal desteñido, una tijera rota, una caja de botones, una lapicera Parker naranja sin la tapa, bufandas, camisas, corbata de pajarita, cinturón sin hebilla, zapatos impares. Andrés miró a Francisco. Dejó pasar un segundo de silencio antes de preguntarle a su padre:

—¿Por estas cosas estamos peleando, usted y mi mamá y yo? Francamente, papá, no vale la pena...

—A veces las cosas que más valen la pena parece que no valieran absolutamente nada...

—¿La belleza y humildad de las cosas simples? Francamente, papá, estamos viejos para esos cuentos de curas progresistas y de monjes hindúes..., además, estas cosas no son cosas simples, son... porquerías.

Francisco asintió. Le dijo a su hijo que no subiera a despedirse de su madre, que había apagado la luz y dormía. Después que Andrés se fue, sin embargo, aprovechando que Blanca había tomado un somnífero, fue llevando todas esas prendas al *closet* grande entre su dormitorio y el cuarto de baño, colgándolas cuidadosamente, una por una, junto a sus propias prendas azumagadas debido a sus frecuentes visitas al edificio inconcluso de al lado.

FRANCISCO se afeitó, por fin, para ir a su oficina, diciéndose que de todo esto nada era verdaderamente anormal. Ante su espejo decidió, eso sí, que esta vez no se afeitaría la cara entera, como Andrés parecía exigirle, y se dejó una zona de pelos algo crecidos en el mentón.

124

En una o dos semanas más formarían una perita gris que junto con su bigote y su bastón renovarían su aspecto de distinción y madura elegancia. Besó a Blanca, que tomaba desayuno en cama, antes de partir, pero ella no le hizo ninguna observación.

Al levantarse para vestirse, buscando algo en el *closet* grande, Blanca por casualidad encontró los harapos colgados junto a la ropa que se había ido azumagando, y también la arpillera desteñida del paquete, cuidadosamente plegada.

—¡Es el colmo! —se dijo furiosa—. ¡Andrés y Francisco violaron el paquete!

Marcó el número de teléfono de la oficina de Francisco:

—Fue a hacer una diligencia en la oficina de don Andrés —contestó la voz dulzona, a pesar de todo lo que estaba sucediendo, de la secretaria.

Blanca marcó el número de teléfono de la oficina de su hijo. En cuanto descolgaron, sin embargo, Blanca, sin contestar, como si de repente hubiera cambiado de propósito, colgó. ¿Para qué protestar ahora, para qué enfurecerse cuando el irreversible deshonor de la violación ya estaba cometido, ensuciándola también a ella? Se dirigió otra vez al *closet*, y lo abrió, aspirando esa fetidez, y sacando, primero, la arpillera, que con todo cuidado extendió sobre la alfombra para apilar sobre ella los atuendos del mendigo, agregando, además, su ropa azumagada, contribuyendo con algo propio a lo que sería ese bulto que intentaba reconstruir, sin llegar a hacerlo. Y no lo hizo porque de ese cúmulo de harapos distrajo su atención una bufanda de seda gris-plata sucia, al parecer muy vieja y bastante larga. La tomó, palpándola, sorprendida de encontrar que se trataba de una bufanda que pese a su actual estado de deterioro era de la más fina seda natural.

—¿De dónde sacarán estas cosas? —se preguntó, poniéndose de pie entre los harapos, el lujoso largo de seda en sus manos.

Delante del espejo de cuerpo entero de su cuarto

de baño acercó la bufanda a su cara, a su cuello, sin tocarla más que con las manos, eso sí, porque estaba muy sucia, para contemplar el efecto.

—Es muy fina... —se dijo—. Y tan larga..., ya no vienen estas cosas... pero las cosas finas duran para siempre, a pesar de la mugre y de los malos tratos...

La lavó en su *bidet* con agua fría y con el detergente más delicado, estrujándola, después, en el baño. Al colgarla para que se secara, la bufanda, que festoneaba todo el contorno de ese cuarto, era ahora de un gris nublado que se fue aclarando, plateándose a medida que se secaba. Blanca le echó llave a su pieza para rehacer el paquete sin que entraran las empleadas. No alcanzó a completarlo porque decidió, de pronto, dejar la ropa colgada, más a mano. Y con la bufanda ya casi seca en la falda, sentada en camisa de dormir al borde de su cama, con una aguja remendó dos o tres piquetes insignificantes en ese magnífico trozo de seda gris-plata. Después se bañó y vistió. Cuando en la tarde fueron a hacerle una visita a la Pía, se puso la bufanda alrededor del cuello, los dos extremos colgando hacia atrás.

—¡Qué echarpe más lindo, mamá! ¿Pero no es un poco demasiado *hippie* para una señora como usted?

—¡Ustedes siempre queriendo envejecerme! ¿Precioso, no?

Blanca estuvo callada en casa de su hija, desligada de ella y de sus nietos, con los que habitualmente era tan afectuosa. Y al llegar de vuelta a su casa le dijo a Francisco que sentía un agotamiento bastante raro. ¿Por qué no sacaba él solo a Marlene Dietrich a pasear alrededor de la manzana esta noche?

Cuando regresó Francisco de su paseo y se quedó mirando el edificio inconcluso, tuvo la sensación de que había algo como vida furtiva adentro, movimiento. Pero, claro, últimamente había estado sintiendo eso todo el tiempo, todas las noches, harapientos moviéndose en las sombras que la luz de los faroles figuraba al caer sobre los acantos de la acera, que a su vez simulaban hacinamientos de vagabundos andrajosos. Pero era la

126

primera vez que oía ruido, la primera vez que tuvo la sensación de movimiento *dentro* del edificio.

Cuando llegó y encontró a Blanca probándose un abrigo demasiado largo frente al espejo, le dijo:

—No me gusta. ¿No tiene... como roturas...?

—Eso se puede arreglar.

—Claro.

—Pruébate esa chaqueta que te dejé encima de la silla.

—¿Cuál? ¿Esta con parches?

—Se usan mucho las chaquetas de *corduroy* con parches.

—Pero ¿tantos... y tan desteñida y vieja... y sucia...?

—Es muy *British*.

Se la probó de todas maneras, cómodo con ella. Tanto que después, todas las noches, dejando que Blanca se probara más harapos encontrados en el paquete, él se ponía la chaqueta de *corduroy* desteñido, gastado, parchado, para salir a dar una vuelta a la manzana con Marlene Dietrich. Francisco no le contaba a su mujer que ahora todas las noches ya no sólo se figuraba, sino que en realidad *veía* siluetas, en realidad *oía* voces discutiendo en ese idioma incomprensible dentro del edificio inconcluso, o sentía la transparencia de ojos mirándolo desde los vanos de ventanas que a estas alturas ya no eran más que ruinosos boquetes deformes en ese edificio que jamás se llegó a terminar, ahora repleto de una vida atenuada, furtiva, y sin embargo turbulenta.

A su regreso siempre encontraba a Blanca frente a su gran espejo, con un montón de ropa apilada sobre la arpillera, improvisando extrañas tenidas con los harapos, disfraces, pasatiempo al cual él se unía, mesándole sus cabellos y también los propios, arrancando los botones de un abrigo para cruzárselo sobre el pecho con un alfiler de gancho, ayudando a Blanca a rajar un siete en una falda, discutiendo el color de un parche, exhumando quién sabe de dónde un calañés viejo para calárselo hasta las orejas encima de un casquete de lana que quién sabe cuántos años antes de que se apolillara fue color púrpura. Pasaban muchas horas absortos en este juego que borró el límite entre los inmundos harapos encontrados en el paquete y su propia ropa, que parecía haberse contagiado con la miseria y la mugre de las prendas colgadas junto a ellas en el *closet*.

—¡Papá! ¡Qué facha! ¿Cómo no se afeita? Es el colmo... —se quejó Andrés un día en que sorpresivamente llegó a visitarlo en su oficina y lo encontró vistiendo la chaqueta de *corduroy* con una manga descosida.

—Ya no es cabro para andar así..., está bien en la casa, para ayudarle a mi mamá en el jardín..., pero en su oficina... Yo no le tendría ninguna confianza a un abogado vestido como usted.

Francisco se sentó con Blanca en la terraza esa tarde, una tarde de otoño caliente aún, y se sirvieron sus tragos sin dejar de sentir, pesando en su conciencia, el esqueleto del edificio intruso que los miraba desde al lado. Escucharon voces adentro... ¿personas que examinaban la obra gruesa, por fin, para terminarla? En seguida, sin embargo, se dieron cuenta de que ahora, en pleno día, esas voces discutían *en el idioma del muchacho de la mochila*. Estuvieron escuchando ese violento cuchicheo durante mucho rato, hasta que comenzó a oscurecer. Dos siluetas subieron al techo, y entre las terribles varillas de acero, se atacaron, aullando como fieras, levantando un clamor de vituperios. Blanca subió a esconderse en su pieza mientras Francisco se quedó vigilando un rato más. Luego la siguió al dormitorio, donde se había encerrado. Tuvo que golpear varias veces antes de que abriera. La encontró cargada de harapos, vestida de vagabunda, ropa desteñida, olisca, rajada, el pelo revuelto, el temor de los vagabundos inscrito en sus ojos.

—Llama —le rogó a Francisco.

—¿A quién?

—A la policía.

—¿Por qué?

Blanca sollozando, la suciedad de su rostro surcada por las lágrimas, le gritó:

—¿Que no te das cuenta que en esa pelea lo mataron?

—No era él: se fue y no va a volver.

—¿No te das cuenta que los mendigos mataron al muchacho de la mochila?

—Estás loca.

—Puede ser. Pero estoy segura que algo espantoso pasó en el edificio inconcluso..., mira cómo estamos vestidos, tú y yo. No podemos decir que no tenemos nada que ver con ese asunto...

CUANDO por fin llegó la policía, de la que Blanca y Francisco se negaban a hacer uso porque pertenecían a los tiempos en que apelar a ella era señal de deterioro, registraron el edificio. Encontraron a un vagabundo asesinado a cuchilladas en la losa del último piso: un ser sin papeles de identificación, enigmático, de individualidad y edad inciertas. El oficial habló con Francisco y Blanca, más que nada porque ellos dieron la voz de alarma: les explicó que casos como éste eran frecuentes. Los vagabundos no eran, por lo general, gente peligrosa, sino personas frágiles, expulsadas de la estructura social por abajo, generalmente debido a problemas de personalidad psicopática, a la temible tara de ser incapaces de incorporarse a una sociedad ordenada. Era inútil tratar de rescatarlos o hacer algo por ellos: siempre terminaban evadiéndose. Existían aun en las sociedades más adelantadas.

—¿Pero no ha notado usted —le preguntó Blanca al oficial— que últimamente parece que la cantidad de vagabundos, siempre como de paso hacia otra parte, ha crecido enormemente? ¿No es la locura, entonces, lo que se está transformando en problema social? ¿O el problema social en locura?

El oficial se puso pensativo, serio: dijo que no había notado últimamente ningún aumento de vagabundos

129

—Blanca, al hablar de ellos, usaba la palabra francesa *clochard*; Francisco, la palabra americana *hobo*; pero hablando con las autoridades ambos usaron las palabras «mendigos» y «vagabundos», que no expresaban la totalidad del fenómeno—, pero que en todo caso la sociedad no podía reconocerlos como sus víctimas: se trataba de gente díscola que rehusaba integrarse pese a las facilidades que con frecuencia se les ofrecían, nihilistas negativos, individualistas enfermos, caóticos, ácratas incapaces de reconocer orden alguno, seres anárquicos, desesperados..., sí, dijo el oficial: él los conocía bien. ¡Tantas veces terminaban así, como el del edificio de al lado!

No le dijeron, para no perturbarlo, que esos seres hablaban en un idioma extrañísimo pero organizado. Parecían pertenecer a otra raza, de costumbres, atuendos y sobre todo de un léxico distinto, con el cual expresaban los conflictos de su especie perdida en todos los caminos de la tierra, un instrumento de palabras perfectas para expresar la violencia y el dolor de estos seres fugitivos. El representante de la autoridad les manifestó que en cuanto se llevaran el cadáver él mismo se pondría en contacto con los constructores para multarlos por no rodear el edificio inconcluso de una buena empalizada que lo protegiera, como lo mandaban las leyes municipales.

Con algunos vecinos de toda la vida discutieron el asunto de los vagabundos. Acordaron que sí, que quizás ahora que Blanca y Francisco lo señalaban, era posible que se viera a más vagabundos por la ciudad —claro, la recesión mundial— con sus sacos al hombro y sus ojos iluminados por fuegos de recóndito combustible. Claro, los habían visto aun por aquí, en este barrio donde antes jamás se aventuraban..., todo era tan distinto ahora.

CUANDO la empresa constructora terminó de levantar la empalizada alrededor del edificio inconcluso, alta, de fierro acanalado que atornillaron a postes, también de fierro, y todo quedó hermético, los vecinos, después de congratularse porque ya no podía haber más vagabundos en el barrio puesto que el edificio abierto había sido el foco de atracción para estos seres, olvidaron el asunto. Así, con el barrio despejado otra vez, con otra primavera haciendo estallar de nuevo las caléndulas y los delphiniums y cubriendo de sangre la gigantesca cabeza del ceibo, y la madreselva y los olivos de Bohemia embalsamando con su fragancia enloquecedora la noche de jardines recién regados, Blanca y Francisco decidieron salir otra vez a pasear a Marlene Dietrich alrededor de la manzana después de comer, igual que toda la vida. Como pese a las flores el clima invernal todavía no se daba por vencido, Francisco se puso el viejo abrigo al que le había arrancado los botones, cruzándoselo sobre el pecho con un alfiler de gancho, y Blanca se enrolló la larga bufanda de seda, sucia otra vez, alrededor del cuello, calzando unas zapatillas de felpa amarradas con cordeles que le abrigaban bien los pies y ablandaban sus pasos.

—Quién se va a estar fijando... —decía.

En su primera salida, la pareja intentó concentrar su atención en la conducta urinaria de Marlene Dietrich, quizás excesiva, lo que indicaría una probable perturbación de sus riñones, habitual, por otra parte, a su edad. Comentaron los jardines, cada día más espléndidos. Pero a medida que avanzaban del brazo, desde debajo de sus glosas de lo consuetudinario, aparecían, furtivas, otras preocupaciones. Por ejemplo, el problema de si Francisco había dejado o no con llave la verja al salir.

—Pero si nunca le echo llave cuando salimos a esta hora. ¿Por qué iba a cerrarla hoy?

—Es cierto.

—Claro que no me hubiera costado nada.

—Ay, no te preocupes, mijito...

—¡Marlene Dietrich, ven para acá inmediatamente! —gritó Francisco, furioso al ver que la perra comenzaba a cruzar la calzada pese a que desde chica había sido obediente.

Corrió a traerla de vuelta a la vereda. Allí, con la correa que llevaba en su mano, la azotó rabiosamente pese a los gritos de Blanca, que trataba de impedírselo. Francisco, acezando, decía:

—¡Es el colmo que a su edad no sepa lo que está permitido!

—¿Tú lo sabes?

—¿Qué?

—¿Qué está permitido y qué no?

—¿Preguntitas metafísicas a esta hora?

—¿Está permitido dejar sin llave la reja, por ejemplo?

—Claro que sí.

—Claro. No hay nadie que nos castigue por hacerlo.

—¡Qué conversación más absurda, Blanca!

—¿Esta noche, por ejemplo, le echaste llave?

Francisco lo pensó un segundo:

—Ahora que me lo preguntas, fíjate que parece que sí.

—¿Y por qué le echaste llave?

—Ya te dije que no sé..., sólo *creo* que le eché llave...

—Yo, en cambio, estoy *segura* que le echaste llave.

—¿Cómo?...

—Porque me fijé.

—¿Y por qué te fijaste?

Blanca quería que se confundiera, como ella: por primera vez *había notado* que Francisco *no* le había echado llave a la reja en la ceremonia que se repetía, siempre igual. ¡Que se confundiera, que reconociera que este tranquilo paseo nocturno se había transformado en una tortura! Francisco no quiso reconocerlo al abrir, igual que todas las noches:

—No le eché..., claro: jamás lo hago. ¿Ves?

Entraron y cerraron, con dos vueltas de llave, como todas las noches. Por el camino de arbustos de la entrada, se acercaron a la casa donde aún brillaban luces en las ventanas, y la silueta de la Rita se traslucía en los visillos del dormitorio abriendo las camas para ellos.

Pronto correría las cortinas. Marlene Dietrich gruñía debajo del tilo junto a la puerta de la casa. Un bulto entre los matorrales: un hombre dormido, encorvado y dándoles la espalda, y el saco donde apoyaba la cabeza grasienta. Blanca dio un grito. La Rita, que se disponía a cerrar las persianas, las dejó como estaban para bajar corriendo. Con la punta de su bastón Francisco remeció al hombre dormido: se incorporó de un salto, y Marlene Dietrich, cobarde, se alejó para ladrarle. El andariego, viendo a la pareja de pie delante de él, por lo menos esperando una explicación, comenzó a dársela en el impenetrable idioma de los que eran como él, de fonemas aglutinados en ritmos desarticulados y confusos, enfáticos con los gestos vehementes de su cultura. Tenía el rostro ceroso. La barba inmunda, larga. El cuerpo cubierto de andrajos. El pelo lleno de liendres. Los pies amarrados en unas ojotas.

—¿Qué haces aquí? —le preguntó Francisco con el bastón en ristre por si al miserable se le ocurriera atacar.

El andariego se alzó de hombros con el desolado gesto de los que saben que los que no son como ellos no podrán comprender. La Rita, que se había quedado mirándolo muy fijo después de su terror e indignación iniciales, se pronunció:

—Este hombre tiene hambre.

—¿Cómo sabes?

—Eso se nota.

Y entró en la casa dejando a la pareja tratando de entender, inútilmente, cómo el vagabundo justificaba su presencia en el jardín privado. Cuando de pronto el hombre se acercó a Blanca tomándole la bufanda y ella se la arrancó como algo propio, Francisco y Blanca Castillo se dieron cuenta de lo que el hombre venía a buscar, pero que ellos ya no estaban dispuestos a devolverle. El teléfono, adentro, sonaba y sonaba, y Blanca corrió a atenderlo: contestó una voz hablando el mismo idioma que el mendigo..., no tuvieron más remedio que llamar al intruso a la biblioteca y oírlo gritar en el fono mientras comía el pan y el queso traído por la Rita, que se había quedado presenciando la escena. Cuando el mendigo colgó el fono, Francisco le dijo a la Rita:

—Sácalo. Que espere en el jardín.

Francisco llamó a la policía. Respondieron que tardarían cinco minutos en acudir. Cuando llegaron y Blanca y Francisco salieron a recibirlos, encontraron a la Rita sola en el jardín: el mendigo se había ido.

—¿Cómo? ¿Quién le abrió la puerta si yo le eché llave?

—Yo —dijo la Rita—. Con mi llave.

—Pero, ¿por qué, pues, Rita, si sabías que estábamos llamando a los carabineros para que vinieran a llevárselo?

La Rita, de repente, se cubrió la cara con las manos, llorando. Blanca, confusa, la abrazó para consolarla no sabía de qué, mientras la empleada, desde detrás de las manos que ocultaban sus sollozos, murmuró:

—Podía haber sido Segundo.

Balbuceando sin descubrirse la cara, la Rita contó que allá en Chanco, cuando ella tenía diez años, un hermano suyo de catorce, al que quería mucho porque nunca abusaba con ella ni le pegaba como sus otros hermanos, desapareció de la casa y nunca más nadie había vuelto a saber de él. Uno de estos hombres andrajosos y hambrientos, sin nombre ni identificación, podía ser Segundo. Por eso le dio pan. Por eso lo dejó escapar, para que la policía no lo atrapara.

Blanca se enfureció con la Rita. ¡No tenía derecho a hacerles esto! Al fin y al cabo había estado veinticinco años en su casa y jamás habían tenido ni un sí ni un no... y sin embargo, al enfurecerse con ella, Blanca no pudo dejar de imaginarse a Segundo, un Segundo que ya ni la Rita ni ella conocían, caminando por las huellas de un desierto de Australia con el saco a cuestas y el cayado en la mano, recorriendo un mundo donde todo se arriesga.

A la mañana siguiente, cuando Blanca tocó el timbre para que la Rita le subiera a ella y a Francisco el desa-

yuno a la cama, lo trajo la cocinera: la Rita, dijo, se
había ido sin dejar ninguna explicación. ¿Adónde?
¿Cómo era posible? Veinticinco años..., había visto na-
cer y crecer a sus hijos y a sus nietos. Blanca, entonces, irrefrenable porque no podía concebir la vida sin
la Rita, se levantó para dirigirse inmediatamente a Chanco para buscarla. No podía ser serio. Sólo una pataleta
de empleada. Con su cariño, que nunca había dejado de
mostrarle, y que estaba dispuesta a mostrarle de nuevo, le rogaría que volviera a su casa que también era
la suya. Porque, claro, la Rita se debió haber ido a la
casa de los parientes que le quedaran en Chanco. No
los visitaba desde hacía veinticinco años, pero eran su
familia. Allá no le costaría nada encontrarla. Dijo Blanca que prefería ir sola..., el tren y los buses que iba a
tener que tomar eran quizás incómodos, como la vida
de los andariegos en el polvo de caminos internándose
por regiones que apenas figuran en los mapas, pero le
daría tiempo para pensar. Cuando fue a hacer su maleta y abrió el *closet*, se dio cuenta de que muchos de
los harapos habían desaparecido: la Rita, se dijo, se los
había llevado. Ella se vistió con los que quedaban. Cuando estaba abajo, Francisco esperándola con la maleta
lista para llamar al taxi, sonó el teléfono. Blanca tomó
el fono:

—¡Rita!

Luego escuchó. Entonces gritó:

—¿Por qué estás hablándome en ese idioma que no
entiendo?

Y volvió a escuchar. Desesperada, después, volvió a
hablar:

—Rita, Rita, por favor, no me martirices así, ten
compasión de nosotros que no hemos sido malos contigo y te queremos, no hables así, no uses esos sonidos
terribles que no nos comunican más que miedo, a nosotros, que te queremos tanto, no grites, no me insul-
tes, sí, sí, me estás insultando pese a que no entiendo
tus insultos, ni sé de qué me culpas, sólo sé que me
estás diciendo cosas que parecen atroces, no, no Rita,

no cortes, por favor, te imploro, Rita, quiero entender de qué me culpas, no cortes, no desaparezcas...

Blanca se desmoronó en el sofá. Francisco cogió el teléfono que su mujer había colgado, golpeándolo, y gritando «Rita... Rita...», pero como habían cortado, colgó. Entre él y la cocinera llevaron a su mujer al segundo piso y la acostaron. Pidió que le cerraran las cortinas porque no quería ver el edificio inconcluso afeando el jardín, y donde, de estar abierto a la calle como antes, él, Francisco, hubiera ido a buscar a la Rita antes que en ninguna otra parte. Llamaron a la Pía, que se puso a llorar con la partida de la Rita, que la había criado y era su confidente. Ella misma llamó a las amigas de la Rita por teléfono para preguntarles si sabían algo, pero no le pudieron dar ninguna pista: sabían tan poco como ellos sobre la vida privada de ese ser que había vivido veinticinco años en esa casa. Pero una cosa era clara: la Rita no se había ido a Chanco a la casa de los suyos, porque si así hubiera sido, en el teléfono no le hubiera hablado a Blanca en ese idioma que nadie comprendía. A Chanco se la podía ir a convencer, a buscar. Pero escondida por el idioma del rencor no se la podía rescatar ni con todo el amor del mundo.

UNA NOCHE en que Francisco sacó a pasear a Marlene Dietrich vio a un mendigo con su saco escalando la empalizada que cerraba el edificio inconcluso. En las noches —sin que Blanca, que estaba muy frágil y dormía mucho, se diera cuenta— Francisco solía asomarse a su ventana escuchando los gritos y la furia concentrada dentro de esa obra gruesa sellada inútilmente por la autoridad. Eran más que riñas, percibió Francisco; más que odio. Otra cosa: como si empeñados en esa secreta agresividad que los comprometía fueran a encontrar un nivel superior de vida, una intensificación del conocimiento, algo que estaba más allá del peligro y el rencor, pero que tenía que pasar por ellos y contenerlos.

Un día, después de pasar la noche en vela escuchando los gritos de la casa de al lado, Francisco se acercó, con un destornillador en la mano, a las planchas de fierro de la empalizada. Tenía el pelo largo, la barba descuidada, y con su chaqueta de *corduroy* parchada parecía uno de ellos. Examinando las planchas, encontró que una estaba suelta. Era evidente que en la noche, quitándola, por allí entraban y por allí salían, reponiéndola en cuanto aclaraba: porque permanecían adentro sólo en la noche, dedicados a sus juergas, que no eran juergas de alegría y de vino dionisíaco y erótico, sino crueles verbenas tanáticas. Blanca lo sorprendió una noche con la ventana abierta, escuchando las voces de la encolerizada juerga de al lado, las perturbadoras palabras ininteligibles y vehementes. Francisco le señaló los resplandores de los fuegos reflejados en las paredes sin enlucir, la silueta inmunda de una mujer harapienta en avanzado estado de preñez, las jorobas de los sacos en la penumbra, los cuchicheos y los gritos de la conjura, los planes para sufrir, las empresas para disponer, mandar, partir, cortar amarras con todo salvo con esta conjura. Cuando vio el altercado a golpes entre un hombre y una mujer en el vano de una ventana, fue Blanca la que decidió:

—Vamos.

—¿A esta hora?

—¿Cuándo vamos a saber, entonces, lo que queremos saber?

—¿Qué queremos saber?

—No sé..., cómo hablan..., de qué hablan, en qué están empeñados, y quizá participar en su cólera, que puede ser justificada..., por qué nos odian...

—¿Y cómo vamos a entrar?

—¿Tú crees que soy tonta y no sé que con un destornillador has explorado esas planchas de fierro y que sabes destornillarlas?

Ambos se vistieron cuidadosamente de mendigos con los harapos que quedaban en el *closet*, agregando alguna otra prenda de las que se habían ido azumagando en contacto con las que sacaron del paquete. Se mesa-

ron el pelo... pero, decidieron, mirándose al espejo, que
tal como estaban, ella sin maquillaje era una anciana
ajada y él con la barba canosa descuidada y sin bastón
era un viejo renco, no era necesario agregar artificios
para realzar la tragedia de sus rostros. Bajaron, salieron a la calle dejando a Marlene Dietrich aullando
adentro, y con el destornillador Francisco se dispuso
a quitar la plancha: encontró que ya la habían sacado, y
apoyada allí dejaba un hueco que a esa hora nadie
notaría, pero suficiente para que una persona se metiera por ese agujero. Entraron y subieron al segundo
piso. Había poca gente, toda silenciosa, alguien haciendo un fuego de astillas en un rincón, una mujer ama-
mantando a un niño más allá, pero nadie ni siquiera
levantó la vista para mirarlos avanzar por el suelo húmedo de ese interior ahora arruinado —panderetas he-
chas escombros como si se hubieran ensañado con
ellas; boquetes de ventana lamentablemente deformados
por impulsos violentos; concreto, ladrillos destruidos—,
ahora inmundo de cáscaras de huevo y envoltorios de
plástico. Francisco y Blanca se echaron juntos en un
rincón. Francisco agarró una manzana mordida que encontró en el suelo junto a sus pies, se la ofreció a Blanca, que enterró en ella sus dientes y saboreó, devolvién-
dosela luego a Francisco para que él comiera el resto.
Los lujosos personajes harapientos del libro de fotos
estaban aislados, mudos, tranquilos allí..., no se anun-
ciaba una gran noche. Tirados en el suelo en un rincón,
Blanca y Francisco, apoyados el uno en el otro, se quedaron dormidos.

Acostumbrados a dormir en su pieza bien sellada
contra la luz del día, despertaron al alba: algunos personajes se habían ido ya, otros se disponían a hacerlo
escarbando en sus sacos y atándolos antes de echárse-
los al hombro, otros cuchicheaban en un rincón. Blanca
y Francisco, un poco adoloridos por el suelo duro en
que durmieron, con la ropa fría y húmeda, se levantaron y, cojeando, bajaron, y entraron en su propia casa
—miraron para todos lados confirmando que nadie los

estuviera espiando—, abriendo la reja y después la puerta con sus propias llaves. En el dormitorio escondieron sus andrajos, se pusieron camisa de dormir y pijama de seda, durmiéndose sin decirse nada en cuanto apagaron las luces, hasta la hora en que llamaron a la cocinera para que les trajera el desayuno. Francisco telefoneó a su oficina para avisar que no iría durante unos días, quizás unas semanas: si aparecía algún asunto muy urgente que su socio prefería no tocar, que lo llamaran por teléfono: era probable que saliera poco de su casa.

—Claro —comentó Blanca.

—¿Qué?

—Mejor no salir.

—¿Por qué?

—Podrían reconocerte.

—Y podrían reconocerte a ti en el jardín, desde las ventanas...

—¿Y tú crees que es peligroso que nos reconozcan?

—De noche no...

—¿Y si tocan el timbre y se quieren meter en esta casa otra vez?

—Que la cocinera conteste.

—Dice que ella ya no puede más.

—¿De qué?

—De cansancio, desde que se fue la Rita..., tanto trabajo...

—No se nos vaya a ir ella también...

—Si se pone en contacto con ellos, capaz...

—Quedaríamos solos...

—La Raquel Téllez tiene un aparato en que se ve...

—¿Un aparato de televisión de circuito interno, quieres decir?

—Sí. Así creo que se llaman. Son muy modernos.

—Y creo que nada de complicados para instalarlos...

—Veríamos la cara de quien tocara el timbre.

—La Rita, por ejemplo...

—O...

—No..., no creo...

Andrés, que era muy aficionado a los aparatos electrónicos y su propia casa era un verdadero almacén de citófonos y micrófonos y aparatos para revolver y mezclar, y para grabar y tocar música, y para afeitarse y escribir y hacer de todo, tomó como una inesperada señal de juventud, de deseo de incorporarse a la vida contemporánea de parte de sus padres el deseo de instalar un televisor de circuito interno en la vieja casa, para que la pobre cocinera no tuviera que trotar hasta la reja cada vez que tocaban el timbre.

Al principio se acomodaban junto al monitor del vestíbulo en silencio, esperando que alguien tocara el timbre. Pero nadie tocaba el timbre fuera del repartidor del almacén. Esperaron la hora de vestirse para acudir al arruinado edificio inconcluso de al lado, donde todas las noches dormían tirados en el suelo. Sentían a su alrededor los furiosos acentos de riñas, los conciliábulos con designios impenetrables, la hediondez de heces, de comida, de orina, pero ellos, como todos los otros que se refugiaban allí, no prestaban atención a estas cosas. A veces esperaban el alba en el edificio, pero se iban a dormir a sus camas para que la cocinera los encontrara cuando les llevara el desayuno. Otras noches caminaban por la ciudad, lejos, muy lejos, hacia barrios apartados, escondiéndose en las sombras, furtivos, observando cómo, ahora, los mendigos más suntuosamente andrajosos habían invadido, como un inmenso ejército proveniente de todos los rincones del mundo, la noche ciudadana. ¿O era que mucha gente, como ellos, salía a rondar disfrazados de andariegos para incorporarse a esa comunidad sin nombre para la cual ninguno de los signos sacralizados tenía vigencia? Francisco y Blanca sentían olor a alcantarilla, ratas escurriéndose, el deterioro, el terror de todos los seres que como ellos se refugiaban en la noche..., sí, sentían que todo esto iba poco a poco cercando su propio barrio donde sólo el edificio inconcluso los congregaba por el momento..., pero después, durmiendo en sus mullidas camas, tomando el fragante café del desayuno,

140

vigilantes ante el aparato de televisón de circuito cerrado, sentían resonando sus pasos blandos de zapatos
viejos y zapatillas apolilladas, que se acercaban no sólo
desde todos los puntos de esta ciudad, sino también de
otras ciudades, y quizá desde todos los caminos del
mundo, convergiendo sobre ellos, hacia su casa rodeada
de un jardín que en otro tiempo fue bello.

Hasta que una noche, después de que la cocinera se
fue a acostar y ellos se preparaban para ir a cambiarse
de ropa para salir, oyeron el timbre del monitor. Corrieron hacia él para sintonizar la imagen de quien los
llamaba desde afuera de la reja. Apretaron un botón. La
pantalla se iluminó: era él..., flaco, viejo, barbudo, es-
tragado. Su rostro ya no mostraba huella de los soles
australianos ni del Gobi, ni de crueles caminos distan-
tes, nada: harapiento y barbudo venía doloroso, agobia-
do por el peso de su mochila que antes portaba tan
airosamente. Gruñó algo..., ellos no sabían qué decir,
cómo decirlo..., hasta que, de pronto, el muchacho de
la mochila abrió su boca en la pantalla: un hueco enorme donde no había lengua, apenas un muñón, una llaga
aún sangrante. Con sus dedos rabiosos hizo un breve
gesto brutal de tijera que corta, ¿por qué?, ¿cuándo?,
¿dónde?, ¿por eso parecía tan viejo y enfermo?, ¿cómo
preguntárselo? Pero se quedaron mudos cuando, con su
dedo índice, los señaló a ellos, y desapareció.

—No...

—No te vayas...

Al poco rato escucharon en la casa de al lado una
gran conmoción, alaridos, riñas en las tinieblas, el vocabulario de la dureza y la venganza, una algarabía de
dolor infernal que continuó mientras Blanca y Francisco corrieron escaleras arriba para vestirse: pollera rajada y revenida y manchada, chal a cuadros desteñido,
trapo en la cabeza, bufanda de seda inmunda, larguísi-
ma, enrollada vuelta tras vuelta al cuello, colgándole
por atrás; abrigo sin botones cruzado con un alfiler en
el pecho, zapatillas blandas apolilladas..., salieron a la
calle sin miedo. Estaba al lado. Lo sabían. Firmemente

de la mano, porque por fin iban a saber la verdad, entraron por el boquete de la empalizada.

El edificio ruinoso pero inconcluso estaba repleto de gente, como si todos los mendigos de la ciudad se hubieran dado cita allí. Les abrieron paso para dejarlos entrar: en el gran salón del segundo piso —habían tumbado todas las paredes de ladrillo y tirado los escombros a otra parte, dejando un espacio de proporciones realmente impresionantes— un círculo de vagabundos, hombres y mujeres, los dejaron pasar, hasta que Francisco y Blanca ocuparon el centro del círculo: todos los demás mendigos acudieron en tropel de los otros pisos, se aglomeraron detrás del gran círculo de mendigos que con la dignidad de jueces hicieron callar los gritos de los de atrás. De entre el círculo de jueces, una mujer, gorda, vieja, vestida con una pollera que por un lado arrastraba en el suelo, con un chaleco tejido que le quedaba corto, con el pelo canoso rizado casi cubriéndole la cara, se acercó a ellos, y los registró, primero a Francisco, en cuyo único bolsillo bueno encontró sólo las llaves de su casa que tiró en medio del círculo, y con su pesado llavero metálico de Gucci quedaron resplandeciendo en el suelo. Después a Blanca, en quien no encontró nada. Fue sólo al verla alejarse para volver a tomar su sitio en el círculo de los jueces, que Blanca reconoció cierta manera de bambolearse al andar que no podía ser sino suya:

—¡Rita!... —chilló, desgarrada.

Pero su voz casi no se oyó, porque los jueces habían comenzado a discutir violentamente, impartiendo órdenes, riñendo, insultándose, hablando todos al mismo tiempo —pero sólo los jueces; los de atrás permanecían en silencio, una multitud barbuda y harapienta y de ojos brillosos de enfermedad y de hambre y de dolor y de soles extraños, que esperaba un veredicto—, señalándolos a ellos, ateridos allí en el medio, preguntándose a qué reglas, a qué jerarquías y leyes correspondía este juicio distinto a los que ellos conocían y, sin embargo, al parecer, efectivo. De pronto la multitud se si-

142

lenció. Vieron que de entre los jueces se levantaba el muchacho de la mochila, que no era muchacho, y no tenía mochila: pero era él. Traía un enorme cuchillo en la mano. Cuando estuvo a un paso de ellos, abrió su boca y señaló otra vez su muñón de lengua sangrienta..., no, ellos no se la habían cortado..., por favor, que no se las cortaran a ellos..., por favor..., de qué los culpaba esta multitud, por Dios. ¡Si sólo se lo explicaran, él era abogado y podía defenderse de esos mendigos que aullaban alrededor del círculo de los jueces! ¿De todas sus enfermedades, de su violencia, sí, sí, sobre todo de su violencia, a ellos que se daban el lujo de no necesitar ser violentos? Desconocían la jerarquización de los valores que regían a los vagabundos, que llegaban a intensidades insospechadas, a una fuerza, a un orden envidiados..., ellos eran los indigentes, Blanca y Francisco, ellos eran los mendigos que, llorando arrodillados junto al llavero de Gucci tirado en medio del círculo mientras la algarabía se levantaba desde lo que parecía la ciudad entera, imploraban que les enseñaran la lengua que a ellos los unía, y que la Rita parecía haber aprendido de la noche a la mañana.

Pero el muchacho no tenía lengua. Implacable, inmenso delante de ellos, exótico, y sin embargo igual a todos los demás, comenzó a desenvolver del cuello de Blanca la larga bufanda de seda, como si se propusiera cortarle, no la lengua, sino el pescuezo, como a una gallina. No fue, sin embargo, su cuello lo que hirió: en cambio cortó la bufanda por la mitad. Diestro, como si lo hubiera hecho muchas veces, y ésa fuera su profesión y para este fin lo hubieran llamado de lejanas tierras donde hacer nudos mortales era un arte transmitido de padres a hijos durante generaciones, hizo con cada mitad de la bufanda un nudo resbaladizo y firme, mandando a la pareja que bajaran la cabeza, como si los fuera a coronar. Pero sólo metió esas cabezas dentro de los nudos que quedaron sueltos, dejando una larga cola de seda colgando de cada cuello. Al levantar la cabeza de nuevo, Blanca y Francisco, que adivinaron qué tenían que hacer, se ajustaron los nudos como quien se ajusta una corbata, aunque sin apretarlos todavía: en ese mismo instante rompió contra ellos el odio desde todos los rincones de la inmensa sala repleta e inconclusa, las amenazas retumbantes en las paredes ruinosas, ensordecedores los improperios en el idioma indescifrable. Los jueces ahora se confundieron con la multitud tormentosa, multitud que, como obedeciendo una consigna impartida por autoridades desconocidas pero definidas, poco a poco, muy lentamente y sin tocar más que con la mirada quemante a la pareja arrodillada, y sin que amainaran los gritos, se fue retirando, dejando gradualmente más y más vacío el inmenso espacio de muros derruidos, saliendo con cierto orden, al parecer, del edificio inconcluso, hasta que se alejó el vocerío, repartiéndose y haciéndose más débil, por las calles nocturnas. Ese barrio, que siempre lo había sido, volvió a quedar tranquilo. Blanca y Francisco se ayudaron mutuamente a ponerse de pie. Cojeaban, con las rodillas adoloridas. Él volvió a meterse en el bolsillo el llavero de Gucci, que no era más que una pesada inicial metálica. Subieron al techo: entre las terribles varillas de acero miraron la hoguera química del cielo colorado, la fugaz potencia de otros planetas que también ardían. La ciudad estaba tan condenada como ellos... y como su propio jardín, al que no bajaban por miedo a que los reconocieran, hacía ya tanto tiempo.

—Está hecho un desastre.

—La cocinera podía preocuparse un poquito.

—¡Rota más floja...!

—Y te diré que la Rita era igual.

Se quedaron deambulando un rato entre las varillas de fierro que crecían en el concreto de la losa, sólida para sostener los demás pisos que jamás llegarían a construirse, arrastrando las largas colas de seda de sus horcas.

144

Después de la guerra, cuando todo comenzó a estabilizarse otra vez y Andrés Castillo declaraba a los periódicos que gracias a ella había desaparecido casi por completo la recesión mundial que antes aquejaba al mundo —signo evidente de este adelanto era que había desaparecido la marea de vagabundos y mendigos que justo antes de la guerra invadió, como una enfermedad horrible, como sarna o llagas, las calles de las ciudades y de los caminos aledaños, apoderándose de ellas—, tuvo el acierto de comprar a un precio sumamente conveniente la ruina del edificio que nunca se llegó a terminar, aquel donde encontraron colgados a sus padres con idénticas bufandas de seda de las varillas de fierro, el día antes de que comenzaran las hostilidades. Esa ruina era de buen material, construida con técnicas hoy obsoletas, menos frágil, edificio destinado a durar muchísimo más tiempo que las colmenas que se construyen hoy, cuando todo se levanta para ser derruido, cambiado, demolido dentro de dos o tres años, y nadie invierte en calidad, sino en aquello que tenga vocación de efímero. Pero Andrés había heredado de sus padres, rémoras, por otra parte, de un mundo anticuado e ingenuo pero no sin gracia, un curioso gusto por las cosas de calidad. Además de esa ruina, compró también los planos del edificio, desenterrados de la oficina del arquitecto, ahora muerto.

Hacía muchos años que Andrés Castillo había hecho demoler la casa de sus padres, esperando la anunciada alza de los terrenos en ese sector de la ciudad, que nunca llegó: ahora no era más que un predio silvestre donde aún se alzaban trozos ruinosos de lo que fue el arco de la entrada, esquinas de mampostería, algunas pilastras de la balaustrada de atrás, todo invadido por una efervescencia floral que a algunos, en primavera, les recordaba la selva, y a otros les traía a la memoria tiempos tan distintos, cuando antes de la invasión de los mendigos, que precedió a la catástrofe, los jardines de este barrio ostentaban el orgullo de sus vehementes floraciones. Entonces, porque Andrés Castillo Castillo

145

tenía «muy buen ojo para los negocios», y porque supo darse cuenta antes que todos los demás de que el gusto por las cosas de otros tiempos iba a «volver» —claro: todo «volvía» porque nadie tenía tiempo para dedicarse a la actividad marginal y subversiva de «inventar» nada—, hizo terminar con materiales de épocas pretéritas el arruinado edificio inconcluso. Fuera de eso, en el terreno en que se alzó la casa de sus padres hizo construir un edificio gemelo al del lado, ese cuya presencia tanto había incomodado a sus padres. Utilizó exactamente los mismos materiales que utilizaron los constructores de otro tiempo para levantar el primer edificio, ahora carísimos y muy difíciles de encontrar. Quiso contratar a los mismos obreros, pero ya estaban muy viejos, o lisiados, pero por lo menos pudieron instruir a sus nietos —todos sus hijos habían muerto en la guerra— en sus antiguos oficios, que ahora, de pronto, parecían proponerse otra vez como medios para ganarse la vida.

La vieja calle despoblada, entonces, volvió a adquirir vida. Sonaron los gritos y canciones de los obreros jóvenes, y el ruido de la mezcladora, exhumada quién sabe de dónde. Las ruinas de las antiguas casas blanqueando entre la espesura de jardines salvajes se pusieron de moda como espectáculo para curiosos refinados, que iban a fotografiarlas, o simplemente a contemplarlas como restos no desprovistos de encanto: incluso se imprimieron tarjetas postales con reproducciones de ciertas esquinas con un aire particularmente arcaico.

Como había pasado el peligro del avance de los vagabundos que al irse tomando gradualmente ese barrio obligó a los antiguos propietarios a vender sus mansiones para ir a refugiarse en torres inexpugnables, o en *bunkers* en los faldeos de la montaña, Andrés Castillo no se cansaba de repetir que las cosas iban a cambiar. Si le iba bien con estos dos edificios, aquel desde cuyas varillas de fierro se habían ahorcado sus padres, y su gemelo, se proponía comprar todas las ruinas de ese barrio devastado para transformarlas en nos-

146

tálgicas habitaciones que recordaran otros tiempos, aprovechando los detalles curiosos que quedaran en pie, y la vegetación que no alcanzó a quemarse, ahora tierna otra vez, y exuberante.

Otra vez, entonces, todo cambió. Los inmensos camiones atascaban la calzada y lo animaban todo con sus bocinazos y gritos. Los sacos de cemento, los cerros de arenilla, de maicillo, de ladrillos colorados obstruían el paso por esas veredas por las que nadie, ahora, transitaba. El ruido de la mezcladora no perturbaba el sueño de nadie, porque en ese barrio todavía no vivía nadie, sólo los descendientes salvajes de Marlene Dietrich, que se había lanzado a la vida después de la muerte de sus dueños, progenie que vivía en guaridas entre los matorrales y las ruinas: en las noches de luna que hacía blanquear los despojos de otros tiempos en ese barrio aún solitario, se escuchaban sus plañideros aullidos. Pero en el día se retiraban aterrados a sus cuevas, dejando el barrio animado sólo por los jóvenes obreros, con sus canciones y bullanga de siempre, al correr terraplén abajo por los endebles tablones que se cimbraban bajo sus pies, y bajo el peso de las carretillas repletas de mezcla.

EL TIEMPO PERDIDO

Cualquier cosa que no hayamos descifrado y clarificado mediante nuestro esfuerzo personal, cualquier cosa que haya estado clara antes de nuestra intervención en ella, no es nuestra ni nos pertenece.

MARCEL PROUST, *Le temps retrouvé*

LAS COSAS, por desgracia, jamás suceden como deben
suceder, es decir, como en la buena literatura, y la realidad se empeña en no asumir su papel de tributaria
de la ficción: el duque de Guermantes no murió durante mis años de ausencia en Francia —después de tanto
mendigar en fundaciones y embajadas yo fui el único
proustiano que obtuvo una beca para estudiar en París—, y la deslumbrante Oriane yace bajo la tierra del
cementerio de Zapallar. A escasos metros de su tumba
el Pacífico estremece los acantilados planteando la pregunta que es la esencia de la literatura: ¿cuánto durará
esto antes de que el océano derribe las fortificaciones de
rocas encanecidas por las gaviotas, erosionando las tumbas cubiertas de flores en su arrogante simulación de
lo silvestre, donde los macrocarpas sumisos al viento
protegen los huesos de Oriane y de otros privilegiados
como ella?

Me cuentan que al principio, la muerte de Oriane
dejó desconsolado a Basin, que, como se sabe, le había
sido tan infiel. Pero después, con su segundo matrimonio, contravino el orden que *le petit Marcel* dejó establecido, que es como lo hubiéramos preferido nosotros,
los fieles proustianos de entonces, pese a que descali-
ficábamos al desechado príncipe —amo de oficinas de
cristal y acero; puro rango, cero colorido; ajeno a la
imaginación, a la poesía y a esta historia—, a quien no
conocíamos ni de vista.

No es que conociéramos muy bien al duque. Pero
él y Oriane eran figuras fulgurantes para nosotros,
protagonistas absolutos del Olimpo de nuestra juventud, *the glass of fashion, the mould of form, obser-
ved of all observers*. Era raro el día en que alguno de
los ociosos proustianos de aquellos tiempos que pu-

151

lulábamos por la calle Ahumada a la hora del paseo matutino —los zapatos dignamente reparados con media suela; nuestros trajes virados; el calañés robado del ropero paterno audazmente ladeado sobre un ojo— no pronunciáramos, para bien o para mal, sus nombres. Ocasionalmente, en el momento de la dispersión a la hora del almuerzo, Oriane me regalaba la gracia de su sonrisa al treparnos en un atestado tranvía 34. O Basin se detenía en la esquina de la calle Huérfanos, por ejemplo, a pedirme fuego para su Richmond, compartiendo, al hacerlo, alguna observación maliciosa acerca de alguna conocida, al saludarla. Todos nos asignábamos destinos brillantes: premios Goncourt, un Hamlet dirigido por Giorgio Strehler en el Piccolo Teatro de Milano, sesudos ensayos publicados en la revista *Sur*, conciertos en el Royal Albert Hall. Pero nuestro valor era todavía potencial, no reconocido más que por el fervor calenturiento de nuestra fantasía durante el paseo por esas escasas cuadras ahogantes de tanto que sucedía en ellas. Sin embargo, todos los *observers* ansiábamos escapar de allí para sacudirnos el pegajoso polvo de la provincia que amenazaba cubrirnos, sin saber cómo hacerlo y sin contar con medios. Los únicos seres que parecían cumplir con sus existencias reales, no virtuales como nuestras pobres existencias, eran los pocos como Basin y Oriane, cuya prestancia y vestidos y trajes avalaban el esplendor mundano con que nuestra imaginación los dotaba.

Mi contacto definitivo con Basin de Guermantes se produjo la noche que pasamos juntos en la comisaría de la calle San Isidro a raíz de una pelea de borrachos en El Bosco en la que el duque tomó parte, quedando con un ojo en tinta. Todo esto sucedió cuando su matrimonio ya se había deteriorado, y el declive hacia el matonaje y la brutalidad, con tanta frecuencia latente en personajes de la especie de nuestro blasonado amigo, se aceleró como reacción al estado francamente catastrófico de su vida privada, buscando amigos pendencieros y vulgares en sus momentos más sombríos, y frecuentando sitios que no tenía para qué frecuentar. Estas francachelas —después de las cuales llegaba a su casa al amanecer, en un estado deplorable de deterioro externo e interno— ponían frenética a la pobre Oriane, ya bastante frenética con los chismes acerca de la nueva amante de su marido, por lo general «una china indecente, te diré, crespa, de trutros gordos y piernas cortas...», lo más distinta a su estilizada persona que es posible imaginar. La verdad es que Oriane tampoco soportaba que el pobre Basin se divirtiera ni con el más tradicional *flirt* con una mujer de cualquiera de sus amigos del Club de Polo.

Los proustianos recorrimos de un extremo a otro el barrio alto, hablamos durante horas por teléfono con nuestras amigas que podían ser amigas de Oriane, o por lo menos amigas de sus confidentes, para procurarnos datos acerca de los preámbulos de la pelea en El Bosco. Averiguamos, por fin, que al terminar el baile del sábado en el Club de Polo —Oriane lucía su consabido vestido rojo, aunque con zapatos negros, que, como Basin no había leído *À la recherche*, no la hizo cambiarse—, su marido la llevó de regreso a casa sin lograr que le dirigiera la palabra y ella le cerró la puerta en sus ducales narices. Basin, entonces, harto, se dedicó a pasar lo que quedaba de la noche recorriendo los sitios que por esos años estaban de moda, el Charles, el Capulín, el Jai Alai, el Tap Room Ritz, encontrándose y bebiendo con amigos y despidiéndose para partir a otro lugar en busca de otros amigos con quienes beber más, hasta recalar, ya muy tarde, completamente borracho, en el siniestro Bosco, lleno de corrientes de aire, de desganada música proporcionada por los ancianos de la orquesta, y de escasa aunque vociferante clientela. Basin hizo su entrada con empaque de dueño del mundo, insolente al pisar ese territorio de nuestras fantasías, que dejaban de consumarse al ser invadido por un habitante del mundo real. Sentimos su oleada de arrogancia en el momento mismo en que se disponía a anunciar su llegada con una impertinencia, pero Odette de Crécy

—que aún no lo era; todos habitábamos, alrededor de ella, una etapa aún previa a «la dama de rosa»; pero a veces servía de musa transitoria en nuestra mesa proustiana, pese a que ahora oficiaba en la mesa rimbaudiana, contigua a la nuestra y por cierto enemiga—, desde el centro mismo del círculo de sus compinches agredió a Basin, levantando sobre el bullicio del restorán su voz teatral, ronca de cigarrillos y enriquecida por el vino ordinario:

—¿Qué se viene a meter aquí ese pije de mierda?

Morel, nombre que le asignamos a un rimbaudiano amor de Odette durante esa temporada, intentó hacerla callar. Pero incluso nosotros, que con cuchicheos de sorpresa y admiración identificamos al duque en el momento mismo en que hizo su entrada —los sucios y pedantes rimbaudianos no tenían idea de quién era el duque; se pasaban la noche en su *Coin de table* sumidos en el espeso vino de sus discusiones, mientras nosotros, los proustianos, atildados y compuestos, observábamos para no perder detalle de los acontecimientos—, sí, aun nosotros nos sentimos identificados con el rechazo de Odette, si bien no con su manera de expresarlo: a su modo, ella protegía el coto de nuestra imaginación para que «no se pusiera de moda», ya que tal como era ese lugar, con el mercurio desescamándose del revés de sus espejos y los «locos mayo» inmasticables como neumáticos, nos resultaba modesto y barato. No ansiábamos más que esta cómoda atalaya para otear el horizonte de nuestra pequeña capital, y ensalzar, descuartizar o demoler nuestro mundo. Basin, que como es de público conocimiento no tenía ni una pizca de sensibilidad, oyó a Odette, pero se fue acercando, sonriente, a nuestras mesas, deteniéndose a saludarme porque yo era el único que lo conocía de presentación. Después de palmotearme, me tomó del brazo, arrastrándome hasta la vecina mesa de los rimbaudianos que se silenciaron ante nuestra presencia. Detenido junto a Odette, Basin esbozó, cortesano y tambaleante, una reverencia:

—¿Bailamos este cha-cha-cha?

—Oye, Chuto, ¿por qué no me hacís el favor de sacar a patadas de aquí a este pije? —dijo Odette sin siquiera mirar al duque, dirigiéndose a Morel, que se puso de pie.

Morel era por lo menos tan alto como Basin. Por desgracia para nosotros, que intentábamos olvidarlo, había sido no violinista sino luchador de *catch*, oficio ostensible en la ondulación de sus pectorales y sus bíceps bajo la olisca polera negra. Lento, preciso, pesado como un gato salvaje, apoyado en el respaldo de plástico de la silla de Odette, y en medio del silencio tanto de proustianos como de rimbaudianos, dio vuelta por detrás de la silla de su amiga para enfrentarse con el duque, que obsequioso, y mirándolo directo a los ojos, le preguntó:

—¿Molesto?

—Claro... —repuso Morel, que no era diestro con la palabra pese a la reciente publicación de su librito de versos en que aparecían evidentes retoques de Odette.

—Lo siento —declaró Basin—. Pero me encanta este ambiente y no tengo ganas de irme.

—¿Sabe quién soy? —le preguntó Morel, ofreciéndole su rostro infinitamente reproducido en la sección de deportes de los periódicos, insensible a que Basin no necesitaba salir en los periódicos para que todo el mundo supiera que él era el duque de Guermantes.

—Mucho gusto de conocerte, pero te recomiendo que no te metas conmigo —continuó, siempre afable, Basin.

—¿Qué esperái, maricón, para sacarle la cresta a ese pije concha de su madre? —chilló Odette, volcando vino y congregando la atención de las mesas cercanas con su vozarrón de contralto.

Morel disparó su derechazo que sólo rozó, aunque enrojeció, un ojo de Basin. El duque, sin embargo, que se había venido preparando para la pelea desde que se sintió interpelado por Odette, o quizá desde antes, inmediatamente pegó un puñete certero y brutal medio a medio en la boca del luchador, astillándole sin misericordia y con un solo golpe los dientes y la mandíbula. El local —antes parecía despoblado— se llenó de tumulto y chillidos alrededor del caído que sangraba como un chancho: parroquianos y mozos intentando separar a los que se lanzaban a la riña, un músico de la orquesta blandiendo su violín, el concesionario entre sillas derribadas clamando por la policía, y nosotros sujetando a Basin que roteaba a medio mundo y quería seguir golpeando a quien fuera, hasta que alguien llamó a la Asistencia Pública. ¡Que vinieran a llevarse al Chuto Farías hecho añicos, como un florero el pobre, por un solo combo del pije! ¡Pobre Chuto! ¡Tan pelotudo! Años atrás fue rescatado de debajo del puente de Purísima —¡Purísima, qué risa!— por un anciano polígrafo barrigudo que asumiendo el papel de Charlus lo prohijó, lo bañó, lo instruyó, pero después el Chuto quiso pasarse al *catch* con tan poca suerte que tuvo que volver a frecuentar los márgenes de lo que iba quedando de la bohemia santiaguina, agarrándose de quien pudiera, no ya para trepar como podía haberlo hecho al amparo del polígrafo, sino apenas para sobrevivir.

—¿Y qué más quiere ese roto de mierda? —supe unos días después, en un té *chez* Mme. Verdurin, que se habían quedado comentando los perversos proustianos de El Bosco mientras llevaban a la posta al pobre Morel hecho un guiñapo, y a la comisaría de la calle San Isidro, a Basin, a mí porque me vieron de su brazo, y a Odette con la cabellera oxigenada ferozmente revuelta insultando a quien se pusiera a su alcance. La verdad es que —después me lo comentaron— en las mesas reconstituidas después del incidente, decían que hasta quedar hecho papilla por un puñete del duque de Guermantes era un galardón que el imbécil del Chuto no merecía.

—¡Si el Chuto ya no sirve ni para pegar un buen puñete! ¡Lo único que le va faltando es la peineta! —dicen que se quedaron comentando los que volvieron a las mesas después de la pelea.

No DUDO que estos comentarios de los proustianos fueron causados por la envidia, sentimiento que se propaga como la peste en nuestro encierro provinciano. Soñábamos que fuera menos virulenta en las capitales europeas, pese a que esa virulencia constituía para nosotros la sal misma de la vida. En los tiempos de que hablo, los viajes a Europa eran largos, y los viajes en avión, arriesgados y costosísimos, de modo que las distancias que nos separaban de la civilización nos parecían insalvables. En ningún sitio, en todo caso, encontrábamos las facilidades para construir un facsímil de la Europa soñada por nuestra remota hambruna, y en ninguna casa podíamos dar curso tan libre a nuestra envidia transubstanciada en *bons mots* que creíamos a la altura de los de La Raspelière, como en casa de Mme. Verdurin, donde los proustianos, y ocasionalmente algún rimbaudiano redimible, solíamos congregarnos.

—¡Ése sí que tiene reflejos! —dicen que comentó Mme. Verdurin cuando al día siguiente de los sucesos le detallaron el cuento del puñete del duque.

La verdad es que yo, temeroso por la envidia dirigida a mí debido a que pasé una noche de cárcel con el duque de Guermantes, y porque estimé necesario rodearme de cierto misterio en relación con este episodio, evité durante unos días los sitios proustianos domésticos, como El Bosco y La Raspelière de la Avenida Macul, donde supuse que ya había comenzado la mitificación de la pelea y sus posibles secuelas. Quería que en la incertidumbre de los proustianos acerca de estas secuelas, sus imaginaciones efervescentes afirmaran mi papel protagónico en el drama puesto en escena por sus conjeturas. Cuando me llamaban por teléfono yo me negaba... por estar a punto de caer con una gripe a virus, porque mis maestros me exigían una revisión de mi memoria de licenciatura, porque me tocaba turno en el periódico. Por el momento prefería alejarme de ellos para que bajo la metralla de sus interrogatorios no se hiciera evidente que no había pasado toda esa noche en íntimo coloquio con el duque, sino menos de media hora, después de la cual, debido a que ninguno de los tres fuimos acusados de agresión porque Morel pegó el primer puñete, nos soltaron. Y mientras Basin tomaba un taxi para ir a dejar a Odette a su casa porque estaba hecha una miseria, bajo los árboles de la plazuela de San Isidro encendí mi último cigarrillo, decidiendo irme a mi casa en vez de regresar al Bosco.

De este modo los proustianos creerían que mi ausencia se debía a que estaba pasando una fracción importante de la noche en la más ilustre compañía. ¿Cuál de ellos iba a tener esta oportunidad mundana que tan gratuitamente se me brindaba a mí, noticia que al día siguiente y para humillación de la bella Oriane, aparecería en *La Opinión* o en *Las Noticias Gráficas*? Ninguno. Tanto, que yo mismo no opuse excesiva resistencia a los carabineros que me arrastraron, acusándome de compañero de farra del distinguido malhechor. Pero no fuimos ni siquiera fugazmente «inmortalizados» por la prensa. Era preferible evitar todo contacto con los proustianos, por lo menos por unos días. Y resistí la tentación de ponerme al alcance de sus ojos implacables que no tardarían en percibir la verdad. Lo único digno de recordarse que ocurrió durante nuestra permanencia en la comisaría —y su importancia vino a madurar un mes después, lo que me hace recordar con toda claridad cada palabra de ese diálogo—, fue que esperando al cabo de guardia que nos iba a interrogar, Basin vomitó su estupendo Palm Beach color cáscara, y echándole la culpa de este percance a la indignación histérica con que en la celda vecina Odette protestaba su inocencia, murmuró:

—¡Por qué no hacen callar a esa huevona de mierda! ¡Me está dando vueltas la cabeza!

Mientras lo ayudaba a limpiarse, le expliqué que Odette tenía ese vozarrón porque era una actriz de carácter de gran talento, lo mejor que se daba en nuestra pobre escena nacional. Si lograba adquirir la disciplina y el entrenamiento que le proporcionaría una temporada de estudio en Europa, por ejemplo, o en Nueva

York, llegaría a ser uno de los grandes nombres de nuestras tablas.

—¿Por qué cresta ustedes se lo llevan hablando de Europa y de Nueva York todo el tiempo? ¿Qué creen que hay allá que no hay aquí? ¡Si el Moulin Rouge es igual al Burlesque, no más, un poco más grande!...

Me abstuve de explicarle que los cánones que regían nuestra sensibilidad no emanaban ni del Burlesque ni del Moulin Rouge, al último de los cuales no consentiríamos asistir a no ser que nos llevara de la mano Toulouse-Lautrec mismo. Comenté, en cambio, que el ambiente de aquí era tan chato y limitado, que salir de él sería importante para tomar una perspectiva sobre lo que en ese tiempo llamábamos «la cosa nuestra», ya que aquí todo quehacer positivo se nos enredaba en envidia, falta de medios y rivalidades y competencias provincianas.

—Pero —observó Basin, ducalmente pese a su borrachera— los más provincianos de todos son ustedes que se creen tanto y no saben que las cosas, allá, no son distintas..., tienes que ir a convencerte por ti mismo...

—¿Y quién me va a pagar el pasaje? —le pregunté, riendo.

—¿Qué cresta sé yo, si apenas sé cómo te llamas?

Un tiempo después, sin embargo, pude comprobar que lo sabía perfectamente, incluso mi segundo apellido. No tuve paciencia para prolongar mi deserción de La Raspelière de la Avenida Macul por muchos días: a mi regreso, resistí los interrogatorios, aunque no a dar mi versión de los acontecimientos para prolongar, por lo menos por un tiempo, el intrigado respeto de los proustianos. El duque, intenté explicarles en el primer té de La Raspelière después de mi ausencia, había quedado como en silencio en la comisaría, metido hacia adentro, como si por primera vez sintiera y viera algo en su interior que yo no podía sino calificar de..., bueno... ¿de conciencia de un gran vacío?

—¿Juanito Irisarri con problemas existenciales? —preguntó, sarcástica, Mme. Verdurin.

—No, no, no... —me contradijeron los fieles que asistieron a ese té—. Una crisis existencial desfigura a Basin, que siempre fue igual a sí mismo.

—¿Para qué dejaste que se la llevara en taxi y no la fuiste a dejar tú? Sabes lo arribista que es la Picha Páez, capaz de hacerse íntima. Y si la Picha Páez se dedica a la vida social, en el Club de Polo y en Reñaca, con el grupito de Juanito Irisarri, yo no la voy a convidar más a mi casa porque es una lata. No hay nada en el mundo que me aburra más que gente como ésa... —y Mme. Verdurin arriscó su bonito labio superior, activo y bien maquillado, al decir «gente como ésa».

—Olga Fuad —le advertí yo, que ahora me consideraba dueño del personaje—, tú no puedes opinar porque no conoces a «gente como ésa», y a Juanito Irisarri no lo conoces ni de vista...

—Mentira. El otro día me tocó comer un *sandwich* de pollo con alcachofa en La Novia al lado de él..., vieran cómo me miraba las piernas, como si me fuera a comer a mí, no a su *sandwich*...

—Pero no has leído a Proust, así que...

Lo que no dejaba de ser una ventaja para poder llamarla Mme. Verdurin con impunidad, y observar cómo, sin que lo supiera, cada acción suya la iba calzando más y más dentro del prototipo en torno al cual los fieles nos congregábamos. Nadie temía que leyera a Proust, porque una de las teorías favoritas de nuestra Mme. Verdurin del Cono Sur, tan apasionadamente adicta a «la cosa nuestra», era que el exceso de lectura de autores extranjeros «estetizantes» —y *À la recherche*, en siete tomos, según ella era «demasiado largo y la vida demasiado corta», y por lo tanto puro tiempo perdido— ponía en peligro con su nefasta influencia, con el canto de sirena de sus refinamientos a los que no debíamos aspirar, la autenticidad del estilo sencillo y del pensamiento de nuestros creadores. En secreto, los malévolos proustianos murmurábamos que el estilo del reciente libro de prosas poéticas firmado por Olga Fuad mostraba huellas —si no llagas— de absolutamente todas las epidemias literarias del momento, cosa que me guardé muy bien de decir en el artículo que sobre ella me vi comprometido a publicar. ¿Cómo iba a decirlo, por Dios, si eso hubiera hecho tambalear la hegemonía del grupo proustiano en casa de Mme. Verdurin, dando paso, seguramente, a los malditos rimbaudianos que llenarían los queridos salones con su suciedad, consignas y clamor, y que andaban aun más hambrientos que nosotros? No puedo negar que nos reíamos del gusto dudoso de esta hija de industriales palestinos en el alhajamiento de los salones en que nos recibía: era la época en que nuestros «turcos» no abandonaban aún su *ghetto* de mansiones *art-déco* en Macul y Nuñoa para invadir la capital con sus nuevos capitales y sus bellas hijas. Aún conservaban el temor a la risa de gente como Juan Irisarri, gente que ya no los rechaza sino, más bien, sabiamente busca casar a sus hijas con los herederos de sus nombres. Los tés de Olga, servidos en la tetera de plata más aparatosa que jamás he visto, eran abundantes, generosos, exquisitos. Mantenía su casa siempre abierta para nosotros —la conocimos en un curso de estética al que asistió como oyente y después abandonó, aunque no nosotros a ella—, pobres estudiantes de castellano y de filosofía y de teatro y de música, que íbamos a ser poetas o actores o pintores o compositores dodecafónicos. En sus salones siempre bien calefaccionados nos refugiábamos contra la fetidez a parafina habitual, en el mejor de los casos, en nuestros cuartos de pensión o casas de familia. La presencia de M. Verdurin era ocasional y emblemática en el horizonte de estos mullidos ámbitos que le pertenecían con toda su población de *bibelots* más o menos auténticos, entre los que parecía incluirnos: nos aseguraba que no errábamos transformándolos en el centro de reunión de nuestro grupo de fieles, si tener corte era lo que a Olga la divertía, puesto que la guardaba *dentro* del harem. Mme. Verdurin era un poco mayor que nosotros, que, claro, estábamos enamorados de ella, ingenua, encantadora, preciosa con su tez traslúcida, los rizos cortos de sus cabellos retintos apretándole como un casco la cabeza, y sus grandes ojos azules bajo sus cejas espesas endulzados por pestañas excesivas en párpados demasiado carnosos. Ella —lo habíamos ido comprobando uno tras otro— se mantenía inaccesible, cruelmente sorda a los requerimientos de los proustianos que se habían aventurado a tanto: Nissim Fuad podía no ser más que una presencia tácita, menos aún, el simbólico propietario tradicional, pero era una presencia autoritaria. Y si bien quedaba suficientemente claro que toleraría escarceos literarios y políticos, incluso tal vez sentimentales, era clarísimo que no estaba dispuesto a tolerarlos de otra índole por mucho que Olga Fuad, en la intimidad de la chimenea encendida en una tarde lluviosa, pareciera martirizarnos con el señuelo de lo imposible.

Prefiero no saber, y ya no me importa porque al fin y al cabo salí triunfador, qué se comentó detrás de mi espalda durante los días en que anduve desaparecido. Pero toda sospecha, toda conjetura molesta o humillante quedó inutilizada cuando una buena tarde aparecí rutilante por La Raspelière —me di el trabajo de convocar por teléfono a todos los proustianos para destrozarlos de una sola plumada con las nuevas acerca de mi éxito y de la futura transformación de mi persona— a participar del noticrión: el Agregado Cultural de la Embajada de Francia me había otorgado, finalmente, la ansiada beca. El diplomático recalcó con gentileza que mi amistad con su noble contrincante en el campo de polo había pesado en forma definitiva en mi favor. Me guardé muy bien de aclarar en La Raspelière que el duque le había advertido a su amigo deportista que no requería mis agradecimientos personales. ¿Qué importaba ahora ese detalle si mi buena suerte dejó boquiabiertos a los proustianos, no sólo por la envidia de la ilusión de todos hecha realidad en mí, sino por este hecho comprobable que parecía avalar lo verídico de mi relación amistosa con el duque de Guermantes? ¿No redondeaba con esto mi futuro, no hacía coherente mi vida entera, colocándome dentro de un plano de posibilidades en todo sentido superior a las de ellos? Yo había emergido, por fin, de la prisión virtual del espejo, dando un paso definitivo con que ingresar al mundo de los seres reales. Sentí el exquisito ardor de sus envidias al darse cuenta de que ahora el canon proustiano, ese orden que la lectura había introducido en nuestras imaginaciones para configurar un mundo que sólo apoyado en ella resultaba tolerable, no era ya una manifestación de nuestra —de mi— ansia sin fundamento: dentro de un mes, cuando yo partiera, iba a ser un mundo tangible al que me incorporaría dejándolos a todos ellos, con sus trajes virados y el ceceo de sus dicciones provincianas, dentro del fanal de lo que propuso nuestro admirado genio, que era el único orden en el cual podíamos refugiar nuestra ya desesperanzada espera. En mi caso, pensé arrogante, no se hablaría más de familia exigente de título académico y trabajos remunerados, de miserables préstamos de dinero, de esporádicos trabajos humillantes, del retorno del vencido a su oscuro pueblo de provincia, de la imposibilidad neurótica de completar estudios universitarios, o nuestra novela, o nuestro poema contra Goering o sobre el pastel de choclo, que insistíamos que algún día íbamos a completar. Mi mundo —lo vi reflejado en sus ojos y ellos lo vieron reflejado en los míos— iba a transformarse en un maravilloso mundo de promesas cumplidas. El mozo de Mme. Verdurin acababa de retirar la tetera, los platillos con restos de *scones*, las tostadas, los despojos de la torta de milhojas. En la tarde de que hablo lloviznaba afuera. Nosotros, junto al fuego de troncos que ardía en la chimenea, hablábamos chisporroteantes, excitados, todos, ellos, yo, ellos porque a pesar de su envidia una parte suya se iba a cumplir en mí, y todo iba a ser, entonces, un poquito menos remoto.

—¿Y Odette? —pregunté.

No había vuelto a aparecer por La Raspelière de la

163

Avenida Macul desde la famosa noche. Olga aprovechó para reprocharme ser el causante, al no acompañarlos en el taxi en esa ocasión, de haberla lanzado a las peligrosas garras del *beau monde* —en esos años de que hablo no existía el *jet set*; claro, no existían los *jets* transcontinentales, ni tampoco la industria periodística basada en la nostalgia por los ungidos de belleza y poder—, perdiéndola para La Raspelière, que no acreditaba dentro de las filas de sus fieles a quien mantuviera relación con ese mundo de insignificantes.

—Vamos a buscarla —exclamó Mme. Verdurin poniéndose de pie—. No podemos celebrar la noticia de tu viaje a París sin ella.

—¿Dónde piensan celebrar? —preguntó M. Verdurin, atajando a su mujer con la mirada que alzó de las ilustraciones de una inmensa *Divina comedia numerotée* recién adquirida en un remate oligarcón: había emergido de las profundidades de su biblioteca para exhibirla ante nosotros por creer, ingenuamente, que nos conquistaría con este objeto carente de otra cualidad que la opulencia.

—En El Bosco... supongo... —repuso ella.

—¿Por qué no la va a buscar cualquiera de ustedes y celebran aquí en la casa mejor? —propuso M. Verdurin, y cerrando el gigantesco volumen con que había interrumpido nuestras risas y divagaciones, comenzó a alejarse otra vez hacia la biblioteca. Agregó—: Hace frío afuera y dijiste que estabas un poco resfriada.

—Vamos a buscarla a su casa —insistió Mme. Verdurin, pidiéndole al mozo que hiciera bajar su abrigo de pelo de camello y un paraguas—. ¿Ha visto alguno de ustedes qué *asco* es su cama?

La habíamos visto todos, claro, desde una perspectiva o de otra, pero no lo dijimos por temor a que M. Verdurin lo oyera desde su escritorio y lo interpretara mal, es decir, correctamente. En todo caso, los proustianos declararon que hacía días que andaban en busca de Odette, tocando inútilmente el timbre de su departamento en pleno centro, donde se acababa de instalar porque, alegaba, no podía dormir sino arrullada por el ruido infernal del tráfico. Alguien había logrado entrevistarse con el director de *Los bajos fondos*, puesta en escena por el teatro universitario que en aquellos años comenzaba a surgir: confirmó que Odette no había aparecido durante toda la semana, pero en caso de que la viéramos que le rogáramos que volviera porque la sustituta era pésima. Por otro lado —lo que espesaba la intriga—, los proustianos más encarnizados habían logrado averiguar a través de amigas de amigas de Oriane, que Basin «anda en Buenos Aires por asuntos de negocios», lo que proclamaba que el asunto era de lo más *elementary Watson* posible, sobre todo ahora, después de saber por boca mía, y yo había sido actor del drama, que Basin se había llevado a Odette *sola* en un taxi.

—Y las cosas que la Picha Páez es capaz de hacer adentro de un taxi en la noche, no necesito dejárselas a la imaginación de nadie porque un porcentaje bastante alto de la población lo sabe por experiencia propia.

—¡Pero si la Picha y Juanito estaban como sacos de curados! —protesté yo.

—¡Ah! ¿No vas a decir que adoleces de la falta de cultura de no conocer cómo es la Picha Páez en la cama cuando está curada? ¡Es un fenómeno de la naturaleza!... —observaron varios proustianos que se las daban de *cognoscenti*. Seguramente se las arregló para hacer reaccionar como un rey a Juanito Irisarri.

—...y su cama es una cochinada, las sábanas sin cambiar. Y las paredes con *posters* de cantantes igual que una chiquilla chica —agregó Mme. Verdurin mientras metía los brazos en las mangas de su abrigo sostenido por uno de los fieles.

—¿Adónde la vamos a buscar, entonces?

—Al Bosco.

—Dicen que han visto al Chuto Farías por allá otra vez, con la cara vendada. Parece Frankenstein.

—¿Qué importa el Chuto? ¿Vamos? —insistió Mme. Verdurin.

—¿No es demasiado temprano para El Bosco? —pregunté yo.

Nos dimos cuenta de que la pobre Mme. Verdurin, harta con su marido, quería salir a toda costa de su casa ahora mismo. Tal vez resultara divertido llevarla un rato a una exposición de arte popular amenizada por un payador con su guitarra —para nuestra Mme. Verdurin vernácula «la novena» era cualquier cosa de Violeta Parra; y «la Victoria» que le producía jaquecas estéticas, las lozas de Pomaire o Quinchamalí—.

—¿Cómo no va a pasarlo mal con el pelotudo de Nissim, que puede ser su papá, si los turcos casan a sus hijas con quienes quieren, como en la Edad Media?

Por esos años, mi hermano menor iba a terminar su carrera de leyes, cosa que recuerdo muy bien porque mis padres no cesaron de echármelo en cara hasta que Basin me consiguió la beca a Francia y todo cambió. Compartíamos la misma habitación en la pequeña casa familiar llena de olor a comida porque nuestros aposentos quedaban —y quedan— detrás de la cocina: un postizo que le agregó mi padre al minúsculo *bungalow* original cuando logró comprarlo no hacía mucho tiempo, y pese a que yo lo consideraba una pocilga indecente, y lo criticaba todo, mis padres se mostraban repugnantemente ufanos de su propiedad. Con el propósito de ahuyentar tanta cosa criticable en la casa, yo había decorado mi mitad del dormitorio con una red de pescador, con la reproducción de un interior de Vuillard muy proustiano, con un retrato de Olga Fuad luciendo un vestido de encaje en una suntuosa foto de Jorge Opazo, y una divertida foto de la Picha Páez hecha por un proustiano que iba a ser el Avedon del futuro —¿teníamos conciencia de Avedon en aquellos tiempos?, creo que no— una tarde en que no había nada que hacer: la disfrazamos de Odette Swann con una sombrilla malva «como bajo un cenador de glicinas en una

166

esquina de la Alleé des Acacias», sí, recuerdo muy bien el color de esa sombrilla aunque la foto era en blanco y negro. La mitad de la habitación que correspondía a mi hermano, en cambio, estaba más sobriamente decorada con un retrato de su polola y otro de mi madre, y su diploma de licenciado en derecho en un marco dorado, según mi opinión demasiado pretencioso.

Recuerdo la tarde antes de mi partida a París, cuando encima de mi cama preparaba mi maleta metiendo mis camisas de botones cosidos con «el hilo / que se irá haciendo ropa / para los que no tienen sino harapos...» por mi hermanita menor, que ya tenía edad para ayudar en los menesteres de la casa. Yo contestaba los gritos de mi madre que desde el otro lado del tabique me preguntaba si me faltaba algo, pero yo, para mis adentros, repetía irracional, iracundo, que dijera lo que dijera Neruda, jamás después de esta comida volvería a probar caldillo de congrio, que era lo que en la cocina preparaba mi pobre madre como festejo de despedida, y cuya abominable fetidez canonizada en una oda colmaba mi cuarto, impidiéndome volar en este mismo minuto a París: el caldillo de congrio podía ser todo lo «grávido y suculento» que el vate quisiera; y la cebolla una «luminosa redoma» de sabores y perfumes cuajados sobre el «callado bandolero» del fuego. «Sencillez, qué terrible lo que nos pasa» cuando no hay otra opción que la sencillez; cuando se desvirtúa por ignorancia y falta de medios esta moda de «la cosa nuestra» con que Mme. Verdurin se llenaba la boca y los santones predicadores de las cosas simples porque no conocen otras cosas —Neruda, al fin y al cabo, venía de vuelta de *La Tour d'Argent*— quieren que absolutamente todo sea de greda de Quinchamalí, mientras yo, en mi cuartucho detrás de la cocina, me ahogaba de asco con la sencilla fetidez del caldillo de congrio que llenaba mi dormitorio. Llevaría hasta París el olor indeleble de «la cosa nuestra» abominada por ser única en nuestro horizonte de posibilidades. En el momento de cerrar mi maleta temí transportarlo eternamente dentro de ella,

167

pegado a mi pelo y a mi ropa, junto con los calcetines zurcidos por mi hermanita que decididamente no tenía «manos de pastora», pero que transformarían mis pies para siempre en «dos gigantescos mirlos» que me harían avergonzarme de ellos en París por la simple razón de que mi madre no conocía nada mejor con que festejar que el caldillo de congrio.

Estaba cerrando mi maleta cuando sonó el timbre de la puerta de la calle. Mi hermanita corrió a abrir. Volvió a comunicarme que «una señora rubia, muy grande y muy elegante» me buscaba. En el umbral, delante de mis padres sorprendidos por esta criatura de puro oropel que por vez primera producía el contacto de mi fantasía proustiana con mi origen, Odette se lanzó a mis brazos, besándome, los ojos teatralmente maquillados rebosando emoción bajo el velito de su sombrero, sin mirar a mi madre que, sacándose el delantal y tirándolo detrás de la puerta, la acogió:

—Pase, no más, está en su casa.

—Gracias, señora, pero no puedo, me están esperando.

Y a mí me dijo:

—Te vas y no nos vamos a ver nunca más en la vida.

—No exageres, pues, Picha.

—O peor, cuando vuelvas cargado de premios, publicaciones y condecoraciones, yo voy a estar horrible y pasada de moda, hecha una zapatilla vieja, y ni siquiera me vas a mirar, no me digas que no..., sí, sí, no me lo niegues, todos los hombres son iguales, ¿no es cierto, señora?

Junto a la vereda esperaba un Packard Clipper verde oscuro: el inconfundible Packard de Basin, desde cuya ventanilla el duque me agitó una amistosa mano. Avergonzado, retrocedí en la puerta para disimular ante él mi relación con mi madre tal vez hedionda a cebolla, con la modestia de mi casa, con lo poco distinguido del barrio donde unos chiquillos jugaban a la pichanga en la calzada, y hacerle la desconocida definitiva al insoportable olor a caldillo de congrio que era mi destino, y que seguramente llegaba hasta Basin en su auto, hiriendo sus delicadas narices.

—¿Vamos? —me gritó desde su auto.

—Sí, vamos, mi amor —me rogó la Picha—. Un ratito, no más, señora, a tomarnos una botellita de champán de despedida con unos amigos en El Bosco. Me comprometo a traérselo de vuelta en el auto en media hora, no, en tres cuartos de hora más, mientras usted termina de hacer la comida... mmmm, tiene un olor exquisito...

Miré a mi madre, que se alzó de hombros. Recogió su delantal del suelo y poniéndoselo de nuevo se retiró a la cocina, donde, mientras en mi dormitorio yo anudaba mi corbata, la oí cuchichear con mi padre, con mi hermana y con mi hermano. Mi padre me acompañó muy serio hasta la puerta:

—¿No vas a dejar plantada a tu mamá, no es cierto?

—¿Cómo se le ocurre, pues, papá? Además tengo que acostarme temprano para dormir bien y estar en Los Cerrillos a las seis y media en punto para tomar el Air France de las siete y media de la madrugada.

—Cuento con que vas a cumplir.

—Hasta un ratito más, papá.

—Hasta luego, entonces.

—Hasta lueguito.

ESTABAN todos —Elstir, Charlus y Jupien, un fracasado aspirante a Swann a quien le concedimos ese nombre por no disponer de un Swann más verosímil, Bergotte, Norpois, Albertine, Saint-Loup antes de que se le diera vuelta el paraguas, y Mme. Verdurin, que se había escapado de su casa aprovechando que su marido había tenido que viajar a Osorno para la compra de un fundo—, todos, en fin, reunidos con el propósito de celebrarme en ese Fouquet versión chilensis, y hacer votos para que mi contacto con la *douce France* me transformara de un simple Héctor Muñoz de la Barra en un auténtico *petit Marcel*, quien, incluso a costa del peligro de contraer el asma fatal de los genios, estaba dispuesto a inmortalizarlos a todos en un gran panorama que sería como un fresco literario de un mundo —el nuestro— y de una época. Hasta los rimbaudianos, asombrados —o porque el duque de Guermantes, sobrio, amable, lujoso de sonrisas y lociones y con Odette decorando su lado, encargó innumerables botellas del mejor vino—, para esta ocasión abandonaron su hostilidad, y acercándose a nuestra mesa me contemplaban con el halago de los ojos borrosos de envidia de los que se quedan, y sospechan que quizá se queden para siempre.

Sí. Estábamos todos salvo la protagonista, Oriane. Dos días antes, en Gath & Chávez, hurgando en un mostrador de camisetas en rebaja que me disponía a comprar como parte de mi equipo de viaje, levanté la vista, y con un vuelco del corazón reconocí el bello rostro de pájaro rubio de Oriane al otro lado, que hurgaba entre las mismas camisetas que yo. Levantó su mirada azul de *vitreaux* que cruzó con la mía —no puedo negar que durante un minuto especulé con la posibilidad de que se detuvo allí no porque le interesaran las camisetas, sino porque me vio a mí—, iluminando con su repentina sonrisa dorada su rostro maravilloso, y el mío, y el ámbito entero del gran almacén.

—¿Cuándo se va? —me preguntó sin preámbulos.

—Pasado mañana.

—¡Qué lástima!

—¡Yo estoy feliz!

—Es que me hubiera gustado convidarlo a tomar té. El Agregado Cultural de la Embajada de Francia tiene grandes esperanzas puestas en usted, y quizás hubiéramos podido reunirnos los tres ...

¡Como si tomar té solo con ella, que era pura poesía, no fuera la más eficaz de las tentaciones, y me ofrecía al pedestre *attaché* como anzuelo! Me dijo que éste, gran amigo suyo, le había comentado mi viaje —era evidente que Basin no se lo mencionó jamás—, contándole que partía con el fin de estudiar, conocer, quizás escribir una novela, o mejor, una obra de teatro, para lo cual sería conveniente que viera todos los espectáculos de París.

—¡Qué envidia! —exclamó Oriane, levantando una camiseta para examinarla.

¿La duquesa de Guermantes envidiándome a mí? Me pareció una situación incongruente con la otra realidad, tanto mayor, de la fantasía. ¿Qué era lo que me envidiaba? ¿Mi beca, igual que tantos estudiantes pobretones que habían aspirado a ella? ¿Mi viaje a París, si su fortuna le permitía viajar cuando quisiera? ¿Estudiar, ver, escribir novelas, obras de teatro, ella, que era sobre todo mundana y tenía el deber de seguir siéndolo porque así «estaba escrito», y no traicionarnos a nosotros los proustianos, ni al creador de la atmósfera en que su existencia era radiante? Salimos charlando de Gath & Chávez con nuestros paquetes de camisetas debajo del brazo y tomamos el tranvía 34. Colgados de las agarraderas de cuero porque no quedaba asiento, después de enderezarse la boina de terciopelo que alguien al pasar le desacomodó, pasamos parte del trayecto quejándonos de este incómodo medio de locomoción, harto primitivo.

—En París, el metro es regio —comentó Oriane.

Yo jamás había tomado un metro. En toda mi vida. Pensar que en unos cuantos días iba a poder hacerlo por primera vez aceleró mi pulso con la perspectiva de experiencias distintas a la experiencia exclusivamente cultural, transformándome en el clásico turista boquiabierto de admiración ante progresos desconocidos en su pueblo: allí mismo tomé la determinación de no acercarme jamás a la torre Eiffel.

—¿Es muy rápido? —le pregunté a Oriane.

Calculó:

—Por ejemplo, para un trayecto como éste, desde el centro hasta mi casa en Avenida Lyon..., bueno, serán, supongo, unos cinco minutos. ¿Usted vive por aquí?

—No, cerca de Plaza Egaña.

—Este carro lo deja bastante lejos, entonces.

171

Me abstuve de confesarle que prefería este itinerario en vez de uno más directo porque el tranvía 34 pasaba por un barrio más «Faubourg St. Germain» que los tranvías que me llevaban directamente a Nuñoa y a la Plaza Egaña.

—En ese caso, ¿por qué no almuerza conmigo? A la suerte de la olla..., estoy sola... —me invitó Oriane.

La casa de Oriane, me doy cuenta ahora, era demasiado «estilo bombonera». Pero ese día me pareció el recinto más refinado del mundo. La sensación de silencio reposado, de privacidad buscada sin sentimiento hostil, de pasos acogidos por las alfombras, de funcionamiento perfecto sin necesidad de mandar a nadie a toda carrera al boliche de la esquina porque llegó visita, me fue rodeando como una marea de aguas exactamente de la misma tibieza que mi cuerpo: yo había nacido para esto. No puedo negar que cuando, después del salpicón de pavo hecho con sobras de la cena de anoche a la que había asistido el Agregado Cultural francés, apareció un charquicán, estuve a punto de tomar las de villadiego, insultado por ese plato tan mezquino de abolengo por lo similar al que aparecía con demasiada frecuencia en la mesa de mi familia: los seres emblemáticos que imperan en el reino de la fantasía y que deben seguir sus reglas no podían alimentarse con manjares como éste. Al probar el charquicán, sin embargo, me pareció sentir en el paladar que se trataba de una concepción de ese plato totalmente distinta, un mundo de sabores concertados con una delicadeza insospechada en la Plaza Egaña, lo que me hizo perdonar a Oriane ese guiso que de otro modo hubiera sido un error suyo: aquí representaba la buena tradición de la comida criolla mantenida viva por otra Françoise. Hablamos de Basin. Sin necesitar que Oriane me lo dijera comprobé lo infeliz que era con él. A la hora del postre —restos de una tarta de la víspera—, hablamos de lo insufribles que son los hijos, lo exigentes, lo ahogadoramente ubicuos; y lo mimada y agresiva que era su hija de once años, todo lo cual le producía una desazonante sensación de ya no tener vida propia. Después del almuerzo, al sentarnos en el sofá de *toile de Jouy* con escenas pastorales en tonos de celeste, me confesó algo que para mí tuvo los efectos de un golpe muy rudo: que había decidido tomar clases de teatro. Le gustaría, dijo, ser actriz, meterse en la piel de otras personas para no seguir con la monotonía de su vida, y ella —¿cómo no iba a saberlo si su vida entera no era más que una farsa de la mañana a la noche?— era *muy* buena actriz.

Esta tremenda confesión tuvo efectos variados en mí. Los fui rumiando mientras Oriane, incontrolable, gárrula, sin preguntarme absolutamente nada sobre mis proyectos que al fin y al cabo habían sido la razón ostensible por la cual me dirigió la palabra tal vez por segunda vez en su vida y me convidó a almorzar —¡qué iban a decir los proustianos cuando les contara!—, seguía y seguía confiándome el secreto de modistilla de sus frustraciones. Me dio ira que desde la perfección de su Olimpo inaccesiblemente mundano deseara descender a las aspiraciones de cualquier alumna bien parecida de tercer año de Pedagogía: la gente como Oriane se aburre, me dije. Ésa es la terrible verdad. Y por eso, cuando antes apenas se dignaba saludarme desde lejos, ahora, debido a esta mínima notoriedad mía, se lanzaba sobre mí para devorarme con una supuesta admiración, aunque sólo para que le sirviera de espejo. Su vida, me di cuenta con pena, era vulgar, igual —sólo que escrita en una *tessitura* distinta— a la vulgar fatiga de mi madre junto a la cocina, y a la de mi tía que trabajaba en la Intendencia quejándose de que a ella nunca le pasaba nada más divertido que las sorpresas deparadas por el Electrolux. Al descender de tal manera ante mi vista, Oriane se transformaba en mi par; no sólo en mi par, sino en mi odiada, en mi amada pareja. Era incluso probable que le hubiera sido infiel a Basin, por ejemplo con el Agregado Cultural francés. ¿Y si era tan indiscriminada, tan caliente para decirlo de una vez —me hablaba con la voz más suave, más confidencial, inclinándose un poquito hacia mí en el sofá celeste y sentí su aliento—, por qué no iba a hacer *cattleyas* conmigo? Me di cuenta de inmediato que esto, más que una fantasía, era una locura, una situación por completo antiproustiana y por lo tanto descabellada. Oriane tenía su mano de duquesa, con el adorno singular de un zafiro muy oscuro, extendido entre ella y yo sobre unas ovejas retozonas en la *toile de Jouy*. Yo dejé caer mi mano sobre la pastora que las apacentaba: *adieu, pastourelle*, cantaba mi corazón incontrolable como el niño castigado por los sueños de su culpa transformados en una horrible y bella pesadilla..., mi pulso latía rapsódico, incapaz de detener mi mano que iba a avanzar hasta cubrir el olmo que separaba a la pastora de su rebaño.

—¿Conoce a una tipa que se llama Picha Páez? —me preguntó Oriane.

—Claro que la conozco.

—¿Es regia?

—Nnnnnnooo..., más bien vistosa...

—¿Qué tal persona es?

—Estupenda actriz.

—Bah, yo la vi en *Los bajos fondos* y no la encontré tan estupenda, le diré.

¡Cómo se rebajaba hasta insinuar sus celos por alguien como la Picha!, pensé sufriendo por ella y por mí. Y no sólo sus celos: lo peor era que, en el interior de esos celos y disimulada por ellos, discerní envidia por la Picha, querer ser lo que la Picha era, rebajándose con esto a un nivel inferior a ella —lo que era mucho decir—, y terminando con la existencia de la inaccesible Oriane para transformarla en lo que era: la caricatura de una burguesa frustrada del barrio alto que hablaba demasiado sobre sí misma, y estaba, por lo tanto, al alcance de cualquiera, y de mí, que era menos que cualquiera. Moví mi mano incontrolable hasta cubrir la suya y la apreté un poco, adelantando hacia Oriane mi cuerpo. Mi sangre cantaba preparándose para las *cattleyas*. Sentí su perfume emanando de su piel mate, de la desconsolada aureola de su pelo un poquito rojizo que en un momento más yo iba a acariciar. Ella me miró directamente a los ojos con sus maravillosos ojos azules de mártir, de santa, donde, después de un momento, apareció la chispita de risa que no tardó en extenderse por toda su cara, concluyendo con una bondadosa pero terrible carcajada —pienso ahora que fue sólo una risita nada hiriente—, pero que a mí me lesionó para siempre: no sólo no retiró furiosa su mano de debajo de la mía, sino que la apretó, comprensiva, amistosa, condescendiente, antes de quitarla para tomar su cartera y sacar un pañuelo con que enjugar las lágrimas de su risa, que sólo vidriaron sus ojos. Yo, tremolante frente a esa carcajada fantaseada que me volvía a una perspectiva realista, me puse de pie:

—Me tengo que ir.

—¿Tan temprano?

—Sí, fíjese...

—Qué pena, yo no tengo nada que hacer en toda la tarde.

—Con esto del viaje tengo muchas diligencias que hacer.

Me acompañó hasta la puerta, que abrió ella misma para que yo saliera con mi paquete de camisetas debajo del brazo. Al caminar largamente bajo la suntuosa bóveda verde de los plátanos de la Avenida Lyon, sentí que el principal móvil de mi viaje a Francia no iba a ser, ahora, para «proustear» —verbo acuñado en el Fouquet de la Alameda para describir mis pesquisas acerca del itinerario del *petit Marcel* en París—, sino para huir lo más lejos posible del odiado escenario de mi paso en falso, de mi error de sensibilidad y de cálculo, que por suerte «no estaba escrito» y, por lo tanto, sería muy difícil que lo creyeran cuando ese chisme puesto a rodar a partir de la gloriosa carcajada de Oriane, se propagara.

¡Con razón Basin la detestaba!

ESA CARCAJADA, igual que las desdeñosas carcajadas que

reaparecen en *flou* en ciertas películas y definen el destino mediocre de los antihéroes martirizados por sus propias sensibilidades exacerbadas, me persigue hasta ahora, años después de mi regreso, cuando la recuerdo. Y la sigo oyendo aunque Oriane yace bajo la tierra de un cementerio costino, al mismo nivel que todos los muertos, por muy privilegiado que sea el lugar donde descansa de todo lo que durante su brevísima carrera teatral tuvo que sufrir: abandonar a Basin por un actor de bastante menor edad que ella y demasiado moreno —«roto de ojos verdes, roto malo», dicen que comentó Odette—, además de ser una vulgaridad imperdonable, fue una tontería que sólo podía conducirla a la tragedia.

Pero antes de partir —¡ah, esa noche!...— al entrar triunfante en El Bosco del brazo de Odette y escoltados por el duque, el desdén de esa carcajada se apagó por un rato en mis oídos. Desde la puerta del establecimiento noté que nuestra llegada produjo una reacción curiosa en la mesa a la que nos dirigimos: varios proustianos se pusieron de pie no sólo con la intención de darme una calurosísima bienvenida a mí, sino más bien con el objeto de prolongar el momento de presentar al duque a mis congéneres, y proteger a alguien, desviándonos hacia otra mesa. Pero como Basin era mucho más alto que todos los demás, esta tentativa resultó infructuosa, porque por entre sus cuerpos arremolinados alrededor nuestro el duque distinguió, en la mesa que generalmente ocupábamos, al Chuto Farías, con la cabeza inclinada hacia atrás y vendada como la de una momia que sólo descubría sus ojos y un hueco para la boca, y a Mme. Verdurin, que con una mano metía en ese hueco un embudo mientras con la otra vertía en el adminículo el contenido de una botella de vino tinto.

Al ver esta escena el duque lanzó una carcajada que hizo volver la cabeza a muchos parroquianos: Basin se abrió paso entre nosotros, se sentó a la mesa pese a que el Chuto quiso reaccionar agresivamente frente a su ex contrincante, pero él lo retuvo con sus palabras afables y su risa. Y mientras Mme. Verdurin ayudaba al duque, él tomó la botella y siguió vertiendo más vino en el agujero entre las vendas y el yeso. El duque se reía. Nos reíamos nosotros y Mme. Verdurin. Y se reía el Chuto, que de pronto se atragantaba y tosía, o se quejaba de dolor al reírse demasiado, todo lo cual producía más y más hilaridad en el duque y en todos nosotros, y en el Chuto mismo, que se ahogaba y reía pero también lloraba con su cabeza inclinada atrás, ante la gente que se iba juntando en torno al espectáculo, intentando, también, intervenir en la divertida operación.

Más tarde esa noche, Mme. Verdurin me contó que al principio el pobre Morel estaba tan aterrorizado como furioso con la aparición del duque en El Bosco, a quien no veía desde la noche aquella, y a quien se la tenía jurada. Continuó comentándome que el duque se acercó al deportista profesional con tanto tino, hablándole con tal «señorío y sencillez», según me dijo, y «en su mismo idioma, que debe ser el de los bajos fondos», que el pobre Chuto, que tenía corazón de señorita sentimental, se derritió al instante, sobre todo cuando el duque le prometió pagar sus cuentas de médico y de clínica, reconociendo que en la ocasión de la pelea él estaba borracho e incapaz de dosificar su fuerza, ofreciéndole, incluso, conseguirle trabajo en el banco de su hermano, el príncipe. Mme. Verdurin, que por lo chismosa parecía más proustiana que todos nosotros, pese a no haber leído jamás *À la recherche* y obstinarse en quedar pegada en el guitarreo balbuceantemente popular de las *Odas elementales*, me comentó que ante esta perspectiva el Chuto se había mostrado bastante menos entusiasta. En todo caso bebimos rápidamente las buenas botellas de vino pedidas por Basin, brindando por la maravillosa aventura de mi viaje. Al despedirme de los proustianos, uno a uno, con un apretón de manos o con un abrazo, conjeturaron que cuando regresara de París quizá llegaría convertido no en el *petit Marcel* —para empezar, ya no sería tan *petit*—, sino por fin en un Swann de alas desplegadas, personaje que habíamos

177

buscado por todas partes en nuestra remota ciudad para darle por lo menos un poco de coherencia a nuestra fantasía, sin encontrar a nadie en nuestro medio digno de encarnar un papel tan difícil. Apresuré la despedida, diciendo que mi familia me esperaba a comer, y pese a que en el momento de partir el reloj de San Francisco ya había dado las once de la noche, dije que más valía tarde que nunca, ya que hoy prefería no defraudar a mis padres.

—Yo te llevo en auto. Nos demoramos diez minutos —exclamó el duque, poniéndose de pie—. ¿Vamos, Chuto?

Salí de El Bosco pensando que salía para siempre, y agité una mano triunfal para decir adiós aunque todos prometieron estar a las ocho de la mañana al día siguiente para la despedida definitiva —no me hice ninguna ilusión respecto a esto; conocía demasiado bien los horarios noctámbulos de la bohemia santiaguina— en Los Cerrillos. Llevaba a Odette enlazada por el talle. Nos seguían el duque del brazo a un lado de Mme. Verdurin, y al otro del brazo del Chuto. Cruzamos desde la Pérgola de las Flores hacia la Alameda, bordeando los grandes grupos que todas las noches se reunían frente al diario *La Opinión* para discutir de política y apostrofar pacíficamente contra las autoridades. Al frente, bajo el letrero de neón de *La Opinión*, Basin abrió su Packard Clipper que nos acogió. En cuanto el auto se puso en marcha noté que el duque no lo dirigía hacia mi casa en Nuñoa sino hacia la Plaza de Armas.

—¿Adónde me llevas? —pregunté alarmado.

—Te tengo una sorpresa.

—Es que me están esperando a comer en la casa...

—Shshshshsh, ya es demasiado tarde... —dijo Mme. Verdurin, que parecía estar en el secreto.

—No, tengo que irme.

—¿No me vas a dejar a mí, no, con la comida preparada? —me preguntó en forma amenazante.

Comprendí que el duque señalaba mi ingratitud por su trascendental gestión, insinuándome, al mismo tiempo, el orden de precedencias que era mi deber acatar. Estacionó el coche en la Plaza de Armas. Basin nos dirigió hacia el Restaurant La Bahía. Los mozos lo recibieron con grandes muestras de respeto, y el *maître*, charlando amistoso con mi anfitrión, nos condujo a una mesa ya lista. Al entrar en tan lujoso como desconocido establecimiento no pude dejar de pensar en mi pobre madre inclinada sobre «la consumación / ferviente de la olla», o picando «la redonda rosa de agua / sobre / la mesa / de las pobres gentes». Me excusé para ir al teléfono a avisar a mi casa que me atrasaría. Ya solo, junto al teléfono, pensé: ¿no era el momento de huir de las garras nefastas de mis compinches para cumplir con mi deber de hijo? ¿De alejarme de mis amigos que ya no vería en tantos años más, para volver a mi familia, y así no cargar con la culpa con que cargan las madres a sus hijos cuando por primera vez se alejan del hogar? Era sólo cuestión de salir a la calle Monjitas sin despedirme de nadie y tomar un taxi: solución muy fácil. Sin embargo, mi mano irrefrenable marcó el número de teléfono de mi casa. La voz de mi padre era seca. Muy bien, me dijo. Comprendo. No me expliques tanto. Comprendo que le debes toda clase de agradecimientos al señor Irisarri porque él te consiguió la beca. Sí, por cierto, si te organizó una comida de despedida en un restorán como La Bahía no lo puedes desairar..., pero no te olvides que mañana en la mañana tienes que estar en Los Cerrillos a las seis y media para que te facturen el equipaje, si no, vas a perder el avión...

—Nosotros te llevaremos las maletas desde aquí —concluyó.

—¡Pero, papá, si no voy a quedarme aquí más que una hora más, para cumplir!

Fue mi padre quien colgó. ¿Pero por qué será que, pese a que no la nombró durante toda nuestra conversación, tuve presente la imagen de mi madre encorvada bajo el peso de mis maletas, cargando mi equipaje para meterlo en el taxi que llamarían para ir a Los Cerrillos? Es una imagen tan dolorosa que me atormenta hasta hoy. Yo sabía muy bien que mi hermano, que es fortachón y suele cumplir con estos menesteres, cargaría mi maleta. Sin embargo fue a ella, a mi madre, a quien vi haciendo fuerza bajo el peso de mis posesiones materiales, llorosa, silenciosa, dolorida, ofendida, pensando más en el caldillo de congrio desperdiciado que en mis posibilidades de transformarme en el Swann de la calle Ahumada, y así pasar del mundo de las reproducciones de Vuillard, al de los Vuillard verdaderos para codearme con los Guermantes, con la opulencia y con el arte. Con el propósito de borrar esta imagen dolorosa volví rápidamente a la mesa donde mis amigos bebían los primeros *pisco-sours*, que después, cuando aparecieron las bandejas de ostras sobre el mantel de *granité* de hilo, dieron paso, entre los vítores del grupo, a botellas de Chablis Tarapacá-ex Zavala helado; y más vino aún con el chupe de locos que el Chuto, es decir, nuestro averiado Morel doméstico ya tan desdibujado y sin embargo tan Morel, desde entre sus vendas de momia que apenas lo dejaban hablar, miraba con ojos doloridos de hambre que la fragilidad de sus maxilares le impedía saciar con nada sólido. Odette pidió de nuevo un embudo que le caló en la boca: fue vertiendo en él pisco-sours, vino blanco, y por fin coñac. Le convidaba chupadas del puro que estaba fumando ante el escándalo de los parroquianos: para consolarlo, decía.

Odette le relataba al Chuto las maravillas de Buenos Aires, contándole que ella y Basin fueron a ver en el Luna Park no sé qué luchadores gloriosos, entre millones de luces y aplausos, aconsejándole ir a tentar suerte allá una vez que le quitaran yesos y vendas, no conformarse con el hoyo siniestro que era el teatro Caupolicán donde estaba perdiendo la vida. El duque y Mme. Verdurin, entretanto, entablaron un coloquio privado, o más bien una discusión, porque el duque alegaba muy proustianamente, aunque no hay ni que decir que jamás había leído a Proust, que esos Irisarri a quienes Mme. Verdurin decía conocer no eran de los Irisarri buenos, parientes suyos, sino otros Irisarri que nadie sabía de dónde salieron. La turca se dio vuelta hacia mí, cuchicheando:

—¡No van a ser! ¡Hay que ver que se cree, tu amigo Juanito!...

Y él, poco después, cuando Mme. Verdurin se distrajo porque el humo del puro de Odette había hecho toser de tal manera al pobre Chuto que daba alaridos de dolor, me murmuró al oído:

—¡Estas siúticas! Siempre meten la pata nombrando a alguien que tiene nombre de gente conocida, pero después resulta que es alguien que nadie conoce y tiene parcela en Olmué, por ejemplo. Pero harto buena la turca..., vamos a hacerle el empeño...

Y vi que por debajo de la mesa le agarraba una mano.

Más tarde, cuando salimos de La Bahía, yo ya había desesperado de triunfar en cualquier intento de desprenderme del dichoso duque que nos arrastró, primero, al Patio Andaluz, que encontró aburrido, y después a La Posada del Corregidor, con sus músicos ciegos y su vino tinto caliente con especias, donde bailaban parejas insondables en las tinieblas casi completas. Allí, por fin, tuve que aceptar mi realidad triste de hijo desagradecido de sus padres —quienes, como nunca se cansaban de repetírmelo, tanto se sacrificaban para darme una educación— que termina en esto: solo, a las dos de la mañana, adormeciéndome medio borracho en mi silla en un rincón de la ventana colonial. Odette bailando con un desconocido —el Chuto quién sabe dónde estaría— y Mme. Verdurin bailando abrazada del duque protegidos por la oscuridad. Yo pensé en la cabellera heráldica de Oriane, en la suavidad de su mano que pese a haberla gozado sólo durante un segundo vivía para siempre, pero sobre todo en este instante, en las yemas de mis dedos, que besé. Fue este acto de amor, esta cópula con mi imaginación, lo que de pronto me despertó en mi rincón de la ventana: un repentino terror de que todo este mundo remoto pero de alguna manera seguro, ya que *le petit Marcel* nos proporcionó los cánones para nuestra difícil juventud —cánones proporcionados a otros por otros, por Rimbaud, por Mallarmé, por Nietzsche, por Sartre, que por ese entonces comenzaba a ser novedad entre los más enterados, por Neruda—, iba a desaparecer dentro de pocas horas debido a mi viaje, y este espacio, tal como era, pobre, siniestro, sin horizontes, carente de dimensión e información, con escasa belleza y menos oportunidades, constituía al fin y al cabo el espacio de mi juventud, que ahora iba a caer derribado como el consabido castillo de naipes. Eran las dos de la mañana. Yo estaba sumamente borracho. Éste era el momento preciso para aceptar el reto del miedo y huir a buscar cobijo por última vez como un niño en el abrazo de perdón de mis padres.

Iba saliendo de La Posada con el propósito de tomar el primer taxi que pasara, cuando brotaron, como dos fantasmas de la noche ciudadana, el Chuto y Odette. Me agarraron cada uno de un brazo. Me acompañaron tambaleándonos por la calle Esmeralda, asegurándome al ingresar en la Allée des Acacias —vale decir por la avenida de ceibos— del Parque Forestal, que comprendían mis lágrimas, que era la pura verdad que uno no deja a su familia y a sus amigos de toda la vida todos los días para irse tan lejos y *en avión*, solidarizando con mi urgencia por encontrar un taxi que me llevara a dormir aunque fuera una fracción de mi última noche antes del anhelado viaje, bajo el techo de mis padres: «...ah / viajero / no es niebla / ni silencio, ni muerte / lo que viaja contigo, sino / tú mismo con tus muchas vidas...». Éste, me dije, era el último momento atado por la coherencia aprendida de otros, antes de asumir quién sabe cuál de esas muchas vidas en las tardes invernales de París, acechantes de los diversos avatares de Odette bajo su sombrilla malva, o de Albertine con su bicicleta, o de Saint-Loup comprensivo de mi fragilidad, o de Swann para enseñarme el secreto definitivo del refinamiento... o tal vez de otras acechanzas para las cuales tendría que buscar otras reglas en otras páginas todavía desconocidas. ¿Por qué, con tan amplia perspectiva como esta que se me abría, de continente a continente, no iba a poder constituirme en mi propio *petit Marcel*, desechando facsímiles de Odette y Saint-Loup? Pero la verdad era que ahora resultaba demasiado difícil solucionar el acertijo de cómo narrar la historia del Chuto Farías con su cara vendada, y de la Olga Fuad con su gusto detestable y su marido imposible, y de la Picha Páez, glorioso resumidero de todas las miserias de esta ciudad, que, bajo los ceibos del parque por cuya sombra lunar marchábamos a tastabillones, iba recitando con su admirable voz de túnel, de animal en celo: «...la noche transparente / gira / como un molino, mudo / elaborando estrellas...», aunque era de lo más probable que las estrellas giraran sólo en el vino que trastornaba nuestros corazones en este momento inefable de despedida de tantas, tantas cosas...

Habíamos caminado dos cuadras en dirección al Palacio de Bellas Artes en cuyas gradas nos proponíamos sentarnos a cantar el «Himno a la alegría», cuando sentimos, más allá de nuestros poéticos lamentos en espera del taxi que no llegaba o que dejábamos pasar para llegar al final de una estrofa particularmente bella, sí, sentimos un coche deslizándose junto a la cuneta: tocó la bocina con tal fuerza al alcanzarnos que cuando frenó justo a nuestro lado casi nos desmoronamos sobre él:

—Súbanse... —mandó el duque.

Me negué a hacerlo. Nos negamos.

—No seas tonto, te vas a resfriar y mañana, no, hoy ¿o será mañana?, no te vas a poder ir —dijo Mme. Verdurin, incoherente pero maternal pese al *rouge* borroneado por sus *cattleyas* con Basin.

SUPONGO que ya nunca lo sabré porque están dispersos los personajes que podrían dar fe, y para ellos esos lejanos sucesos carecen ahora de la significación infinita que entonces tuvieron, pero me gustaría comprender por lo menos cómo logramos llegar en el Packard Clipper conducido por el duque en su estado de borrachera, desde el Parque Forestal hasta el Burlesque, en la calle Diez de Julio. Lo cierto es que sólo puedo decir que me dormí profundamente en cuanto me senté en mi silla de ese establecimiento. Tengo la impresión de que Odette también se durmió en la suya cuando el Chuto nos remeció a ambos para que miráramos lo que estaba ocurriendo en la escena iluminada por cambiantes focos de color: el duque, abandonándonos, había subido al proscenio donde al son de «Me gusta el mambo» bailaba con Gilda, la Mulata de Fuego, la *vedette* frívola nudista que por ese entonces gozaba de mayor prestigio entre cierto público.

Pese a la fiebre con que Gilda ofrecía sus curvas a los aplausos y gritos de sus admiradores que llenaban de bote en bote el Burlesque, parecía estar algo molesta con la intervención en su trabajo de este señor que con la torpeza de la borrachera, aunque también con gracia y agilidad, se movía y se agitaba frenéticamente con ella, sin chaqueta, la corbata baja, los faldones de la camisa volando.

—Ya, huevón, quítate de ahí... —le gritaban al duque desde abajo.

—No te vinimos na a ver a ti, preciosura.

—Deja que se empelote la Gilda.

—Que muestre las tetas.

—Déjala, desgraciado...

El dueño del local, junto al escenario, rogaba a Basin que permitiera actuar a su luminaria que tantas noches había elevado la temperatura de la concurrencia al Burlesque hasta el rojo vivo. Pero Basin, transportado, no hacía caso de sus respetuosos «Por favor, señor Irisarri», «Tome asiento, pues, caballero». La frívola nudista procedió, lenta, insinuante, con toda la picardía requerida de tan admirada representante de su arte, a despojarse, primero que nada, de sus guantes. Sin dejar de bailar con ella y remedando sus gestos, Basin se quitó, también lentamente, la corbata, lo que causó la

184

hilaridad de la concurrencia. Pese al negro antifaz emplumado de la artista, no pudo dejar de notarse que esta caricatura suya hecha por el duque produjo la indignación de la frívola que, sin embargo, muy profesionalmente, siguió su baile: morosa, fue despojándose de su *baby doll* de encaje negro —¿existía en aquella época el concepto de *baby doll*? Creo que no; pero en fin, eso es, exactamente, lo que Gilda se iba quitando— y ante los vítores de la concurrencia reveló la extensión bruñida de su piel desnuda, sus largos pechos arriscados de mestiza retenidos por un mínimo sostén de *lamé*, sus amplias ancas duras que giraban titilantes para el regodeo de los ruidosos juerguistas, mostrando todo salvo aquello que puede ocultar un bikini de plata: siguiéndola, Basin se despojó de su camisa sin detener su baile mientras la frívola, furiosa, le gritó al propietario que qué estaba haciendo parado ahí como un huevón en vez de ir a buscar a alguien que se llevara preso a este concha de su madre que le estaba estropeando su trabajo.

Fue cuando Gilda se quitó la mitad izquierda de su diminuto sostén, y con picardía volvió a cubrírselo al instante sólo para desnudar el otro pecho sudado con su monedita de mostacillas brillando en su ápice, que el Burlesque casi se vino abajo con los rugidos del público. Olvidaron a Basin, aunque se estaba abriendo el cinturón y bajándose los pantalones que le trabaron el baile al caer. Triunfal con su éxito, la Mulata de Fuego, la *vedette* frívola nudista más cotizada de los escenarios capitalinos, entusiasmada ella también con los aplausos y los aullidos, se despojó totalmente del sostén, revelando el dual milagro rítmico de sus pechos bamboleantes untados de brillo en la punta. Al tirar a un rincón del escenario su decorativa prenda, ésta quedó enredada en el cogote de Basin que se puso a seguir a la *vedette* a saltitos, los pies maneados por el pantalón caído mientras ella gritaba que lo sacaran de ahí, jetón de mierda, molestoso, sin respeto, pero el duque alcanzó a dar un manotazo que le arrebató el taparrabos, revelando las partes pudendas de la frívola cubiertas apenas con un languetazo de mostacillas: pateó al duque sin alcanzarlo en el momento en que el propietario seguido de varios carabineros nos apresaban a nosotros, sus desordenados aunque desfallecientes compañeros de juerga, al Chuto, a la Picha, a mí, a la Olga Fuad gritando y pataleando más que nadie ante los *flashes*, *flashes* del fotógrafo de *Las Noticias Gráficas* que acudió llamado para publicitar este mínimo escándalo que envolvía a un distinguido agricultor colchagüino, molinero y viñatero, a la esposa de uno de los más conocidos industriales árabes de la capital y a varios otros personajes más o menos anónimos que turbaban la confianza de la tranquila noche santiaguina.

En el furgón me debo de haber dormido otra vez porque recobré mis sentidos sólo dentro de la comisaría: un *déjà vu* que fue lo único claro en el mundo de espejos mutuamente reflejantes y cimbreantes de la borrachera atroz, en la que el tiempo actual podía ser el de ayer o el de hacía un mes o el de mañana, pero esto, esta comisaría —claramente se trataba de una comisaría—, y estos personajes, carabineros, cabo de guardia moreno bajo la visera de su gorra verde, la luz mortecina de la ampolleta impar y de la madrugada que no se alegraba con los chillidos de Odette, ni con el duque cantando «me gusta el mambo / que rico el mambo», todo esto era tan archiconocido que me despertó la certeza de que el fotógrafo iba a publicar mi imagen en la prensa amarilla de mañana, y mi nombre, aún insignificante, aparecería junto a los personajes ilustres con que me detuvieron: sí, verían mi rostro en ese periódico que todas las tardes compraba mi hermano..., que compraría en la tarde de ese mismo día que apenas iba asomando su promesa de llevarme a salvo, cruzando los aires rumbo a París: Buenos Aires, Montevideo, Río de Janeiro, Pernambuco, Dakar, Madrid, París. Sí, hoy mi familia avergonzada leería mi nombre. Se dolería de tener un hijo juerguista, quejándose de que pese a sus sacrificios había salido un bueno para nada que por suerte se quedaría con una beca, renovable por varios años, en París.

—¿Qué hora es? —pregunté en algún momento en que logré traspasar la inconsciencia y relacionarme con el mundo exterior.

—Las cinco y media de la mañana —contestó el cabo de guardia desde detrás del escritorio frente al cual los cinco esperábamos en fila—. Parece que a ustedes les quedó *gustando* esta comisaría.

—¿Es San Isidro esto? —pregunté.

—Claro, ya está bueno que vayan aprendiendo el camino para que otra vez se vengan solitos y no tengamos que ir a buscarlos... —dijo el cabo; y luego, poniéndose más serio—: Ya están grandecitos para que anden revolviéndola tanto.

—¿A qué hora tienes que estar en el aeropuerto para tomar el avión mañana..., no, hoy?... —me preguntó Odette, de repente terriblemente despierta, mientras el cabo anotaba nuestros datos.

—A las seis y media de la mañana para facturar... —repuse yo, sin atreverme a discurrir soluciones ni consecuencias posibles.

Odette, entonces, cuya vida le había enseñado a estar a la altura de las circunstancias más desesperadas de la calle, comenzó a envolver al cabo con el relato de toda la situación, la necesidad absoluta de que yo volviera a mi casa al instante y prepararme para tomar el avión que partiría a París dentro de una hora, no, tres cuartos de hora: yo iba a ser un gran escritor, sacaría a mi familia de la oscuridad, mi talento pondría muy en alto el nombre de mi país en el mundo entero...

—Si sigue portándose como se ha estado portando hasta ahora, va a dejar al país a la altura del unto —observó, demasiado agudo, el cabo ante la risa de los demás.

Ante el escepticismo hiriente del cabo de guardia, Odette retomó con más fervor el alegato de la libertad por lo menos para mí que la necesitaba con tanta urgencia, mientras Mme. Verdurin sollozaba, el Chuto

187

gruñía con la venda hecha un asco soltándosele como el celuloide de una película vieja y enredándolo y el duque, dormido, no sé por qué arte se mantenía en pie frente a la autoridad.

—¿Y qué piensa escribir? —me preguntó el cabo.

—Teatro —respondí conciso para no prolongar mi tortura.

—Claro —lo urgió Odette—, una obra de teatro genial que tiene pensada, para que yo sea la actriz que lo lleve a la fama, pero, por favor, déjelo irse al tiro que si no, va a perder el avión, o por lo menos dele permiso para llamar a su padre y advertirle... en menos de una hora más que tiene que estar en Los Cerrillos para que le facturen el equipaje y entonces, adiós...

—¿Qué equipaje le van a facturar cuando este gallo ni chaqueta tiene?

—Su papá se lo va a llevar a Los Cerrillos.

—¿Y para qué se agita tanto, entonces, si el papá sabe que tiene que llevarle la maleta a esa hora a Los Cerrillos?

—Pero es que... —alcancé a balbucear, infantil, lloroso, sin saber cómo continuar.

En realidad, no tenía para qué continuar yo porque Odette, hecha una hoguera con mi causa, pintaba el patético cuadro de las lágrimas de incertidumbre de mi pobre madre, subrayando, además, lo mal que le iba a parecer todo esto al Agregado Cultural francés que en vista de este desagradable percance ya no otorgaría más becas para que los chilenos fueran a estudiar en París.

—Bueno, señora, ¿por qué no se calla un ratito para que siquiera pueda anotar los nombres, aquí en el libro?

—Señorita, por favor —lo interrumpió Odette.

El cabo, mirándola fijo y luego bajando la vista al libro, sólo repitió:

—Señorita.

Y escribió los nombres. Dijo:

—Siéntense ahí a esperar.

—¿A esperar qué? —gritamos Odette y yo mientras

nos obligaban a sentarnos, Odette desembarazándose a rasguños de las manazas del policía que la quería arrastrar.

—A esperar, punto —respondió el cabo, sosteniéndole la vista—. No tengo por qué dar explicaciones. Y agradezca que no les hago un sumario.

Aceptando el reto de la mirada del cabo, Odette lanzó uno de esos aforismos absolutos que la habían ayudado a andar por el mundo y salir entera, su dicción cuidada, teatral, para que todos la oyeran:

—Roto de ojos verdes, roto malo... —y se sentó lentamente junto a nosotros, con la vista fija en el gran reloj de pared que colgaba junto al retrato del presidente de la República, don Juan Antonio Ríos.

—¿Qué dijo? —le preguntó el cabo, fijándola con su mirada.

—No se haga el leso, que me oyó muy bien.

—No me venga a rotear usted, oiga.

—Si era broma, no más —dijo Odette, coqueteándole con su mejor sonrisa, a ver si conseguía deshacer el desaguisado que podía seguir a su aforismo lanzado quizá demasiado impulsivamente y que zahirió al cabo más de lo que pudo calcular.

—Y si usted se cree tanto y es tan *señorita* como dice —continuó el cabo de los ojos verdes— pague la multa, a ver si así puedo dejarlos irse.

—No nos queda ni un cobre.

Impresionado por primera vez, el cabo no pudo refrenar su pregunta de admiración:

—¿Y cómo diablos pagaron la tremenda farra, entonces?

—El duque.

—¿Quién?

—Basin.

—¿Ba... quién?

—Claro —le lanzó Odette—. ¡Qué va a haber leído usted *À la recherche*!

Los policías se miraron entre ellos sin comprender

ni una palabra de lo que esta arpía de maquillaje añejo estaba hablando. Odette dijo, señalando al duque:

—Tiene crédito en todas partes.

—Aquí no.

Odette celebró con su risa más forzada el mal chiste del cabo.

—Pero debe tener cheques —agregó.

—Aquí en la comisaría no se aceptan cheques. Además, mírelo cómo está, no creo que ni siquiera si lo despertáramos sería capaz de firmar. Y perdió la chaqueta, y hasta la camisa.

Uno de los policías dijo:

—Debe tener frío.

—Está calefaccionado de adentro con tanto trago —dijo otro.

Otro policía, que parecía nervioso y no dejaba de mirar al reloj, le preguntó al cabo:

—¿Cuánto demora un taxi de aquí a Los Cerrillos?

—A esta hora, unos veinte minutos —dijo el primer policía.

—Que esperen, entonces —dijo el cabo concentrado en su libro, donde escribía las sentencias de nuestra perdición.

—¿Ni siquiera le da permiso para que llame por teléfono a su mamá? —preguntó Odette unos instantes después, en voz muy baja y dedicándole al cabo una sonrisa especialmente abundante en hoyuelos.

—No.

—Roto de ojos verdes, roto malo —repitió Odette, subiendo el diapasón de su voz hasta hacer retumbar los vidrios.

—¿Qué dijo?

—Me oyó.

—Cuidadito.

—Ojos verdes y pestañas largas y sedosas que los sombrean —murmuró Odette con voz acariciadora, empeñada en salvarme fuera a costa de lo que fuera.

—Si no tiene más respeto los dejo aquí hasta pasado mañana.

Ante lo cual Mme. Verdurin comenzó a sollozar de nuevo, a exponer, entre lágrimas, su tragedia, cómo no se iba a compenetrar con ella, mi cabo, el marido celoso que podía llamarla larga distancia, o llegar de repente, la necesidad de acallar su nombre frente al público lector de la prensa difamatoria, sus padres... qué iban a decir, sus hijitos que por suerte eran demasiado chicos para sufrir con el escándalo, insistente, la Olga Fuad, desesperada, exasperante.

—Su marido el turco le va a sacar la cresta a patadas —oímos que Basin intervenía como de ultratumba. Odette lo interrumpió para dirigirse al cabo:

—Por favor, le ruego, son las seis cinco, y usted mismo nos dijo que nos demoraríamos veinte minutos en taxi, y en menos de media hora este chiquillo tiene que estar allá.

—Claro que dije en veinte minutos. Pero no dije que los iba a soltar.

—¿Qué voy a hacer, entonces, por Dios? —lloriqueé—. Voy a perder mi avión y en la Embajada se van a enfurecer... y mis padres...

—No sé, mire. Es usted el que anduvo de farra, no yo. Ya está grandecito para saber lo que hace, sobre todo si dice que va a ser escritor. ¿Cómo va a haber un escritor irresponsable? ¿Qué le va a enseñar a la juventud, entonces?

Consideré muy brevemente la posibilidad de rebatirle con argumentos bien fogueados su ingenua concepción de la literatura. Pero pensándolo mejor me pareció que no era ni el lugar ni el momento para hacerlo, aunque Odette no pudo dejar de esgrimir algún argumento de crítica literaria más bien subjetiva. Sí, aunque ganáramos con mucha distancia cualquiera argumentación libresca, no cabía duda de que el carabinero tenía razón: ya estábamos grandecitos para saber lo que hacíamos. El Chuto se quejaba de dolor enredado en sus vendas, la Olga preparándose moralmente por lo menos para una paliza y Basin, algo resucitado, quiso comenzar su baile otra vez. El reloj de pared avanzaba ante la vista imperturbable del presidente de la República, don Juan Antonio Ríos: las seis y diez, las seis y cuarto, las seis y veinte. Cuando el puntero grande marcó las seis veintiocho el cabo se puso bruscamente de pie, llamando a otro carabinero:

—¿Está listo el furgón?

—Sí, mi cabo.

—No puedo tenerlos más aquí. Voy a mandarlos a la Penitenciaría.

Hizo señas para que nos arrearan hacia afuera. Por mucho que infructuosamente nos resistiéramos, nos condujeron hasta el furgón que esperaba con las portezuelas de atrás abiertas bajo los tristes árboles de amanecida de la plazuela de San Isidro: el reloj de la parroquia inconcluso desde hacía casi un siglo daba las seis y media.

—¿Adónde es la fiesta? —preguntó Basin, subiendo.

—En la Peni —dijo el cabo.

—¿No ve que con esto va a destruir la vida y el futuro, y quizá la vocación misma de este pobre? —preguntó Mme. Verdurin, que de repente se hizo cargo de una situación aún más extrema, por lo inmediata, que la suya. En el momento en que el cabo se disponía a cerrar con sus propias manos las portezuelas de atrás, gritó, dirigiéndose al chofer:

—A Los Cerrillos, Adriazola, en cinco minutos tenís que estar allá.

Nos sonrió con la sonrisa más luminosa que he visto jamás en rostro alguno, y Odette alcanzó a besarlo en los labios mientras el cabo cerraba las puertas, gritándome:

—¡Adiós, cabro! ¡Y cuidado con los pacos de allá, que dicen que son malazos!

Se quedó haciéndonos afectuosas señales de despedida con la mano bajo los árboles de la plazuela de San Isidro.

A esa hora de la mañana, y con la sirena del furgón aullando, llegamos a Los Cerrillos, si no en cinco minutos, en ocho o en diez, no importa. El hecho es que

192

el vehículo se detuvo ante la escalinata del aeropuerto donde estaban angustiados y confundidos, mis padres y hermanos, y, si bien a esa hora no el Agregado Cultural mismo de la Embajada de Francia, un edecán. Adriazola, muy compenetrado con el asunto, nos abrió la puerta y nos ayudó a bajar delante de ellos, a Odette despintada y despeinada, a Mme. Verdurin con su linda blusa en jirones y su sombrero en la mano, a Morel con sus vendas flotando en la brisa matinal, al duque sin camisa y perplejo antes de darse cuenta dónde estaba y a mí, por fin, que me lancé llorando a los brazos de mi madre. También mi padre me abrazó sin preguntarme nada, y el pesado de mi hermano, que es pesado porque todo el tiempo está dando ejemplo de conducta, y mi hermanita cuyas manos a tan temprana edad ya servían para remendar tantas cosas. Mientras todos tratábamos de explicar la situación para descargar nuestra culpa, mi padre, corriendo conmigo de la mano, como quien arrastra a un niño a quien ya es inútil interrogar, me llevó hasta el mesón de Air France donde ya había hecho facturar mi equipaje y donde tenían mi pasaje y mi pasaporte listos, esperándome. Después de besarlos a todos entre fragmentos de explicaciones que no explicaban nada, con mis papeles en una mano y en la otra una bolsa de camotillos que mi madre sabe que me gustan y por eso me los trajo para el viaje, me dirigí entre los demás pasajeros hasta el avión.

Al subir, miré hacia atrás desde la escalerilla. Los vi a todos desde lejos haciéndome señas de despedida: adiós, papá, gracias; adiós, mamá, gracias por los camotillos; adiós, hermano pesado y hermanita bordadora y zurcidora; adiós, diplomático; adiós, Picha, amiga del alma; adiós, Olga, pueda ser que el turco de tu marido no te mate a patadas cuando lea el diario de esta tarde; adiós, Juanito, que Dios o quien sea que te ampara proteja tu hígado heroico, y dale un beso de mi parte a la inaccesible Oriane que con una carcajada rechazó mi beso, y a quien amo con todo mi corazón fantástico; adiós, pobre Chuto, quién sabe qué ira a ser de ti..., adiós, Adriazola, adiós al otro policía sin nombre que nos acompañó y que también agitaba su mano despidiéndome y deseándome buena suerte..., buena suerte... Entré, entonces, con el corazón apretado de miedo, por primera vez en mi vida, en el vientre del gigantesco pajarraco metálico que me iba a transportar a otro continente para cumplir mi destino y saltar más allá de mi sombra y de todas las sombras que dejaba atrás poblando mi territorio. Al acomodarme en mi butaca mientras rugían las hélices me dije que, pese a que la ausencia de éstos era previsible, jamás en toda mi vida les iba a perdonar a los proustianos del Bosco no haber venido a verme bajar triunfante del furgón policial, y subir, también triunfante, a la aeronave de Air France.

* * *

Es CURIOSO que cuando el avión de Air France aterrizó trayéndome de regreso tres años más tarde —¿por qué será que siempre siento la necesidad de decir que fueron «tres años» en vez de la verdad, que fueron dos y un mes?—, contrario a la ocasión de mi despedida, varios proustianos se congregaron en Los Cerrillos para darme la bienvenida: correctamente peinados, afeitados y trajeados, y hasta uno que creo que en el fondo era rimbaudiano pero no lo recuerdo claramente, apareció con su esposa y un hijito de un mes. Durante mi ausencia me había escrito con algunos, que como buenos estudiantes tienen mucho tiempo para extraviarse en los vericuetos de la fantasía. Escribir una carta a un amigo en Francia, al fin y al cabo, cuesta poco si uno considera que las noticias que yo les enviaba en mis respuestas, si bien no relataban triunfos deslumbrantes —no los hubo; ni siquiera alcancé a terminar mi memoria de doctorado sobre la «Influencia del Impresionismo en la visión novelística de Marcel Proust», aunque traje abundante bibliografía con la intención de completarla— en cambio eran pródigas en noticias de exposiciones y conciertos y obras de teatro a que mi pase universitario me daba acceso; y sus respuestas, siempre, me traían el desolado aire de estancamiento, el hambre de los que permanecieron en el terreno de nuestra sequía. Porque, ¿qué se saca, me preguntaba yo, con tener toda la sensibilidad del mundo, con amar la cultura, con estudiar —y ésta era la razón con que justificábamos nuestra pereza—, si las oportunidades para ganarnos la vida eran tan extremadamente mezquinas en nuestros futuros? El destino en la tarima de profesor en un liceo de provincia como nuestra mejor opción, no le apetecía a nadie; como tampoco algún cargo vergonzante y mal pagado en los escalones más bajos del periodismo. La bohemia, entonces, cuando la juventud deja de ser una excusa hermosa, era, además de una forma de pereza, la manifestación de nuestra desesperanza. Y sin embargo, pese a lo poco apetecible de las perspectivas, los proustianos —ya no eran proustianos— que cumplieron conmigo presentándose en Los Cerrillos para recibirme hablando de sus nuevas familias y de sus nuevos empleos, repetían:

—¡Qué se le va a hacer, hombre! ¡Hay que vivir!

La impecunidad, me explicaron en cuanto llegué, ponía fuera del alcance de todos los que no tuvieron el golpe de suerte que tuve yo la posibilidad de salir de esta isla. Sí, isla cruel y ahogante y arrogante y envidiosa, que no soporta que alguien sobresalga sin buscar dentro de su perímetro armas para destruirlo; isla huraña, remota, que el acontecer del mundo ha ido dejando atrás en su orgullosa miseria que data desde siempre, la pobreza y timidez de nuestra pequeña y defensiva cultura sólo aceptable si se acepta su limitación; donde el aislamiento fabrica dogmas transitorios y agresivos, valores de dimensión minúscula con escasa vigencia a un kilómetro de las fronteras de ese dogma, sin aire que respirar, sin torrente sanguíneo que conecte a los habitantes de nuestro medio con las tendencias más vitales de afuera, lo cual además de hacernos comprender el verdadero valor de lo nuestro nos daría la medida de nuestra dimensión, destruiría mitos engañosos, fantasmas que toman la forma de temas recurrentes, disolviendo por fin el encono de la envidia: isla, isla a la que yo llegaba de regreso, isla cada vez más pobre y remota y autofagocitante pese a la nubarada de palabras nerudianas cuyo bautismo de melaza ungía nuestras cosas transformándolas entonces en nuestro único alimento..., sí, sí, que enviara noticias, por favor, que enviara noticias, me escribían desesperados los proustianos que ya comenzaban a dejar de serlo, aquí nadie sabía aceptar la máscara como una forma leal de existencia; los palacios eran de mármol simulado, de cartón piedra; y los esfuerzos por estar *à la page*, totalmente inútiles; que les enviara lo que pudiera, cartas —que pronto dejé de escribir—, folletos, libros, programas, menús, pero sobre todo cartas contando cómo eran los Guermantes verdaderos, sí, el yeso podía ser una elección de la frivolidad, una moda pasajera, no el disfraz de la pobreza, como nuestros trajes virados, no la metáfora de la verdadera miseria, que era la de nuestros ricos. Cuando me pidieron estos detalles dejé de escribirles. No conocía ni Gilbertes ni Saint-Loups. Me callé humillado por mi falta de acceso a nada remotamente emparentado con los Guermantes y los *petits Marcels* de verdad.

Lo cierto, debo decirlo de una vez, es que jamás conocí a nadie que habitara en un palacio de mármol verdadero: tanto, que ni sabía por dónde paseaba esa gente para verla desde lejos, ni qué restoranes frecuentaban para esperarla a la puerta y sentirla entrar envuelta en perfume. La gente de allá, contrario a la de nuestra tierra, es de difícil acceso. Las casas, descubrí de inmediato, no se abren a todos. Las Orianes desconocidas no invitan a almorzar «a la suerte de la olla» a alguien con quien se encuentran en el mesón de un gran almacén comprando camisetas. Desde mi habitación en un sexto piso sin ascensor pero por lo menos cerca del Jardin des Plantes, compartida con un estudiante chileno y con un colombiano incongruente que pese a estudiar sofisticadísimas matemáticas en la École Normale des Études Superieurs, para todo lo que no fuera su ramo tenía la sensibilidad de un mono recién bajado de su cocotero..., no, desde allá yo no podía escribirles una verdad tan triste a los proustianos que ya no iban al Bosco. ¿Cómo explicarles que jamás me presentaron a nadie tan distinto a nosotros como para construir una leyenda? Las leyendas, al fin y al cabo, no se construyen en la soledad vergonzante, son luminosos fenómenos del alma colectiva. Aquí, pese a vivir con dos estudiantes más, jamás formamos un «grupo», y era inútil contarme el cuento de que constituíamos algo ni remotamente parecido a una *coterie*. Iba a ver el último Anouilh, el último Giraudoux, y a Marie Bell en *Fedra*, igual que Marcel iba a ver a la Berma en la Comédie Française, y a Gérard Philippe en *Lorenzaccio*: de éste se decía que estaba enamorado de una chilena muy hermosa que era amiga de otra chilena que para mí podía resultar más accesible..., un estudiante que vivía más cerca que yo del ojo de la tormenta me la iba a presentar, pero jamás me la presentó, recluyéndome así en un mundo habitado por ecos de ecos. ¡Tantas cosas fuera de mi alcance! ¡Tan poco, tan difícilmente y tan insatisfactoriamente conseguido! La pereza, entonces, la inacción o atrición, que es otra forma de la humillación y del miedo, me hacía permanecer durante días enteros en mi sexto piso, desde el cual por lo menos se divisaban las copas de los castaños del Jardin des Plantes. Tomaba té aguado. Dormía siestas interminables que empalmaban con la noche. Iba a ver cualquier película que dieran en el cine de la esquina. Alguna vez escuchando a alguien que viniera a casa a tocar la guitarra invitado por uno de mis compañeros, igualmente desplazados que yo. La verdad es que Proust, para mí, ya se había disuelto en la gigantesca olla efervescente de esa cultura inmensa con la que me tenía que enfrentar: un mundo insondable, tan insondable que terminé de hacer todo esfuerzo para relacionarme con él. «Cualquier cosa que no hayamos tenido que descifrar nosotros mismos y clarificar mediante nuestro propio esfuerzo, cualquier cosa que poseía una existencia sólida antes de que interviniera en ella nuestro yo, nunca nos pertenece», dijo *le petit Marcel* en el último tomo de *À la recherche*. Yo adquirí, en cuanto llegué, una conciencia clarísima y dolorosa de que París tenía una existencia estupendamente nítida antes de mi arribo, de que mi presencia allí no marcaría a esa vieja ciudad ni con el más ligero rasguño. Nada mío podía conmover, ni sorprender, ni alterar la majestuosidad de lo que habían ido construyendo los siglos. ¿Cómo entablar un diálogo, cómo perdonar siquiera, a aquellos que no participaban en la terrible nostalgia de *ese* rechazo? No sentirse conmovido por este rechazo ¿no delataba una falta de sensibilidad imperdonable? Era la nostalgia que ni yo, ni mis congéneres, habíamos sentido en nuestra pequeña, remota, odiada, amada isla, donde de una manera u otra todo parece tan a la mano que sentimos cómo nuestro absurdo deber interviene con el fin de mejorar nuestra comunidad. Esa nostalgia producida por la impotencia se instaló en nuestro sexto piso sin ascensor como una pereza desesperada: me propuse leer a Saint-Simon, por ejemplo, pero jamás alcancé más allá del primer tomo; nunca llegué a ir a Illiers-Combray, lo que siento como una vergüenza. La triste verdad es que era un gasto, y prefería ahorrar el centavo con el centavo para comprar una bufanda de falsa seda como regalo a mi hermana o a mi madre en el Prisunic, y enviársela con algún viajero como quien envía la dádiva no solicitada de un poco de tierra de París. Debo confesar que durante mi permanencia allá no llegué a «proustear» casi nada porque no había nadie con quien «proustear», y compartir la fantasía es la esencia de este ejercicio. ¡Mientras, ay, en la calle Ahumada, o en La Raspelière de la Avenida Macul, o en El Bosco de otros tiempos, qué potente era el impulso para «proustear» porque, precisamente, era tan imposible que todo eso fuera verdad! Así, los duques de Guermantes me habían alucinado al verlos comiendo una medialuna de pollo caliente en el Lucerna mientras miraban pasar la gente conocida por la calle Ahumada; y, carcajada o no, yo había tenido la mano de Oriane durante un minuto en la mía. Aquí alguien como yo no podía ni imaginarse cómo eran los personajes de ese mundo. Me quedé ciego, a la intemperie, solitario con mi acento francés que no tardé en comprobar que era pésimo, con mis citas literarias anacrónicas, con mis gustos literarios correspondientes a décadas pasadas que fueron las de mis maestros, con modismos de texto escolar que me incapacitaban tanto para incorporarme a la fantasía como para formar parte de la marea vital de la vida parisina. No quedaba, en aquella época, para nosotros, los oscuros estudiantes latinoamericanos de París —antes de que los distintos martirios políticos de nuestros países nos hicieran protagonistas de la protesta, y sus exiliados llevaran la nostalgia como su galardón por Europa entera—, otra opción que *otra* nostalgia: aquella por el lugar de donde tanto habíamos luchado por salir. Incluso para ir a comer en los baratos y excelentes restoranes universitarios, los tres estudiantes que vivíamos hacinados en nuestra habitación cerca del Jardin des Plantes, nos dábamos cita en una esquina cerca del restorán universitario a cierta hora y entrábamos en ese establecimiento juntos, defensivos, aterrados, calculando cuántos francos equivalían a cuántos pesos antes de comprometernos en cualquier transacción culinaria. Ni nos planteábamos como propósito hacernos amigos de los asistentes.

Con esta sensación de impotencia frente a la majestad de Francia, se fue postergando cualquier esfuerzo mío por salir de la protección de nuestro cuarto y nuestra amistad —que no lo era; jamás sentí cohesión con mis compañeros, a los que no volvería a ver después de este período que nos reunía protegidos por el consenso de nuestras quejas contra el ambiente que nos rodeaba—, y así, a la pereza por el estudio y a la negativa por asistir a clases, se fue sumando la impotencia para escribir nada, hasta cartas y, finalmente, hasta para leer. Mi país, en cambio —logré plantearme las palabras correctas en la soledad de París, y comprenderme y aceptarme por fin—, tenía aquello de provisional, de improvisado, de estar improvisándose, que lo hacía accesible a todos los seres improvisados como yo, tanto, que por muy modestas que fueran mis circunstancias familiares y profesionales yo sabía cuál era mi lugar, y si me proponía «subir» sabía tanto cuál era mi punto de partida como cuál mi meta. Regresé al cabo de tres años —no, de dos años y un mes— exactamente como había salido: terno virado, espinillas, los anteojos de carey de mi miopía sólo una metáfora de mi inseguridad; y en esto igual al *petit Marcel*, cargando toda la culpa de ni siquiera haber comenzado la obra literaria que me abriría las puertas. Si en París alguien me preguntaba cuándo iba a comenzar a escribir, yo respondía:

—Allá.

¡Eran tantos los ex proustianos que me esperaban en Los Cerrillos! Charlus ya no se llamaba Charlus sino Roberto Alvarado y vendía autos de segunda mano con su sobrino, el ex Saint-Loup, del que me dijeron que ahora *definitivamente* se le había dado vuelta el paraguas; y Charles Swann había perdido toda traza de su derecho a ocupar ese nombre, ni interinamente; y Norpois, que lo sabía todo, entró por fin en el Ministerio de Relaciones Exteriores; y Bergotte, ufano con su reciente publicación; y alguien que en algún momento postuló a ser Gilberte pero sólo por sus desgraciados amores con Saint-Loup y pronto se disolvió; y despojos fraccionados de personajes que en otro tiempo tanto amé: igual que yo, que no había podido llegar a ser el *petit Marcel* de sus sueños. Todos mis amigos habían dejado de ser personajes para ser horribles, aburridas *personas*, como si al desprenderse de la exaltación de sus máscaras quedara sólo el residuo de sus facciones cotidianas, genéticamente determinadas, comprimidos dentro del estrecho contorno de sus destinos.

Mientras mi padre y mi hermano se ocupaban de mi

equipaje y demás trámites, nos sentamos, los ex proustianos que ya no nos atrevíamos a pronunciar su nombre, en una mesa del restorán del aereopuerto a tomar
algo fresco porque hacía calor. Al principio, quizá porque la presencia de mi madre llorosa y de mi hermana,
ya púber, que se maquillaba demasiado y lucía un som-
brerito con velo extemporáneo a esta hora de la mañana, hacía difícil hacerlo, no pregunté por aquellos de
quienes realmente me interesaba saber algo. ¿Los duques, Odette, Mme. Verdurin, Morel... Nissim? Vuelto
a mi remota isla, de pronto fueron personajes ausentes
los únicos que me parecieron eternizados en mi fantasía porque me acompañaron en aquella última gloriosa
noche: se me hicieron presentes en esa circunstancia
de espléndida enjundia imaginativa. ¿En qué etapa de
las múltiples transfiguraciones que el tiempo perdido
les había asignado con tan precisas reglas se encontraban ahora? Tuve la certeza, no sé por qué, de que ellos
no habían traicionado esas reglas. Nombraron, de paso,
a la Picha Páez, diciendo que se había dejado de teñir de
rubio el pelo, y resultó ser una morena de ojos azules
de lo más distinguida ahora que había perdido tantos
kilos..., pero decidí no mostrar mi interés por los ausentes, no fuera que los presentes se ofendieran. Mientras bebían sus Bilz o cualquier otro refresco anterior
al advenimiento nivelador de la Coca Cola, los oí hablar
de sus cosas, de cosas que los preocupaban, como por
ejemplo de algo muy paranoico que se llamaba «la per-
seguidora», de las esposas que no habían podido venir,
pero que me esperaban a cenar cualquier noche, de la
excitación de las próximas elecciones de Senadores y
Diputados, del quehacer diario, de los sueldos endémi-
camente bajos, de los alumnos idiotas, de la falta de
revistas literarias, la falta de teatros, la falta de libros,
la falta de todo. No me preguntaron nada acerca de
mí. No demostraron ningún interés por lo que me había
sucedido allá, si es que me había sucedido algo: era
como si su carencia de curiosidad no me permitiera
haber evolucionado —evolución que, por otra parte, no

se había operado en mí más que en lo que se refiere a aceptar la tristeza de mi mayor hábito de soledad— durante mis años parisinos.

Mi madre me agradeció haber adelantado cuatro meses mi regreso y terminar aquí —la tenía apenas comenzada— mi memoria, con el fin de asistir al matrimonio de mi hermano. Esta noche, después de dormir una buena siesta, estábamos invitados a cenar en la casa de los futuros suegros de mi hermano, en uno de los mejores sectores de Ñuñoa. Pero ella tampoco, ni mi madre, ni mi hermanita, me preguntaron absolutamente nada sobre mi maravilloso viaje y mis transformaciones, que no tenían por qué saber que no se habían operado. Al llegar a la casa de siempre tuve la impresión de no haber salido jamás de allí. Mi futura cuñada, compartiendo con nosotros el caldillo de congrio de la bienvenida antes de mi siesta, me extendió la invitación de sus padres para esa noche. No logré recordar los versos de Neruda que celebraban el caldillo de congrio, tan añorado allá como repudiado aquí. La Picha Páez los recordaría. ¿Cómo vivir sin la Picha Páez? ¿A quién preguntarle por ella? ¿Y por el Chuto, y por Juanito Irisarri, y por Oriane, y por la Olga Fuad y Nissim, que nunca logró ser M. Verdurin? No puedo negar que me extrañó no encontrar a ninguno de ellos en el aeeropuerto a mi llegada. Los nombré durante la cena familiar en casa de los futuros suegros de mi hermano pero me di cuenta al instante de que él enrojecía furioso, diciéndome cuando nombré a Oriane y a Basin:

—Puchas, viejo, ni con todos los años fuera se te ha quitado lo siútico.

Callé. ¿Proust sería Proust sin este inalienable ingrediente de arribismo, siutiquería? No. Y era preferible un Proust siútico, que un no-siútico no-Proust. En todo caso, era un universo al que mi hermano no tenía acceso por carecer de valor: se requiere coraje para querer ser otra cosa que lo que uno es, pese al riesgo de caer en una cursilería que puede *no* resultar genial: «*C'est l'asymétrie qui fait le phénomène*», sí, por lo menos aprendí esa frase de Pasteur en París. En mi hermano no vi fisura, ni coraje, ni asimetría, ni arribismo, ni nostalgia..., claro: no había *phénomène*. ¿Para qué recordarle que pasé mi última noche antes de partir justamente con Juanito Irisarri y la Olga y los demás en la Comisaría de San Isidro, que me fueron a dejar a Los Cerrillos en un ululante furgón policial cuya sirena rompió las sagradas reglas del tránsito para que yo llegara a mi destino? El padre de la novia me sirvió una copa de vino para minimizar la rudeza de mi hermano, me llevó a ver la casita que le estaba construyendo a la novia en el fondo del jardín. Después, al regresar a casa pensé ir a dar una vuelta por El Bosco esa noche. Pero estaba cansado..., una especie de gran miedo por esta pequeña ciudad: ¿lo familiar que se iba a transformar en mi «siempre»? Agotado, me acosté a dormir lleno de compasión por mi hermano que desconocía todos los niveles de la *asymétrie*. Por sugerencia de mi padre, a la mañana siguiente fui a saludar al Agregado Cultural de la Embajada de Francia: era otro. Al regresar a la casa a la hora de almuerzo, mi hermano, mirándome con rencor delante de su novia, me transmitió un mensaje:

—Te llamó por teléfono la señora de Irisarri. Te espera a comer esta noche.

¿Es, con justeza, una forma de *asymétrie* el rencor? Pensé en la mezquindad de la envidia, llegando a la conclusión de que cuando la siutiquería está desprovista de ese elemento destructivo, es creación, es fantasía a un nivel desconocido para los que niegan sus propias *asymétries*. Pasé el día en estado larvario, encerrado en mi cuarto. Medité con alegría que dentro de una semana, después del matrimonio de mi hermano, ya no compartiríamos dormitorio. Incluso pensé en la posibilidad de cambiarle este dormitorio a mi hermana, y trasladarme al suyo, más estrecho, pero lejos de los aromas culinarios y con una bonita ventana abierta al abutilon poblado de picaflores del antejardín. Me bañé, me peiné y me vestí con cuidado, calculando llegar a la morada de la Avenida Lyon diez minutos, bien calculados, después de la hora de la invitación. La casa ya no era una bombonera de *toile de Jouy* celeste. Imperaban, ahora, grandes *posters* con la paloma de la paz de Picasso, bordados folklorizantes, gredas de Quinchamalí y Pomaire, pinturas de autores nacionales que traslucían la preocupación por «la cosa nuestra»: una presencia totalmente extraña me esperaba en esta casa tan distinta, en su seriedad, a la acogedora casa que conocí, que mi imaginación no podía hacer congruente con Oriane.

Juanito Irisarri, que bajó a recibirme —me maldije por mi error de cálculo y haber llegado muy temprano—, no había cambiado nada: campechano, inconsciente, era pura risa, pura elegancia y generosidad al servirme el *pisco-sour*, pura respuesta directa, pura pregunta sin revés. Dijo que venían a cenar dos parejas amigas, y el nuevo Agregado Cultural de Francia, que era menos simpático que el anterior y no jugaba polo. Recordó, glorioso, la noche de nuestra despedida. La Picha, a quien hubiera invitado porque me quería tanto, ahora vivía en Viña del Mar casada con un importante corredor de la Bolsa de Valparaíso, muy amigo suyo, y se dedicaba, como todas las señoras de Viña, a organizar tés-canasta de caridad. Noté cierta pena de Juanito al contarme esto. Le pregunté por qué.

—La Picha ya no es como antes —me dijo—. Le revienta que le recuerden cómo era.

—¿Esa loca suelta?

—Está transformada en una señora bastante fruncida. La amiga de nosotros está muerta.

—¡Muerta!

—Y el pobre Chuto también se murió.

—¡Muerto!

—Claro. De pulmonía que le complicó la cirrosis... y como la Picha está transformada en señora viñamarina no tuvo a nadie que lo cuidara...

Claro, pensé: el ángel de la guarda que cuida tu cirrosis está demasiado ocupado para cuidar la del pobre

Chuto. Llegaron los demás invitados pero Oriane no bajaba aún. Cuando vi bajar la escala a la señora de Juanito Irisarri de pronto pensé que era una lástima que Oriane estuviera más basta, aunque siempre elegante y bonita. Un minuto después, sin embargo, tres, cuatro escalones más abajo, me di cuenta de que no se trataba de Oriane sino de Olga Fuad, como si hubiera tratado de disfrazarse de Oriane aclarándose el pelo, adelgazando sin llegar a la estilización de Oriane, e imitando su alegre manera de vestir. Saludó a sus invitados. Nos abrazamos. Después nos sentamos aparte, en el famoso sofá, ahora tapizado con una especie de arpillera, a tomar nuestros *pisco-sours*.

—¿Te extraña?

—Imagínate...

—¿Sabes que Oriane murió, no?

—¡Oriane muerta!

—Todos muertos.

—Sí: el Chuto, muerto.

—Y Nissim, muerto.

—¿Cómo...?

—Se suicidó cuando quebramos.

Me condolí, agregando:

—Dicen que la Picha está como muerta.

Me contó el fin de su primer marido con respeto pero sin pena.

En cuanto comenzó el relato del divorcio de Basin y Oriane la voz se le endulzó de sentimiento, no de explicaciones convincentes: que Oriane estuviera celosa de ella —Oriane era celosa de todo el mundo, así le fue a la pobre— no me pareció satisfactorio como motivo, sobre todo cuando pretendí ahondar en las circunstancias de su muerte. En ese momento nos avasallaron los invitados con sus tragos en la mano y pronto pasamos al comedor, donde me mantuve en silencio durante casi toda la comida pese a los esfuerzos de la ex patrona por incluirme en conversaciones que versaban sobre personas y situaciones de los últimos años, que yo no conocía. Me despedí en cuanto las buenas maneras me lo permitieron, conducido amablemente hasta la puerta por Juanito y la Olga: melancólicamente me di cuenta de que, por un tácito acuerdo entre ellos y yo, y que excluía el odio, yo ya no volvería a ver lo que antes Olga Fuad, y ahora Olga Irisarri, llamaba, arriscando su adorable labio carnoso, a «gente como ésa».

La «gente como ésa» ya no era «gente como ésa» porque Oriane, su emblema, había muerto, despojando a mi mundo de su hechicera. Olga Irisarri me contó que la habían sepultado en el cementerio de Zapallar, que era tan bonito. Me propuse emprender una excursión solitaria a esa playa para rendir homenaje con una lágrima a la mujer que me rechazó como compañero de *cattleyas* con una carcajada inexistente, carcajada que logré fantasear tan vivamente que aún sonaba en mis oídos. Sin embargo fueron pasando los años, y mucho tiempo después, por razones que nada tienen que ver con esta historia, ni con Oriane, me encontré bajo un negro macrocarpa torcido sobre una piedra casi cubierta de pasto, que con su nombre inscrito miraba al mar.

¿Cómo, en qué circunstancias había muerto Oriane? Eso es lo que me iba preguntando a medida que avanzaba bajo la bóveda nocturna de los plátanos de la Avenida Lyon. Llegué a Providencia y tomé el carro 34 de toda la vida, casi vacío a esa hora. Desde mi ventanilla pude creer que nada había cambiado pese a los cambios, que esto, por lo menos, el mundo físico, era eterno, inalterable. Me bajé del 34 en la Pérgola de las Flores. San Francisco, desde una eternidad que continuaría, daba las once y media de la noche. En la vereda de enfrente, en la Alameda, bajo el letrero de neón del diario *La Opinión*, raleaban las filas de los que apostrofaban contra el gobierno, que continuarían siempre apostrofando sin que nadie amenazara sus distintas parcelas de rencor. Crucé a El Bosco. Allí busqué caras conocidas, sonidos conocidos. Pero habían cambiado la decoración. Ya no existían ni pianista ni violinista, sino discos, y la velocidad del servicio, y los «locos mayo», y los mozos, y el nuevo dueño que no me conocían, eran otros. Me dirigí, sin embargo, a la mesa del rincón más apartado, que solíamos ocupar nosotros, los proustianos. Estaba vacía. Mientras pedía una jarrita de tinto de la casa, noté que en la mesa contigua unos muchachos, que por lo descuidados parecían otra promoción de rimbaudianos —cambian las caras; las máscaras permanecen—, discutían a voz en cuello mientras Elvira Ríos cantaba «Vereda tropical». Hablaban de Nastasia Filipovna, del Príncipe Myshkin, de Alyosha, de Stavrogin: dostoyeskianos, no rimbaudianos. Alguien comentó, no recuerdo a propósito de qué, haber visto «hace muchos años» —no: sólo tres, podía haberlo corregido yo— una puesta en escena de *Los bajos fondos* de Gorki realmente estupenda, como ya no se hacían. Me di vuelta. Toqué el hombro del muchacho que hablaba y le pregunté, mientras el resto de la mesa se silenciaba:

—¿La puesta en que trabajó la Picha Páez?

—Sí. Era estupenda.

—¿Y qué es de la Picha?

—Vive en Viña, dicen. ¿Era amiga suya?

—Era. Hace cuatro años que vivo en Francia y sólo volví ayer.

Mientras la conversación se cerraba sobre sí misma en el resto de la mesa, el muchacho, que era moreno y de ojos verdes, vino a sentarse a mi lado. Dijo que después la Picha anduvo con Juanito Irisarri y cuando su mujer lo abandonó, se fue a vivir con la Picha mientras estudiaba teatro.

—¿Con la Picha?

—Con la Picha.

Esto sucedió, siguió contándome el muchacho, justo antes de que la señora de Irisarri —y aquí pronunció el sagrado nombre impronunciable de Oriane— se fuera a vivir con él, abandonando a sus hijos y a su marido. Era histérica, celosa, insoportable, dijo el roto de ojos verdes, roto malo: no le importaban ni sus hijos ni su marido de tantos años, ni su fortuna —¿la *asymétrie* de Oriane, inversa, pero semejante a mi propia nostalgia?—, luego se peleó con la Picha y se fue a vivir con él. No lo dejaba respirar con sus celos y con su preocupación por «realizarse». Después, cuando él se deshizo de ella, porque él era mucho más joven y tenía derecho a vivir su vida sin que se la hicieran un infierno, Oriane volvió a vivir con la Picha, y le comenzó a ir tan mal en el teatro, para el que no tenía el menor talento, que quiso volver donde su marido. Pero a él ya no le interesó recibir a Oriane de vuelta porque se había hecho otra vida, una de las «muchas vidas» que cada uno intenta hacerse para sí mismo, algunos con éxito, otros, como la pobre Oriane, sin. ¡Mala cueva! Era linda, pero un poco vieja, y muy tonta...

Pagué y salí. Crucé la Pérgola de las Flores y caminé por el otro lado de la Alameda hacia arriba: la gran mole de la Biblioteca Nacional, como un mausoleo de lujo, me repitió la certeza nocturna de que jamás nada escrito por mí encontraría lugar entre esos volúmenes. Oriane muerta. ¡Qué fácil sería fabricarme la historia de mi gran amor desgraciado, que me impedía escribir porque me destrozó el corazón! ¡Pero no fue amor, sólo deslumbramiento, tocar el cielo, sentir su aliento como emblema de los otros seres que existen de veras! Yo... ¿Cómo pretendía existir —pensé, doblando hacia adentro por la calle que hace esquina con el Teatro Santa Lucía— si nadie, absolutamente nadie, durante el tiempo que había durado mi regreso de París, me había preguntado absolutamente nada sobre mis tres años de ausencia, sobre cuál de las «muchas vidas» era ahora la mía, sobre qué pensaba escribir? Llegué a la plaza arbolada. Oí el reloj de la iglesia inconclusa que daba la una de la mañana. Bajo los árboles me detuve a buscar un cigarrillo en mi bolsillo: encontré uno, suelto, bastante torcido y con poco tabaco adentro, que de todas maneras encendí, como había encendido otro cigarrillo aquí mismo otra vez, porque si bien las personas tienen muchas vidas distintas y cortas, los sitios no tienen más que una sola vida muy larga: era la plazuela de San

Isidro. Me acerqué al carabinero que hacía guardia en la puerta de la comisaría.

—Buenas noches —le dije.

—Buenas noches, señor.

—¿Estará Adriazola?

—Adriazolaaaaaaa —gritó el carabinero de guardia hacia el interior del cuartel, sin moverse de su lugar.

Cuando salió Adriazola —que había cambiado tan poco como los objetos físicos— me miró, exclamando:

—¡Buen dar, si es usted!...

Nos abrazamos con gran efusión. Me invitó a entrar. Sí, sí, el cabo de guardia era el mismo que hace dos años. Sí, claro que estaba. ¡Qué gusto le iba a dar verme!

Cuando llegó el cabo, la confianza y el afecto fluyeron fácil entre los tres. Nos sentamos en el banco, yo en el medio. Me ofrecieron cigarrillos. Me interrogaron acerca de cómo se me había ocurrido pasar por aquí, pregunta que por discreción dejé sin contestar. Me preguntaron cuándo había llegado, en qué avión, de qué compañía, cómo era volar, si no daba miedo, si era buena la comida, el trago, las señoritas que atendían. Me preguntaron cuánto tiempo anduve afuera, qué estudié, cómo había encontrado a mi familia, a mis amigos, cómo eran las francesas, si eran mejores que las del Burlesque —me informaron que ahora existían, también, un Picaresque y un Humoresque: Santiago estaba adelantando *mucho*—, si el vino era barato, y cómo era el metro, y la torre Eiffel, y qué iba a escribir, y me rogaron que cuando mi obra se estrenara les mandara unas entraditas de favor, que no fuera desgraciado, que ya que me había acordado de ir a saludarlos a mi llegada que les mandara unas entraditas para la obra de teatro que ellos eran los únicos que *creían* que yo era capaz de escribir, que no me olvidara de mis viejos amigos.

Hablamos de todo lo mío, hasta muy tarde esa noche. Hasta que finalmente, el cabo le dijo a Adriazola que para callado y sin sirena me fuera a dejar a mi casa en el furgón que Adriazola todavía manejaba.

«JOLIE MADAME»

Los crepúsculos veraniegos en la playa de Cachagua, sobre todo en días de semana, suelen ser encantadores. No sólo por las coloraciones espectaculares del mar y del cielo, sino por el ambiente de quietud del balneario, deliciosamente seguro, aburrido y familiar: es un lugar donde todos se conocen o pueden llegar a conocerse sin necesidad de saltar barreras demasiado altas durante los veraneos que para algunas matronas duran dos meses, y para los maridos todos los fines de semana de enero y febrero. Los niños más chicos y los que ya no son tan chicos forman simpáticos grupos que se reúnen en casas conocidas, o juegan a la paleta o al *volley-ball* en la playa, o en la tarde se van a Zapallar a un partido de *baby-football*, en el auto prestado por la mamá pese a que el niño no tiene edad para manejar, o se instalan en las terrazas de troncos a escuchar la estridente música de la adolescencia. Bajo los eucaliptus y pinos de la puntilla las casas con sus techos de coirones se protegen del tierral callejero tras cercos de pitosporus, lo cual confiere al caserío un aire poco ostentoso de polvoriento poblacho de fundo. Todo esto le da independencia a quien la busque, sin que nadie considere que esta aspiración sea una forma de hostilidad. Y para no parecer hostil basta con saludar con la mano y desde lejos a los conocidos, y no instalarse excesivamente aparte de las señoras que, sentadas en sus toallas de Hermés, o de Pierre Cardin, comentan los sucesos domésticos más corrientes, o juegan con uno de esos juegos modernos de plástico y acero que un marido tra-

213

jo de regalo la semana pasada al regresar de su viaje de negocios a Miami.

El lujo de Cachagua es la gran creciente de su playa larga y despoblada, una franja de arena delimitada por dunas a la salida del pueblo, y por abruptos cerros pelados que caen hasta la playa misma, más allá. Para mantener la línea —y con la cuarentena a la vista se presentan los antipáticos problemas de la guerra contra la celulitis y contra los kilos de más que el veraneo propicia con tres *whiskies* en lugar de uno a la hora de los tragos en las terrazas familiares—, Adriana, Luz y Sofía, confiando la vigilancia de sus hijos más chicos a amigas poco emprendedoras, casi todas las tardes se empeñaban en caminatas de tres kilómetros de ida y tres kilómetros de vuelta hasta el extremo opuesto de la playa, en dirección a Maitencillo. El mar era liso y el regreso generalmente dorado a esa hora benigna, como todo en el balneario era benigno. Bordeando el fantástico espejo negro que la ola al retirarse dejaba fugazmente sobre la arena para duplicar el cielo, marchaban las tres mujeres. La arena, firme como esperaban que se conservaran sus carnes todavía durante unos años, era hollada vigorosamente y a conciencia por sus plantas: Luz, había leído, no recordaba si en un *Elle* o en un *Cosas*, la recomendación de caminar por la playa con los pies desnudos para que los tendones hicieran trabajar todos los músculos del cuerpo y redujeran las redundancias que amargaban sobre todo a la pobre Luz: no era para tanto, le repetían Adriana y Sofía, sólo que *parecía* más porque su estatura era menor que la de ellas. En todo caso, Luz, Adriana y Sofía eran tres animales magníficos, maduros, graciosos, que hablaban y reían sin cesar durante estas caminatas pese a lo rápido de sus trancos. El tostado veraniego hacía resaltar el brillo risueño y malicioso de los ojos azules de Luz, estriando su melena rubia: belleza fácil y acogedora, una monada, decían todos.

—Mijita rica —le gritaban los trabajadores desde los andamios en Santiago al verla pasar con su vestido demasiado ceñido con la errónea esperanza de verse más delgada, o porque era del año pasado, cuando pesaba un kilo menos.

—¿Qué le voy a hacer si soy gusto de roto? —comentaba después, muerta de la risa, con sus amigas.

Sofía, en cambio, airosa y desenvuelta, era de piernas y brazos largos como una amazona, y en verano concertaba un pacto con el sol para que tiñera de castaño el pelo, y castaña la piel donde lucían sus ojos también castaños, realzados por bikinis color cáscara o *shorts* y camisas beige o café, toda entera de un tono. Y Adriana, que era la más clásicamente bella de las tres mujeres, con su pelo negro y sus ojos de carbón, y sus muslos y sus brazos suaves y maduros y llenos, permitía, controlando el sol con sombreros y cremas precisas, que durante el verano su piel tomara el rico color del coñac más claro, de modo que sus pestañas proyectaran sombras de seda sobre sus mejillas apenas doradas.

—Usted tiene ojos de araña peluda, mamá —solía decirle su hija Adrianita, su regalona, el «concho», porque no pensaba tener más hijos.

Fue durante una de estas caminatas que Adriana les dijo a sus amigas que Mario, su marido, avisó que no vendría a pasar este fin de semana con ella: le convenía acompañar a un gringo que se interesaba por comprar grandes extensiones de terreno en un lago del sur, cerca de Pucón, para el Club Méditerranée, y construir un balneario al estilo europeo, muchísimo más lujoso que Pucón. Le prometió que con Patricio, el marido de Sofía, le iba a mandar un regalito para que no se olvidara de él. Sólo le sería posible regresar a Cachagua el fin de semana subsiguiente, para acompañar al gringo durante toda esa semana, de modo que nadie se lo levantara mientras permaneciera en Chile ya que no estaban las cosas como para arriesgarse a dejarlo en las mandíbulas de tantos tiburones: todo el mundo andaba loco en busca de hacer negocios con capital extranjero porque capital chileno ya no había.

—¿Qué lata, no? —comentó Adriana.

—Harto carajo, Mario —dijo Luz, lanzando un guijarro plano para hacerlo rebotar en la superficie blanca del agua, sin detener su marcha—. Te tiene encerrada aquí todo el verano con los chiquillos, y ahora se va a pasarlo regio en Pucón sin siquiera convidarte.

—Pero dice que si sale el negocio del Club Méditerranée nos convidarían a los dos a hacer una gira por los mejores lugares: Ibiza, Cerdeña, Marrakesh..., imagínense...

—Sí, mientras tanto te deja aquí frita en tu propia calentura —rió Sofía—. Dos semanas al palo, mijita, sobre todo con las ganas de por lo menos cacha por noche que una acumula en el verano..., no sé si yo podría aguantar. Si Patricio me hiciera eso a mí después de dos meses de responsabilidad latera con los chiquillos y las empleadas, me iría a Santiago sin avisarle, y me lo culearía bien culeado antes de dejarlo irse a Pucón con los gringos...

—¡Ay, Sofía, por Dios, qué manera de hablar! —rió Adriana.

—...a ver si le quedarían ganas de jugármelas con esas rotas que contratan para atender a los extranjeros...

Adriana parecía ser la menos indignada con su propia suerte. Podía esperar a Mario. Le gustaba, incluso, esperarlo, romper la monotonía de los fines de semana veraniegos acumulando amor, para gozar a su regreso con la sorpresa de lo que una situación nueva podía producir entre ellos. Igual que Sofía —Luz no; escrupulosa, confesaba tener miedo y demasiados niños—, si se presentaba la ocasión, Adriana no se negaba a un breve pololeo con algún vistoso pájaro de paso que podía caer a la hora de los tragos y de la chimenea encendida en la casa de los amigos. Pero Adriana era de las que sabía exactamente hasta dónde le interesaba dejarse arrastrar en lo que para ella nunca era más que un juego.

Al regresar del paseo, al otro extremo de la playa,

vieron cómo Cachagua oscurecía bajo los eucaliptus enredados en la neblina de la tarde. Se había levantado un poco de aire, y Adriana recibió el halago de ese vientecito filudo tallando la estructura de su cara un poco huesuda, permitiendo que penetrara en la gran intimidad oscura de su pelo suelto, y que su tacto le agasajara las piernas descubiertas por los *shorts*.

—Y cuando aparezca Mario —comentó Sofía— mejor que te traiga un buen regalo.

—Nunca se olvida.

—¿Qué te trajo el viernes pasado?

—Un Jolie Madame, de Balmain...

—Harto penca. Lo debe haber comprado de pasada, a última hora, en la botica de la esquina de su oficina antes de venirse para acá, para cumplir.

—No venden Jolie Madame en las boticas porque es un perfume raro, un poco pasado de moda, que cuesta encontrar. Pero a mí es el que más me gusta.

Sofía y Luz se adelantaron un poco con su cháchara alrededor de temas tributarios al de la ausencia de Mario el próximo *week-end*. Atrás, un poco más lenta porque lo quiso así y pretextó observar al pescador solitario que saliendo del agua regresaba a su carpa improvisada contra los cerros, Adriana se dijo que si bien echaría de menos a Mario, su espera sería un poco distinta a la espera de sus amigas. No desconocía el hecho de que para ella las parejas exitosas que formaban consistían casi exclusivamente en cama y crónica familiar. Les faltaba, iba pensando Adriana, otra dimensión —guardaba como un secreto peligroso para que no la fueran a encontrar «rara», que era lo imperdonable—, dimensión de su fantasía que ella cuidaba como un fueguito muy privado en sus relaciones con Mario: ella *amaba* a Mario. Se lo planteaba con exactamente esa terrible palabra, siútica y prohibida, distinta a «querer», e incluso a «estar enamorada», o a «estar caliente con alguien», palabras que no estaban prohibidas, quizá por señalar sólo capas parciales. La palabra *amar*, en cambio, rechazaba con su dureza, y sintetizaba, todos los intentos de análisis. Al comentar con Luz y Sofía sus relaciones con Mario, las reducía, amoldándolas para no chocar con sus amigas, sobre todo porque coincidía con ellas en absolutamente todo lo demás. Ellas morirían antes de confesar «yo amo a Patricio», «yo amo a Claudio», porque después de veinte años de matrimonio ése era un sentimiento ridículo, y de esas cosas no se habla. Sin embargo, las tres acordaban reconocer, incluso exagerar, la fuerza del nexo sexual, tanto monogámico como monoándrico, y en estar atentas a la crónica familiar, que incluía gustos, procedencia y fortunas parecidas.

Sofía era la única que «tenía un pasado». De todas las matronas que formaban su mundillo, tejiendo sobre sus chales en la arena o tomando tragos en la tarde en sus terrazas de madera, sólo Luz y Adriana sabían que Sofía, una vez, le fue infiel a su marido con un *businessman* brasilero de paso por Santiago: parecía un mono, pero era cómico, brillante, inescrupuloso, riquísimo, de cuerpo seco y elástico muy distinto al cuerpo de Patricio, que pese al *golf* iba acumulando adiposidad, y a su mente, que tenía poca visión más allá de Lo Curro y de la mesa de *bridge*. Les contaba a sus amigas —que jamás se saciaban de oírla repetir los pormenores de su romance igual a una película, ni de verla equilibrar su matrimonio sobre el abismo de su mentira sostenida quién sabe hasta cuándo— que esta experiencia de hacía ya algunos años la había hecho descubrir una cosa acerca de sí misma: que podría acostarse y gozar con cualquier hombre que supiera cortejarla. Su vida, tal como era, era pura voluntad, puro control. Lo que, por otra parte, estaba muy contenta de ejercer, porque nadie podía negar que sus cuatro hijos hombres, de los que cogió el contagio de su vocabulario procaz, eran un encanto, y que Patricio se portaba un amor con ella, tan generoso que compensaba.

Luz la oía embobada, envidiosa de la soltura de cuerpo de Sofía, ella incapaz siquiera de infidelidad mental por mucho que le encantaría eso que los hijos de Sofía

218

llamaban «un poco de hueveo». A veces, en los brazos
de Claudio, intentaba sustituir en su imaginación ese
cuerpo archiconocido por los cuerpos de otros hombres
vistos en la playa, y por favor, chiquillas, que no le fueran a decir que era de puta confesar que la atraían
otros hombres, pese a sus misas y sus caridades. Lo
cierto es que en el momento de la verdad una fuerza
avasalladora borraba rápidamente cualquier figura intrusa de la que así no alcanzaba a disfrutar, deján do-
la en los brazos blancos, cuando mucho colorados de
Claudio, que no lograba broncearse absolutamente nada con el sol, sólo ponerse colorado como un camarón
y después pelarse.

Adriana, en cambio, regresando por la playa un poco
detrás de Luz y Sofía, iba meditando que ella tenía suerte comparada con sus amigas, pese a que superficial-
mente su matrimonio con Mario era idéntico al de Luz
con Claudio y al de Sofía con Patricio. ¿Pero esa suerte
era sólo de circunstancia, o por estar construidos, ella
y su pareja, como estaban construidos? Entre ellos jamás flaqueaba el diálogo de la intimidad, en la casa, en
la calle, visitando a amigos de toda la vida o nuevos, o
en la ternura de sus cuerpos en la cama, donde cada
vez —o casi cada vez— volvían a encontrarse en alguna
parte del registro que los llevaba desde las lágrimas hasta la carcajada. No lograba explicarse esta diferencia
suya con Luz y Sofía, tan imperceptible como honda. Si
bien era cierto que no se sentía «realizada» con su «felicidad completa» que duraba ya muchos años —¿Qué
era esto de «felicidad completa»? ¿Existe? ¿O es sólo
un espejismo inventado por las películas que todas habían visto con la lágrima en el ojo durante la adolescencia? ¿O una confección de las madres que desde chicas les habían asegurado que el matrimonio feliz es lo
único normal, y que estos difíciles ajustes de que se
quejaban sus hijas eran cosas modernas de mujeres
tontas?—, era, su relación con Mario, algo que la enor gu-
llecía cuidar. Sus amigas la acusaban de ser cartuchona
por jamás contarles intimidades matrimoniales. Enton-

219

ces, Adriana, para no ser distinta, inventaba historias como aquella del tipo estupendo que la siguió por las calles del centro: la penetración de su mirada le habría producido un orgasmo sin que ella cambiara el ritmo altivo de su paso, ni volviera la cabeza, ni contestara a los ruegos que le dirigía este desconocido que se parecía a Robert Redford.

—Me carga Robert Redford —comentó Adriana a propósito de la última película de éste, declarando cuatro corazones.

Adentro, junto a la chimenea —ellas jugaban *bridge* en la terraza sobre la playa de Las Cujas, en la nueva casa de Olivia que era la envidia de las tres amigas—, el grupo de mujeres, esperando a sus maridos ese viernes por la tarde, escuchaba a Julio Iglesias. Cuando terminó la partida, las cuatro jugadoras entraron para arrebozarse en chales porque con el crepúsculo subía la humedad. En cuanto vieron a Adriana, Luz y Sofía se despidieron, y tomándola del brazo la arrastraron hasta su Mercedes.

—No me dejaron ni despedirme.

—Vamos.

—Yo quería —dijo Adriana, al hacer partir su auto— hablar con la Olivia que viene llegando de Santiago por si vio a Mario.

—Claro que lo vio.

—¿Cómo sabes?

—Porque lo vio con Claudio y con Patricio.

—Para —mandó Sofía.

Adriana detuvo el Mercedes en cualquier parte de la oscuridad bajo los gigantescos eucaliptus, el mar brillando más allá de los jardines, abajo, entre las rocas. Preguntó:

—¿Qué pasa?

—¿Y sabes con quién vieron a esos rotos de mierda?

—¿Con quién?

—Con la Chita Davidson.

—No sé en qué restorán caro, de esos donde nunca nos llevan a nosotras.

Las tres encendieron sus cigarrillos con el mismo fósforo.

—¡Pero si la Chita se fue a Europa, cuando lo de la UP! Hace años que tiene una casa fantástica en Marbella, y dicen que sale con príncipes árabes y banqueros judíos y toreros y qué sé yo qué...

—Sí. Pero ahora está aquí. Claudio, Mario y Patricio, todos pololearon con ella en Zapallar cuando eran chicos. Dicen que está regia, flaca, tostada, con el pelo rubio hasta los hombros...

—Está vieja para eso, oye.

—Sí. Pero se veía *estupenda*, dijo la Olivia. Con un camisero beige la muerte, de seda natural, y aquí lleno de cadenas de oro...

—Bah, igual que una...

—Yo le dije lo mismo a la Olivia, pero la Olivia me dijo que nada que ver: me explicó las mangas..., un corte distinto, parece...

—¿Y por qué están tan alborotadas si los cuatro son amigos desde chicos?

—Mira, Adriana... —comenzó a decir Luz, pero Sofía le quitó la palabra.

—Eres una idiota, mi linda.

—¿Porque no me pongo furia?

—No sé, oye, pero a mí me carga que estos maricones se queden pasándolo brutal en Santiago y saliendo a comer a restoranes caros con gallas como la Chita Davidson, que te apuesto que va a llegar aquí encontrándonos a todas unas provincianas cartuchonas, y nosotras, claro, fondeadas aquí, peleando con los chiquillos y con las empleadas —casi gritó de rabia Sofía, encendiendo otro cigarrillo.

Después de este reventón de Sofía hubo un momento de silencio mientras las demás también prendían cigarrillos. Afuera, la oscuridad era total ahora, poblada por las formas desharrapadas de los eucaliptus y por la oscuridad más densa y brillante de otro auto estacionado más allá en esa calle solitaria. Dentro del Mer-

cedes brillaban las tres puntas de fuego, las chispas de
sus reflejos en el hilo de oro de una muñeca, en unos
aros bajo una melena en medio del humo que se iba
espesando.

—¿Querís saber en qué anda la Chita? —le preguntó
Sofía a Adriana, mirándola fijo.

—No tengo idea.

—Está transformada en una mujer de negocios fantástica. Qué envidia más negra, ¿no? Viene a Chile a
comprar todo un lado de no sé qué lago para el Club
Méditerranée...

—¿Y qué?

—Se va mañana a Pucón: ella es el «gringo», pues,
huevona.

—¡Mentira!

—¿No encuentras que no hay derecho?

—No hay derecho.

Se quedaron comentando el triángulo Adriana-Mario-
Chita encerradas en el Mercedes oscuro bajo los eucaliptus, fumando cantidades de cigarrillos. No había derecho. La Chita Davidson era una puta. ¿Pero qué sacaban con repetirlo ya que se hizo evidente para las
tres que le envidiaban ser lo que era, fuera lo que fuera? Proyectaron irse inmediatamente a Santiago y sorprender a los tres maridos. Pero ya era tarde. Seguro
que llegarían haciéndose los inocentes —menos Mario:
él no llegaría— dentro de una o dos horas, así es que
nada sacaban con ir. Pensaron partir a Zapallar en busca de ambiente de fiesta, sin decir nada en sus casas
para que cuando los huevones llegaran por lo menos
pasaran susto..., pero qué lata, Zapallar, sería lo de
siempre, la gente de siempre, hablando las cosas de siempre. Daban ganas de ir a esconderse en alguna parte
hasta que se aclarara esto de la Chita, que a Adriana,
para qué negárselo a sus amigas, la hería en una parte
más vulnerable que el simple amor propio. Dijo con el
vocabulario de los hijos de Sofía:

—Me dan ganas de capar al huevón.

222

—¡Adriana!

—¡Uy, mijita! —dijo Sofía—. Yo he estado con el cuchillo en la mano para hacerle lo mismo al mío tantas veces...

Con el humo que se iba poniendo denso dentro del auto, se iban espesando también, como las volutas de un gas venenoso, las historias de los rencores de las tres mujeres: dependencia, prisioneras de códigos que no sabían cómo romper porque no sabían qué eran, trabajo no reconocido ni remunerado, el terror a cualquier forma de marginalidad, la pereza que era la prisión impuesta por un viejo y delicioso hábito de holgura, las infidelidades que quedaron sin hablar y sin vengar para que no naufragara la familia, la impunidad, sí, la terrible impunidad de los hombres porque eran otras cosas además de maridos..., mientras que ellas no eran más que esposas.

—¿Por qué vamos a tener que esperarlos aburriéndonos aquí? —preguntó Luz.

—Tenemos que hacer algo —la apoyó Sofía.

—Ah —dijo Luz—. Yo no me atrevo a *hacer* nada... pero me encantaría que me *pasara* algo...

—¿En Cachagua en día de semana? Estás loca. ¿Qué te va a pasar?

—¡Qué envidia, Marbella!

Hacía rato que Adriana no hablaba. Pero cuando las otras dos, dando vueltas y vueltas a las posibilidades tocaron otra vez la idea de partir a Santiago a sorprenderlos, ella dijo lenta y pensativa:

—No. Eso es demasiado convencional. No me interesa que Mario se arrepienta. Lo que quiero es vengarme, porque estoy furia.

—Entonces ándate a tu casa a apalear locos, que es lo mejor para quitar la rabia, mi linda —discurrió Luz.

Las tres casi se hicieron pipí de la risa. Después, encendiendo los últimos cigarrillos que les iban quedando escucharon a Adriana que, conmovida, exclamó:

—Vámonos de aquí.

—Adónde..., estás loca...

223

—¿Y los niños?

—Ya están grandes.

—¿Y la Adrianita?

—Pobre, hoy no sé —dijo Adriana—. Vámonos al tiro donde las cosas sean distintas, donde siquiera nos pueda *pasar* algo.

—Mírenla cómo sacó garras, ésta —exclamó Sofía—. Sí, vámonos, y que se queden esperándonos estos huevones de mierda.

—¿Adónde vamos a ir?

—No se me ocurre nada.

—Pero vamos.

—No hay dónde ir.

QUIEN vio entrar en el Casino de Viña del Mar a las tres amigas que llegaron de Cachagua a las once de la noche, quien las vio avanzar retadoras, airosas, caminando a tranco largo y seguro, las suntuosas cabelleras vivas y sueltas, los zapatos de tacos altísimos sujetos a los finos pies desnudos con perversas tiritas de cuero, quien las vio desplazarse por el pasillo lleno de gente, desenvueltas como animales estupendos abriéndose paso sin otra fuerza que la provocación de su belleza fina y sexuada, no podía dudar de que estas tres mujeres venían en son de guerra.

En la gran sala, al detenerse a comprar fichas y dirigirse a las mesas de donde se alzaba el rumor del juego, Luz, Adriana y Sofía no hablaban. Tampoco miraban a nadie, abstraídas para no tener que saludar a nadie que las conociera, cosa muy probable porque al fin y al cabo eran las mujeres de tres conocidísimos hombres de negocios de Santiago y parientes de medio mundo. Ahora, ninguna de esas consideraciones contaba. Pensaron brevemente ir al *baccarat*, pero decidieron quedarse en las mesas de ruleta, que era más fácil, sin compromiso sobre todo, sin decisiones terribles que tomar —¿Pedir otra carta, o no?—, la suerte en manos de ese monstruo impersonal formado por la bolita y la rueda numerada que gira, mientras alrededor circulaba la gente y el juego se extendía —al contrario de la concentración silenciosa del *baccarat*— más allá del juego mismo, hasta las miradas fáciles o no de evitar, hasta las palabras dichas de paso que podían conducir a cualquier cosa, hasta las sonrisas y el halago, juego desprovisto de las tensiones y las responsabilidades del *baccarat*. A los veinte minutos, Luz, cuyos principios religiosos le habían impedido jamás jugar a la ruleta, ganaba en forma tan escandalosa que iba acumulando no sólo cerros de fichas, sino, además, la atención de todos.

—¡Qué yegua con más suerte! —rió Sofía.

—Pero, mi linda, nada que ver con lo que me interesaba que me pasara —decía Luz, aterrada—. Plata tengo de más. ¿Qué voy a hacer si sigo ganando?

—Puedes donar una cama en un hospital, por ejemplo, para no sentirte culpable —dijo Adriana—. Claro que con ese montón tendrías como para donar una sala entera.

—Cuéntenme la plata, chiquillas —dijo Luz incontenible, acertando pleno tras pleno—. No les creo, es una brutalidad de plata. Llegando me confieso..., medio pleno más..., qué salvaje, oigan ¿qué no dicen que cuando a una le está yendo tan bien se tiene que retirar? ¿A ustedes cómo les va, chiquillas?

—Hace rato que dejamos de jugar para gozar con el espectáculo de una distinguida dama de firmes convicciones políticas y religiosas de avanzada, ganando plata a manos llenas y gozando como una rota de pata rajada.

Luz, que parecía haberse apoderado de esa mesa, seguía el juego pese a que sus amigas le decían que tal vez fuera sensato retirarse: sería *pecado* perder esa montaña de dinero con la que podría dispensar tanta felicidad. Claro que si ese dinero les perteneciera a ellas, declararon Adriana y Sofía, se lo echarían todo encima, capaz que hasta para un abrigo de visón Emba Mutation les alcanzara, o para comprarse un auto italiano único, perfecto, inútil... Luz se iba a arrepentir si seguía jugando...

—Bueno, si son tan pesadas, vámonos entonces. Las

convido al *cabaret*, por lo menos. Pedimos champán francés, del más caro y caviar ruso y langosta como piden las putas en París. Creo que voy a cambiar la mitad de las fichas, no más, no, tres cuartas partes, mejor. Y me voy a dejar un poco para jugar un ratito antes de irnos, después del *show* de la Lola Flores. Entonces, aunque pierda no me voy a sentir culpable. ¿Vamos?

—Regia idea.

DESDE la otra mesa, un hombre maduro y delgado, tan bien vestido que no parecía chileno —«¿Pero no te da la sensación de demasiado oro, Luz? No queremos desilusionarte de tu pinche, pero colleras, reloj, anillo y hasta oro en la tapadura de una muela que le vimos brillar cuando se rió con tu morisqueta...»—, de finas muñecas velludas bajo el Rolex definitivo, las cejas retintas sobre sus ojos claros, estaba respondiendo al brindis de la copa de champán de Luz, y chocando su copa simbólicamente en el aire con la de ella. El *maître* había instalado a las tres amigas en una mesa junto a la pista de baile sin que ellas lo solicitaran, porque se dio cuenta de que prestigiaban el ambiente, luciéndolas, tan bellas, lujosas y deseables.

—Cuidado, bruta —le dijo Adriana—. No tienes idea quién es ese gallo. Estás demasiado lanzada.

—¿No vinimos a pasarlo bien? Me encanta ese tipo. Tiene algo como de maleante romano. Pero, por favor, no me vayan a dejar hacer una huevada demasiado grande. Ojalá me sacara a bailar. Me da terror que me haya visto ganar tanta plata en la sala de juego. ¿Me habrá seguido hasta aquí para seducirme y robarme y cortarme el cogote, y que mañana mi cuerpo amanezca flotando en el mar igual que en las películas?...

—Tu sentimiento de culpa —observó Sofía— se está arrancando contigo...

—Pero si yo encuentro que tiene algo monono, como tímido —dijo Luz.

—Claro, muy tímido —asintió Adriana—. Y la Lola Flores no es una china sino una señora muy distinguida...

—Ahora, mijita, ya no hay nadie que te salve de tu maleante romano, tan tímido que se está parando de su mesa y viene para acá.

—Ay, vámonos..., qué fresco...

—Fresca tú.

—¿No nos íbamos a vengar de los rotos de los maridos? —les recordó Sofía—. Yo lo encuentro regio. Si no lo quieres, pásamelo a mí que tengo más experiencia.

—No, a mí. Yo soy la que tengo más razón para vengarme, es Mario el que se fue con la Chita a Pucón —alegó Adriana.

—La Luz es la que pinchó con él.

—Ahí viene. ¿No lo encuentran la muerte? Pero levántenmelo, por favor, que me *muero* de miedo...

Fue a Luz a quien invitó a bailar el «romano», y ella, perdida, con la voluntad como deshuesada, salió. Indescifrables entre las parejas que bailaban en la penumbra de la pista, manteniéndose alejados de la mesa de las amigas, el «romano» y Luz se deslizaban al son de la música como dentro de una cápsula de intimidad, mientras Adriana y Sofía, las más tolerantes *chaperonas* que es posible imaginar, despachaban otra botella de champán, encantadas de ser testigos de este desliz de la pobre Luz que, la verdad sea dicha, a veces era *demasiado* democratacristiana. Más tarde, en medio de un lento, entre luces crepusculares, la vieron separarse bruscamente de su pareja, que la siguió sonriente. Sofía y Adriana lo invitaron a sentarse mientras Luz cuchicheaba al oído que por favor la acompañaran al *toilette*.

Rompió en sollozos en cuanto se cerró detrás de ellas la puerta del *toilette*. ¡Estaba loca por ese tipo! Era un rajado, es cierto, pero no un cafiche peligroso, como creyeron. Había llegado esa tarde misma desde Los Ángeles pilotando su avión particular.

—¿Han visto *nada* más calentador? —preguntó Luz.

—¿Y qué hacía en Los Ángeles?

—Es dueño de una lechería *enorme* que produce leche para toda la zona de Concepción.

—¡Bah...! —exclamaron las dos amigas creyendo que se trataba de Los Angeles de California—. Harto desilusionante.

A ella no le importaba nada, seguía sollozando Luz, que fuera un lechero alemán de Concepción. Jamás le había pasado nada como esto. ¡Qué vergüenza tan atroz! Pura calentura. Creía haber tenido *cuatro* orgasmos durante el baile.

—¿Cuatro en veinte minutos? —exclamó Adriana—. Imposible. Quiere decir que no sabes lo que es un orgasmo.

—No, tonta, claro que es posible —intervino Sofía, expertísima—. Reacción en cadena se llama eso.

...Un rajado, regio, aunque fuera alemán, no más, a ella qué le importaba. La convidó a jugar en la sala donde juegan los turcos con fichas mínimas de cinco mil pesos, un loco, ese brazo tan fuerte apretándole *tan* suavemente el talle... y cómo baila, y usa una loción fresca que apenas se siente, algo con olor a canela..., que no la dejaran volver donde él, por favor, sollozaba Luz, se quería ir al tiro, tenía que pensar en el pobre Claudio que era un amor, y en sus hijos..., que se la llevaran, que otra se hiciera cargo de él porque ella se sentía sólo capaz de arrancarse a perderse...

—¿A ti te gusta, Adriana?

—No sé...

—Fíjate que tiene su avión aquí en Viña y podrían irse los dos mañana a Pucón y pillar *in fraganti* a Mario y a la Chita... —suplicó Luz.

—Ya te dije que no me interesa pillar a nadie. Si compruebo que es verdad lo de la Chita, y si ha llegado muy hondo..., para que mi venganza sea de veras tengo que sentir más, o algo mejor y distinto a lo que he sentido con Mario, y así cortar lo que me amarra a él. Esta aventura no contaría.

—¿Y tú, Sofía, que eres menos sofisticada?

—A mí me gusta, algo que tiene en la nuca, creo...,
pero no sé...

—¡Qué rotas! Mis mejores amigas no me quieren
ayudar.

—¿Por qué no nos arrancamos las tres de toda esta
porquería? —propuso Adriana, desesperándose; y clari-
vidente agregó:

—¿Adónde? ¿A hacer qué?

—Después pensamos eso —dijo Luz volviendo a pei-
narse y a maquillarse después de sus lágrimas—. No
podemos dejarlo con el consumo gigantesco de la mesa...,
sería el colmo después de lo amor que estuvo conmigo..., y quiero que alguien vaya a decirle que... que...
que me perdone que le haya tenido miedo, que no me
busque porque lo..., yo lo...

—¿Lo amas? —le preguntó Adriana.

—¡Se conoce que ésta se casó a los diecisiete años!
—dijo Sofía.

—Ay, no digas eso, Adriana, no seas bruta, que yo
no quiero más que a mi pobre Claudio —exclamó Luz
a punto de llorar otra vez... pero no lloró porque sus
amigas le advirtieron que si lloraba se le iba a correr
de nuevo el maquillaje.

—Alguien tiene que ir a decirle al pobre, por favor...
¿Cuál? Tírenselo al cara o sello...

Con una moneda que le pidieron a la encargada del
toilette, se rifaron al lechero alemán. Sofía tuvo que ir.
Adriana y Luz la esperarían abajo, en la sala de juego.

—¿Y qué quieres que le diga?

—Ay, no sé, pues, linda. Tú tienes más experiencia
que yo. Inventa algo que sea más o menos simpático...

LUZ Y ADRIANA bajaron, quejándose de que todo en este
país era igual, cuando una creía estar en brazos de un
peligroso cafiche italiano invariablemente resultaba encontrarse en los de un honrado lechero alemán. En la
mesa donde Luz había ganado su pequeña fortuna, los
croupiers les sonrieron, y ellas a ellos, mientras los ju-

229

gadores que recordaban la hazaña de hacía algunas horas de la bonita señora rubia comentaron lo encantadora que parecía.

La buena suerte le duró a Luz cinco minutos. Jugaba torpemente, sin dejar que su intuición la guiara con acierto —estaba ocupada en otras cosas— y como un huracán que no perdona nada, la «mala» arrasó con todas las ganancias de Luz en menos de media hora hasta dejarla a punto de llorar. Adriana le imploraba que no jugara más. Luz la mandó a buscar a Sofía para poder irse.

Aprovechando que su amiga desapareció, Luz se acercó a la ventanilla y cambió un cheque por el equivalente de cinco mil dólares, la plata que su marido le había dejado para que se sintiera económicamente libre durante el mes. Cuando Adriana volvió diciendo que no encontraba a Sofía ni al alemán por ninguna parte, Luz alegó que no podían irse. Tenían que esperarla por si pasara algo.

—Pero en serio, Luz, mejor que no juegues más. ¿De dónde sacaste todas esas fichas?

—Acerté cuatro plenos seguidos.

—¡Qué regio! Pero vámonos.

No había fuerza que la arrancara de la mesa. Como si su timidez ante el lechero alemán se hubiera trocado en arrojo frente a la ruleta, esparcía fichas por toda la mesa, y perdía y perdía y volvía a perder. Adriana comenzó a preocuparse: Luz había acudido dos veces más a cambiar cheques que los números indomables se fueron tragando hasta que, rabiosa, despachó a Adriana de mal modo:

—No me friegues. Ándate· si quieres. ¿Qué son doce mil dólares, que es lo que he cambiado y perdido, para Claudio y para mí? Nada..., una porquería. Cargante perderlos, pero no es nada y voy a cambiar cinco mil más: la mitad de uno de esos Datsun que Claudio importa.

Pero después de perder en diez minutos también esos cinco mil dólares, abriendo de nuevo su cartera se dirigió a la ventanilla para cambiar más sin mirar a Adriana sentada en un sillón. Sacó su talonario. Sumó y restó. Su cuenta quedaba al rojo por miles de pesos, miles de dólares.

—¡Adriana!

—¿Qué te pasa?

—No me queda.

—¿Te sorprende?

—¿Qué voy a hacer, por Dios? Claudio me va a matar a patadas. ¿Y qué le voy a decir a mi confesor? Dios mío, perdóname, qué espanto. ¡Por qué no me iría con el alemán, no más! Parecía caballero y buena persona. Capaz que Claudio me hubiera perdonado eso, ¡pero que haya perdido doce mil dólares no me lo va a perdonar jamás! Vamos.

—¿Dónde?

—No sé. Salgamos de aquí.

Afuera, en la noche fresca, sentada junto a Adriana en un banco en medio de la exageración floral y luminaria que rodea al Casino Municipal de Viña del Mar como una torta *art-déco* amarillenta de puro añeja, Luz sollozó abrazada a su amiga que le acariciaba el pelo para consolarla, asegurándole que las cosas no eran para tanto. Ella, juró Luz, no olvidaría a Carl mientras viviera. ¿Cómo iba a contárselo a su confesor, si éste capaz que le fuera a exigir que le contara todo a Claudio y Claudio la iba a matar? ¡Qué espanto, el pobre Claudio trabajando como una bestia toda la semana en el calor sofocante del *smog* santiaguino mientras a ellas se les había ocurrido salir a huevear... y así les había ido! Ella, desde luego, se sentía herida de muerte por esta experiencia, su vida tan mansa estropeada por un momento estúpido, por un anhelo frívolo al que no tenía acceso porque su «juego» estaba hecho desde hacía mucho tiempo, y ya no era razonable la aspiración a cambiarlo..., qué dirían Claudio, su mamá, los niños que ya estaban grandes, si supieran. No podía respirar de sollozos y mocos. Pero, por otro lado, ¿para qué servía la vida a estas alturas, cuando todo iba a comenzar a ir

231

cuesta abajo, sin Carl? Lo mejor sería confesárselo a Claudio, que era harto hombre. Sí. Volver a Cachagua ahora mismo: debía andar hecho un loco buscándola por todas partes cuando la empleada le dijo que la señora se arregló y salió, pero no dijo para dónde iba..., pobre. ¡Un taxi! Sí, un taxi para confesarle todo lo más pronto posible, para que el pobre, que estaría sufriendo con la incertidumbre y quizás hubiera alertado a todo Cachagua y a medio Zapallar, se tranquilizara..., perdón, perdón por haber perdido doce mil dólares —sin contar los veinticinco que gané, pensó, borrando inmediatamente el pensamiento vertiginoso de esa suma—, era pecado y confesar absolutamente todo iba a ser la única manera de deshacerse de su tremenda culpa. Que Adriana esperara a Sofía en el Mercedes: a Sofía, pasara lo que le pasara, se le iba a ocurrir primero que nada acudir al Mercedes a buscarla. Ella no aguantaba ni un minuto más en Viña, que desde chica, cuando la obligaban a pasar quince días todos los veranos en la casa de sus primas Price que eran una lata, siempre le había cargado. Tomaría uno de estos taxis de la puerta del Casino, que son conocidos, pero, por si acaso, que Adriana anotara el nombre y el carnet del chofer y la patente del coche.

—Adiós, amor... —le dijo Luz a Adriana—. La vida no sería vida sin ustedes.

—Adiós y acuérdate que no tienes para qué confesarle *todo* a Claudio. Ni a nadie, si no quieres: todo el mundo tiene derecho a su rinconcito para el misterio.

—No se puede decir que yo sea del tipo «misteriosa».

—Claro que no. ¡Qué siutiquería! En todo caso, cuéntale *algunas* cosas a tu confesor si eso te consuela. Él no te va a sacar la cresta. Quizá te va a hacerte morirte de lata rezando docenas de rosarios, y eso lo aguanta cualquiera.

—La pura verdad.

—Mañana al alba te paso a dejar la receta del pollo al *curry*, para que me cuentes todo.

—Ya. ¿Como a las doce?

—A la una, mejor. ¿Qué sé yo a qué hora me voy a acostar, esperando a la Sofía?

—Adiós, Adriana.

—Adiós.

¿CÓMO sería, iba pensando Adriana al subir las gradas del Casino de Viña, compartir la intimidad con otro hombre que no fuera Mario, alguien con olores y hábitos eróticos y fisiológicos distintos a los acostumbrados, los conocidos, los queridos, y si no queridos, sabiamente evitados? ¿Por qué era que a los hombres les costaba tan poco compartir estas cosas con otra mujer, sin escrúpulos, sin compromiso, como el caso de Mario según lo que parecía, mientras que a ellas les costaba tanto? ¿Cómo sería ver de cerca, en la penumbra, en el calor del abrazo y en los cuerpos pegajosos, la geografía imperfecta de la piel de un hombro masculino distinto al de siempre, y adaptarse a otro ritmo, a otras texturas y temperaturas y pudores, descubrir y revelar en qué parte de las topografías florecía el placer de cada cual deslindándolo con el amor, y con qué palabras y movimientos era necesario manejarlo para que no muriera? Adriana se dijo —paseando sola entre las mesas de juego, observando, sin acercarse a nadie y sin permitir que nadie hiciera amago de acercarse a ella— que esa idea no le apetecía: la intimidad era una aventura difícil, la gente de la sala de juego pasaba a su lado, entraba en el ambiente del Jolie Madame que exhalaba su pelo negro, su ropa, su piel, y salía sin rozarla. Fijó sus lindos ojos en la mirada de un muchacho rubio que jugaba al *baccarat*, tostado, fuerte, sus labios partidos y ásperos de sal y sol. ¿Cómo sería el roce de esos labios contra sus pezones inquietos bajo la seda encendida de su vestido? Ese otro hombre, en cambio, de manos tan finas, más maduro, parecía acariciar las fichas al retirarlas: le gustó su gesto aunque quizá no él, y se guardó el gesto de esas manos viriles y sensibles. Se sentó un rato para fumar un cigarrillo y pensar en esas manos acariciando su vértice oculto por la seda, en medio del gentío que ignoraba los pensamientos de esta bella señora que fumaba. ¿Dónde diablos se podía haber metido Sofía? ¿No le habría pasado algo? ¿Era capaz, la Chita Davidson, de algo más que unas cuantas noches de revolcón junto a un lago —cosa que, al contrario de Luz y de Sofía, si bien no le gustaba, no le costaría mucho perdonarle ni a Mario ni a la Chita—, o sabría llegar más hondo que la piel de los hombres para instalarse en la historia del corazón, cosa que, al contrario, ella no sería capaz de tolerar? Compró unas cuantas fichas para jugar y no obsesionarse con estos pensamientos mientras esperaba a Sofía. El *croupier* de la mesa en que se instaló tenía dientes mojados y blancos de animal de presa, parecidos a los de Mario, que con seguridad en este momento los estaría hundiendo en el cuello de la Chita: mirándolos, los dientes del *croupier*, sustituyó éstos por los de su marido, y sintió un pequeño espasmo, doloroso, gozoso. El *croupier* se dio cuenta de la intención respecto a él de la señora de los largos brazos desnudos que con tanta desenvoltura esparcía fichas sobre la mesa, descubriendo, al hacerlo, bajo ese brazo elegante, la intimidad de una axila acogedora y tal vez intrépida. Pero el *croupier* ya no la miraba. Se había olvidado de ella, demasiado concentrado en su exigente oficio. Adriana se cambió a otra mesa pero no tardó en perderlo todo, lo que no importaba, y pensó que esto era una lata, nada que ver con su estilo, toda su vida y sus planteamientos eran distintos: decidió partir. Sofía ya no podía tardar porque pronto iban a cerrar el Casino. La esperaría dentro del Mercedes, donde, bajo un farol y encerrada con llave, podría dormir un poco.

No sabía cuánto rato después de arroparse en un chal y dormirse en el auto con la cara pegada al vidrio oyó un golpecito que la hizo despertar: en vez del rostro de Sofía vio una cara barbuda, inubicable por el momento, pero no extraña, que le hacía morisquetas, llamándola desde afuera:

—Tía…, tía Adriana…

Adriana bajó el vidrio.

—¿Anda de farra que está durmiendo aquí a esta hora? —preguntó el vikingo de barba encendida, divertido y cómplice y, sin embargo, acusador, pero no tanto porque vestía una polera desteñida que no avalaba esta actitud.

—¿Qué hora es?

—Las tres.

—¿Cerraron el Casino?

—Hace rato.

—¿Y la Sofía, dónde…?

—¿Quién?

—No importa.

El malestar de todo el asunto rompió sobre Adriana como una ola de aburrimiento. ¿Qué, en realidad, estaba haciendo ella dormida en su auto bajo un farol frente al Casino desierto a las tres de la madrugada? Era el único auto que quedaba estacionado.

El rugido del mar cercano señoreaba en la noche. ¿Qué se había hecho Sofía? Quizá fuera cuestión de pedir ayuda policial…, pero mejor no. No sabía. Un cúmulo de urgencias se aglomeraron en primer plano para que las explicara y las solucionara, usurpando el lugar de eminencia que ocupaba en su corazón su dolor por Mario, su rabia contra Mario. Que el hijo del hermano mayor de Mario, el hombre más pesado y dogmático del mundo —¿Cómo se llamaba este chiquillo que ya no era tan chiquillo? Sólo recordaba que recién regresaba de París, después de pasarse años tonteando allá; un bala perdida, lo que le proporcionaba una buena dosis de maligno placer porque contradecía todas las convicciones de su cuñado— la encontrara a esta hora y en este estado, era sólo un problema de menor cuantía que se agregaba al cúmulo de los demás. En cambio, lo que necesitaba era deshacerse de sus preocupaciones para enfrentarse tan difícilmente con la posibilidad de que su dolor *fuera* justificado.

—Me muero de frío con el vidrio abierto, entra…

—le dijo al sobrino de Mario, abriéndole la puerta del coche porque de repente le dio miedo la soledad, y este chiquillo larguirucho por lo menos era de la familia.

Entrando, él mismo la cerró. ¿Cómo se llamaba este chiquillo tan alto, con su mochila y su barba colorada, que, según entendía, pintaba o algo así, pero que ahora se dedicaba a tocar un instrumento extraño... o eso era también historia antigua en la breve historia de este vagabundo? ¿Cómo no se iba a acordar? Pensó que se estaba poniendo vieja..., arterioesclerosis; no hablaban de otra cosa que de la arterioesclerosis después de la última *Revista del Domingo* del *Mercurio*, publicación tiránica que le daba forma a las conversaciones de Cachagua. Abrió su carterita buscando cigarrillos: el paquete estaba vacío. Rabiosa hizo con él una pelota.

—¿Quiere de los míos? —le preguntó Sebastián; claro, al oírle la voz recordó que se llamaba Sebastián, como tantos chiquillos de esa generación.

Iba a aceptarlo, ese flaco cigarrillo, evidentemente maldito, no porque jamás los hubiera visto sino porque se los habían descrito otras madres, enloquecidas sin saber cómo enfrentarse con este problema de sus hijos adolescentes. Fulminada, Adriana retiró su mano.

—No.

Sebastián iba a encender su pito, cuando Adriana le dijo:

—No tengas el cinismo de fumar marihuana aquí adentro de mi auto y delante de mí.

—¿Por qué? —preguntó Sebastián con el pito en la boca y el fósforo quemándole los dedos al consumirse.

—Y no me ensucies el auto tirando fósforos al suelo. Recógelo. Ahí está el cenicero.

—¿Por qué está tan rabiosa, usted que siempre ha sido la única persona simpática de la familia?

¿Cómo no iba a estar rabiosa? Primero Luz, que se fue llorosa de arrepentimiento, arruinada, humillada, medio muerta de sentimiento de culpa. Y después, como a la una, la bruta de la Sofía había desaparecido a despachar al alemán que parecía cafiche del Trastevere.

Y ya eran las tres, y no aparecía por ninguna parte, y ella esperándola como una idiota, y ya era demasiado tarde para seguir esperando, pero no se le ocurría qué hacer fuera de esperar. Derramó toda la información de su furia impotente sobre Sebastián, que sonreía beatífico con su pito encendido.

—Apaga esa cochinada inmediatamente, Sebastián, o te acuso a tu papá mañana mismo en la playa de Zapallar.

—¿A quién?

—A tu papá.

—Pero, tía, si ya voy a cumplir los treinta. No *tengo* papá. Voy a su casa sólo a condición que me deje fumar pitos en su *living* si quiero, y mi mamá llora a gritos si no voy por lo menos una vez al mes a su casa para comprobar si me han matado o no, según dice, cree que soy comunista porque no soy exactamente igual a ellos, y que me va a pescar la CNI, y los pintores somos todos degenerados..., sí, fíjese, tía, me doy el lujo de fumar pitos en el *living* de Zapallar, en el de Espoz, cuando tengo ganas de ir a darle un beso a la vieja..., tan tonta la pobre.

—La Mary es un amor. No te lo puedo creer. ¿Fumas pitos en el *living* de Espoz?

—Le juro, tía.

—¿Y tus hermanos menores qué dicen?

—Todos fuman, pero escondidos todavía. Mis hermanas también. Como yo soy el mayor les doy el ejemplo fumando delante de mi papá. Usted sabe lo pesado que es.

—Lo más pesado que hay, el pobre.

—Dice que usted es medio rara.

—¿Yo? ¿Rara? ¿Por qué?

—Bueno, dice que cada vez que tiene la desgracia de ir a su casa a comer, le da unos platos que usted dice que son hindúes, o chinos, o carne con cosas dulces, una cochinada, dice, porque usted es una loca.

Adriana se puso furiosa de veras: su cocina era su orgullo. Había tomado un curso de cocina oriental,

shishkebab marroquí, pollo al limón, gallina a la circa-
siana, *tondoori*, humus, *couscous*, sopa de limón griega,
en fin, las cosas más refinadas que todo el mundo le
celebraba y que le costaban *horas* de trabajo preparar
y la gente se peleaba por ir a comer en su casa y a
Mario le encantaban esas cosas... y el huevón de Carlos
Enrique, el padre de este vikingo risueño, de este larguirucho loco que se dedicaba a pintar mujeres pilu-
chas paseando por la calle Ahumada del brazo de señores que llevaban portadocumentos negros, sin que ellos
las miraran pese a que cada pelo del pubis estaba amo-
rosamente detallado, sí, al huaso bruto de Carlos Enrique, que no entendía más que de porotos granados y de
pastel de choclos, le cargaba su cocina y se reía de ella.
¡Había que ver, desgraciado de mierda! Y el hipócrita,
al despedirse le decía: «Todo rico, Adrianita...». Sí, por
eso, porque era un huaso bruto de tierra adentro la
despachaba como «rara», que era la única defensa de
la gente como él, y de ser acusada de «rara» a ser «comunista» hay sólo un paso. ¡Que se fuera a la mierda!
Y tomando el pito de entre las manos de Sebastián as-
piró una larga chupada.

—¡No la suelte, tía! ¡Manténgalo adentro un rato,
todo lo que pueda!

Al expulsar el humo, Adriana se atoró, lloriqueando:

—¡Qué asco! —dijo—. Además, no me has ayudado
a solucionar nada.

—¿A solucionar qué?

—Lo de la Sofía.

—Tenga paciencia, pues, tía.

—Hace dos horas que estoy teniendo paciencia.

—Otra chupadita.

—¿No dicen que la gente se vuelve loca con estas
cosas?

—También dicen que hace menos mal que el trago
y el cigarrillo. ¿A quién va a creerle uno, ya?... Pero
uno vuela..., vuela y nada importa..., yo hace como dos
horas que estoy volando y no me importa ni un carajo

238

que no se haya vendido ni uno solo de mis cuadros en mi última exposición...

—¿Nada importa nada?... —preguntó Adriana después de exhalar el humo de otra profunda chupada.

—¿Siente algo?...

—...como si fuera caminando por una playa...

—¿Ve?

—No. Nada de caminar por playas desiertas, son cosas de películas, me dan ganas de reírme de ti, me creíste lo de la playa...

—Ríase de mí, entonces...

Y Adriana lanzó una carcajada que la hizo doblarse hacia adelante, quedando con los brazos desnudos cruzados sobre el manubrio y la cabeza caída sobre ellos, riéndose a gritos.

—Cuatro —decía Adriana con las palabras entrecortadas por la risa—. Un, dos, tres, cuatro...

—¿Cuatro qué, tía?

—Dice que acabó cuatro veces, y debe ser cierto porque con la cara que llegó al *toilette*, mijito, unas ojeras...

—¿Quién acabó cuatro veces?

—No soy ninguna rota para decirte nombres, oye.

—Dígame, tía... —rogó Sebastián, acariciando la melena sedosa de Adriana, desparramada sobre el manubrio..., se dejó hacer un ratito y después pidió otra chupada del pito.

—Y vieras qué tipo. Lleno de oro. Por todas partes. Colleras de oro, reloj de oro, dientes de oro...

—¿Todos?

—Claro. Todos, y anillos de oro, las uñas de oro, el avión de oro, y hasta el pico creo que lo tenía de oro porque hizo acabar *cuatro veces seguidas* a la Luz, así es que de oro tenía que ser, y debe estar haciendo acabar cuatro veces a la Sofía..., y una la tonta, como dicen las empleadas. Pero a mí no me gustaba nada.

Con la cabeza apoyada en el manubrio sobre sus brazos cruzados Adriana pasó fácilmente de la risa al llanto mientras, tratando de consolarla el vikingo volado —polera pegada a su cuerpo, no comprendía cómo no se resfriaba pero para algo era vikingo—, y después le fue hablando de Mario, y de la Chita Davidson, que tenía un abrigo de visón Emba Mutation y era amiga de todos los *sheiks* árabes, pero decían que no le gustaba tirar porque eso envejecía, así es que el pobre Mario se iba a llevar un *chasco*..., pero a ella no le importaba nada, no podía importarle nada este amorío si no seguía más allá de unos cuantos revolcones. No es que no sufriera. Ahora mismo estaba completamente destrozada, le explicó al vikingo mientras él encendía otro pito. Sufría más que nada porque temía que se terminara su amor, el suyo, porque el amor necesita dos partes, sí, dos partes que amen, porque cuando deja de amar una de esas partes, seguía explicándole al vikingo que le acariciaba el cuello, el amor se termina porque no puede quedar sola la otra parte amando el aire...

—Amor... —susurró el vikingo, acariciándole, ahora, con su palma fuerte, la garganta caliente que latía.

Adriana levantó un poco la cabeza, mirándolo. Esos ojos azules de gato siamés de Sebastián fosforecían en la oscuridad del Mercedes, a muy pocos centímetros de los suyos. Ambos rostros se encendieron en la intimidad de otra chupada: la última, dijo él, porque era preferible controlarse.

—¿Controlarse para qué? —preguntó.

—Para el amor.

—¿Y para el placer?

El vikingo rió:

—Sí, amor. También para el placer.

Sebastián apoyó su barba colorada en el brazo desnudo de Adriana sobre el volante. Apagó lo que quedaba del pito en el cenicero del auto mientras ella lo besaba en la boca, suavemente, partiéndole la boca con la suya. Él le acariciaba el cuello y la nuca bajo el pelo, y sus yemas calientes y musculosas iban reconociendo y contando una por una sus vértebras bajo la seda. La boca del muchacho —conquistando la suya— que respondía a ese beso, a ese cuerpo unido al suyo por el calor compartido al explorarse mutuamente. Desde la calle transversal en que se hallaba estacionado el Mercedes se descubría el Casino cerrado, vacío, silencioso, pero quién sabe por qué brutalmente iluminado, como también el reloj de flores frente al cual se hacían retratar los turistas durante el día. Podía pasar un carabinero.

¡Qué se le iba a hacer! Atrajo a Adriana sobre sí. Ella se quitó los calzones al sentirlo y sentirse lista. Él le abrió las piernas, extrayéndole todo pensamiento con la voracidad de su beso mientras la penetraba dulcemente consentidora, allí mismo, Adriana gimiendo ahogada con el placer de la barba colorada del vikingo, dura como virutilla, hiriendo su pezones, y la eréctil pelambre colorada del pecho de Sebastián, hiriendo sus pechos.

Después Adriana se durmió profundamente.

Sebastián, que tenía mucho trote en estas cosas y un pito más o un pito menos no lo alteraba, condujo el coche por la carretera de la costa hasta Cachagua, hasta la casa de su tío Mario que fue una maravilla cuando la construyeron quince años atrás pero ahora era sólo una de las casas más antiguas y conocidas del balneario. Abrió la puerta con una llave encontrada en la cartera de Adriana. Luego, acarreándola exangüe y sin conocimiento en sus brazos, entró en el *living* oscurecido por las cortinas de los ventanales abiertos sobre el mar. Una puerta iluminada se abrió apenas. En ella apareció una niñita de cinco años ataviada con una larga camisa de dormir.

—¿Es mi mamá? —preguntó en susurros.

—Sí. ¿Cómo te llamas?

—Adriana.

—Eres tan linda como tu mamá. Cuando yo sea grande, me voy a casar contigo.

—No: cuando *yo* sea grande, *yo* me voy a casar *contigo*.

—Listo.

—¿Y tú cómo te llamas?

241

—Sebastián. Soy tu primo. Hijo de tu tío Carlos Enrique.

—El tío Carlos tiene un olor raro.

—Se cree brutal porque fuma pipa.

—¿Está borracha la mamá?

—No. ¿La traen borracha a veces?

—Nunca.

—¿Dónde la dejamos? —preguntó Sebastián que se estaba cansando con el peso de Adriana en sus brazos.

—En su pieza. Mi papá avisó que no iba a venir esta semana. Pero calladito, para que los demás no se despierten y yo pueda contarles mañana que un señor muy alto y de barba colorada trajo a la mamá dormida.

Entre los dos acostaron a Adriana. Y al despedirse con cuchicheos en la puerta, la pequeña Adriana le preguntó a su primo:

—¿Y tú, dónde vas a dormir?

—En la playa.

—Como esos hombres de que una vez me habló mi mamá.

—¿Qué hombres?

—Unos hombres pobres. ¿Tú eres pobre?

—No particularmente.

—¡Qué pena!

—¿Por qué?

—Porque me gustaría conocer a una persona pobre.

—Duermo en la playa porque me gusta.

—A mí también me gustaría dormir en la playa, pero no me dejan.

—Cuando nos casemos dormiremos en la playa.

—¿Palabra?

—Palabra. Adiós, mi linda.

—¿No me das un beso? Nunca he besado a un hombre con barba colorada que duerma en la playa.

—Toma. Y otro.

—Adiós, Sebastián.

—Adiós.

A LA MAÑANA siguiente, Luz y Sofía se extrañaron de que Adriana no bajara a la playa a la hora acostumbrada. Luz, por fin, no había ido a buscar la receta de pollo al *curry* para el almuerzo, porque Claudio apareció no con el norteamericano representante de la Datsun que hubiera sido necesario agasajar, sino con unos primos muy lata, hermano y hermana solterones riquísimos que parecían cura y monja, y no merecían más que el salpicón y unas empanadas compradas.

En todo caso, Sofía había pasado a buscar a Luz para contarle todo: el alemán resultó *brutal*, le confió emprendiendo solas la caminata del sábado en la mañana por la playa en vista de la tardanza de Adriana, porque los sábados en la tarde, generalmente, había programa de por lo menos tragos aquí o en Zapallar, y por lo tanto eran tan poco propicios para las confidencias como para el ejercicio. Por la arena se alejaron de la concentración de gente conocida de los sábados por la mañana en la playa, llena de maridos y de hijos recién llegados, para poder hablar tranquilas, caminando mientras Sofía iba tejiendo una mañanita para su mamá que cumplía setenta años la semana próxima: no iba a tener paciencia para convidarla a pasar unos días en Cachagua, como ella le había insinuado que esperaba.

Dejaron atrás las dunas y los últimos pescadores y la carpa de un hombre que todo ese verano había dormido en la playa, carpa de sacos y trozos de plástico azul. ¡Brutal! ¡Y cómo bailaba! No en forma vistosa —como esos rotos a los que les hacen rueda y bailan pésimo, pero se creen porque se mueven mucho y hacen pasos raros—, sino tranquilo, seguro, como en las nubes, todo su cuerpo pegado al de una, dominándolo con el mismo ritmo adherido a todas las modulaciones de la música. Y después la llevó a la sala donde se juega fuerte pasándole fichas de cinco y diez mil pesos como si le estuviera pasando maní. Ella debe haber ganado, calculó, sin exponer ni un solo centavo suyo, unos cuatro mil dólares, que se embucharía para darse un gusto secreto —no sabía qué todavía— pero, en todo caso, algo que Patricio no notara para no tener que darle explicaciones. Tal vez poner una *boutique*, en la calle Suecia, por ejemplo, uniendo esas ganancias con unos ahorritos que tenía guardados.

—¡Yo me asocio contigo! ¡Qué entretenido tener una *boutique*, las tres!

—¿Las tres?

—Claro, con la Adriana.

—Claro. ¿Y de qué?

—¿De qué, qué?

—La *boutique*.

—No sé..., ropa, supongo, ya veremos...

—Regio...

—¿Y tú le contaste a Claudio?

—No. Tengo que hablar con mi confesor primero. No me atrevo, así en pelo, y con estos parientes espantosos a almorzar. Hoy va a ser imposible.

Acordaron, alejándose de la puntilla de Cachagua, que casi no había explicaciones que dar, porque no hicieron nada malo y la plata que perdió Luz podía sacarla de platas suyas, unas rentas que le dejó su papá en las que Claudio nunca se metía. *Por suerte* —pero no estaban seguras que tan por suerte— no pasó nada. Un larguirucho de barba colorada, sin camisa y con las manos metidas en los bolsillos del pantalón enrollado encima de las rodillas para que el mar no se lo mojara, sonriente las miró pasar, pero ellas no levantaron la vista. Sofía le iba contando a Luz que ella con Carl estuvieron bastante rato en la sala de juego fuerte tomando mucho trago, y después se fueron a bailar al *cabaret* otra vez, y allí comenzó el tira y afloja, él convidándola a «tomarnos un trago en mi *suite* del Hotel Miramar, que da sobre las olas que rompen en las rocas».

—Típico de esta gente nueva tener no una pieza, ni un departamento, sino que una *suite*, sobre las olas en el Hotel Miramar, mientras que una, la huasa, ni conoce ni lo que *es* una *suite*. Fue un tira y afloja lo más calentador, porque hay que reconocer que Carl sabe hacer las cosas y me encontró parecida a la Paloma Picasso.

Habían salido Sofía y Carl, con todo el mundo a la hora del desbande que produce el cierre del Casino, la hora de los suicidios, había dicho él, trágica y pálida, cuando se puede comprar una pulsera de brillantes por casi nada y a una mujer hermosa por menos que nada, la hora de la desesperación y las desapariciones, de las decisiones tomadas, de los divorcios, del terror y la sordidez de las cuentas sacadas y la ruina: en esa multitud no encontraron a Adriana. En vista de lo cual le había rogado a Carl que la acompañara al Mercedes, donde seguro que Adriana la esperaba con Luz. Pero vio sólo a Adriana, durmiendo con la cara apoyada dulcemente en el cristal.

—¿Y no preguntó por qué yo no estaba?

—Creo que no, fíjate.

—Harto roto.

—«¿La despertamos?» —había preguntado, malicioso, el alemán.

—¿Y tú qué dijiste?

—Te tengo que confesar que al principio titubeé.

—¡Qué bruta!

—Pero después le dije que no, la pobre parecía estar descansando tan bien...

—Tú y la Virgen María, claro.

—Yo y la Virgen María; pero es alemán y me creyó.

—¿Y qué pasó entonces?

—«¿Vamos?», me dijo, como si fuera la única alternativa.

—Va a ser hora de almorzar. ¿Volvámonos a Cachagua? —propuso Luz, cansada con la caminata.

—Ya. Yo le pregunté adónde.

—«Al Miramar».

—¿Y tú qué le dijiste?

—«Bueno, pero nos tomamos un trago en el bar de abajo, no más».

—«Como quieras», respondió Carl.

Besándose en el taxi, Sofía se dio cuenta de que por

245

muy lechero y muy alemán que fuera, y por mucho que la Adriana la estuviera esperando en el auto, el trago no iba a ser en el bar de abajo, sino en la *suite*.

—Me moría de ganas de ver cómo son las *suites*, para después deslumbrarlas a ti y a la Adriana contándoles cómo las amobló Luis Fernando Moro, que tiene tan regio gusto.

Mientras él iba a la recepción a buscar su llave y su correspondencia, y a pedir que le mandaran una botella de champán helado y canapés de salmón ahumado escocés a su *suite*, Sofía, muerta de miedo a que el *concierge* la viera, se dirigió al bar para esperarlo.

—«¡Sofía!»

—«¡Margarita! ¿Qué hacen tú y Andrés aquí a esta hora?»

—«¿Y tú, linda? ¡Estás regia!»

—¿La Margarita Silva y Andrés Aguirre?

—Sí.

—¡Qué espanto! ¿Y qué les dijiste?

—«Estuvimos en el Casino con la Luz y la Adriana, jugando.»

—«¿Y ganaron?»

Carl sonriente, como si estuviera totalmente por encima de todos los inconvenientes que se presentaran en la forma de personas conocidas que estropearan los impulsos de su vida privada, se acercó a ellos, saludó encantador, diciéndole a la Margarita Silva que admiraba mucho sus actuaciones como presentadora de televisión y pidió otra vuelta de tragos. Sofía se puso de pie declarando que mejor no, gracias, era tan terriblemente tarde, al fin y al cabo sólo había venido al Hotel Miramar porque se perdió de Adriana y de Luz y quería que Carl hiciera llamar un taxi de toda confianza del hotel para que la llevara de vuelta a Cachagua.

—«No seas pesada, pues, Sofía» —le había dicho Andrés.

Y Margarita agregó:

—«Tomémonos otro trago y después nos vamos a Cachagua los tres. Nosotros te llevamos. Ya nos íbamos.»

246

—¿Y no cacharon nada los huevones de Andrés y la Margarita?

—«Regio», aceptó Sofía.

—¿Tú, qué sentiste? —le preguntó Luz.

La verdad, le comentó Sofía a la Luz regresando por la playa de Cachagua mientras tejía la mañanita para su mamá —*no pensaba* convidarla a pasar un semana en su casa porque le iba a arruinar el veraneo—, es que Carl se había portado fantástico.

Los invitó a subir a su *suite* que en realidad era una maravilla, y recorriendo su terraza estupenda, oyendo música, yendo de un salón a otro, Carl, mientras Andrés y Margarita curioseaban en la terraza por ejemplo, ellos dos quedándose adentro para servir, él la agarraba detrás de una puerta, la besaba, la acariciaba rogándole que se quedara.

—¿Y cómo te zafaste?

—Cuando Carl comprendió que no había nada qué hacer porque la Margarita es prima mía, y tienen casa al lado de la mía en Cachagua, se las arregló muy discretamente para apurar la despedida sin que la Margarita ni Andrés se dieran cuenta.

—¿Y cómo se despidió de ti?

—Nada. Abajo, en la puerta del auto, delante de la Margarita...

—¿Ni un apretoncito de manos?

—Nada.

—¿No te mueres de pena?

—De rabia. Pero qué le vamos a hacer.

—¿No quedaron de verse ni nada?

—Nada.

El barbudo sonriente las vio pasar. Ellas no se fijaron en él esta vez porque la Sofía le iba contando a la Luz la última parte tan deslucida de su propia telenovela: cómo Margarita se durmió en el asiento de adelante junto a Andrés, que puso un *cassette* tan atronador que no sólo toda conversación quedaba fuera de las posibilidades, sino que cubría con sus decibeles insoportables el amago de sollozo de Sofía en el asiento de atrás.

Como no encontraron a la Adriana esperándolas en el sitio donde siempre se sentaban en la playa, decidieron, ya que eran las dos y media, y hora demás para almorzar, pasar a verla en su casa. Las empleadas les dijeron que dormía. Volvieron a las cuatro y seguía durmiendo, y a las seis: era demasiado; decidieron, en vez de salir a hacer su caminata esa tarde, quedarse tejiendo en el *living* por si Adriana necesitaba, conjeturando sobre qué le podía haber pasado en Viña, muertas de curiosidad mientras escuchaban las canciones del Festival, sin apartarse de ella para escuchar su confesión en cuanto despertara. Tarde, fueron llegando los niños, la menor con su nana, los otros por su cuenta.

—¿Qué le pasa a tu mamá? —le preguntaron a la mayor de las niñas.

Desde la remota altura de su adolescencia se alzó de hombros, encaminándose a encerrarse en su pieza seguida por Luz.

—Pero, Carmen, ¿cómo no te va a interesar lo que le pasa a tu mamá, que puede estar enferma?

—Estará curada.

—Eso no se dice de tu madre. Te voy a acusar a tu papá.

—¡Ay, qué lata, tía!

Y se encerró en su pieza mientras los otros niños se sacaban la arena de los zapatos. Fueron a remecer otra vez a Adriana, que apenas reaccionaba.

—Algo raro le pasó a ésta anoche —dijo Sofía, un poquito envidiosa de lo que no le alcanzó a pasar a ella.

—¿No le sientes un olor como raro?

—Debe ser el Jolie Madame. Yo siempre lo he encontrado *podrido*.

—Yo también.

—Mejor dejémosla dormir y mañana la pasamos a ver para que nos largue la pepa, pues, oye, no hay derecho. Adiós, mi linda, qué amor está esta chiquilla, va a ser la mejor de las de Adriana —dijo la Luz, acariciándole la barbilla a Adrianita, que las acompañó hasta la puerta—. Y cuida a tu mamá, que parece que no se siente bien.

—Sí, se siente muy bien.

—¿Cómo sabes?

—Porque anoche, muy tarde en la noche, la trajo en brazos, dormida, un hombre muy largo y muy flaco con la barba colorada y con pelos colorados en el pecho.

—¿Qué estás diciendo?

—¿Y cómo sabes que tenía pelos colorados en el pecho?

—Porque andaba sin camisa. Yo me voy a casar con él cuando sea grande y nos vamos a ir a vivir en la playa de Cachagua.

—¿Y qué más te dijo?

—Que iba a dormir en la playa esta noche.

—¿Te acuerdas que lo vimos esta mañana, Luz?

—Creo que sí.

—No haber sabido...

—Ya es muy tarde para ir...

—¿Ir a qué?

—No sé..., a decirle...

—Pero no podemos porque está oscuro.

—¿Y qué más te dijo ese hombre?

—Nada más.

—¿Estás segura?

—Sí. Segura.

—Buenas noches, linda.

—Buenas noches, tía.

—Buenas noches, Adrianita.

—Buenas noches, tía Luz.

EL DOMINGO por la mañana es día de turistas en Cachagua. El tono del balneario cambia, repleto de autos, ruido y gente fea de La Ligua y Quintero que comen en la playa y la ensucian, un ambiente tan antipático que no vale la pena bajar. Pero al atardecer, en cuanto los excursionistas se van, la playa retoma su holgado

ritmo normal, devuelta ahora a los discretos cachagüinos.

Ese domingo, Luz y Sofía fueron a la casa de Adriana cerca de las doce. Los niños les dijeron que todavía
dormían —¿dormían?— y que iban a ir a Zapallar a un
almuerzo y no regresarían —¿iban? ¿regresarían? ¿quiénes?— hasta la tarde. Luz y Sofía, intentando que Adrianita no captara el nuevo enfoque de su interrogatorio,
estrujaron a la niña para que les diera más información, ahora no tanto sobre el enigmático hombre de la
barba colorada como sobre la llegada, de anoche, más
enigmática aún, de Mario, porque de Mario, les aseguró
la niña, se trataba. ¡Y el recado que les dio la Adrianí-
ta, que su mamá se juntaría en la tarde con ellas en la
playa a las seis, las dejaba todo el día con la bala
pasada!

—¿Dónde fueron a almorzar?
—Donde el tío Carlos Enrique.
—¿Fueron solos?
—No, con la tía Chita. Ella también alojó aquí
anoche.
—¡No te lo puedo creer!
—...y con Sebastián, que durmió en la playa...
—¿Quién es Sebastián?
—El hombre de la barba colorada.
—¿Estás inventando?
—¿Quién es?
—Mi primo, hijo de mi tío Carlos Enrique.
—Mentira.
—La pura verdad.

El hombre de la barba colorada ya no estaría en la
playa esperándolas. Se había esfumado este mendrugo
de poesía ante la aclaración de tan prosaico parentesco.
Al oír mencionar al hombre de la barba colorada ambas
habían concebido instantáneamente la idea de que era
necesario ir a buscarlo a la playa para rogarle que no
destruyera la vida de Adriana, y así participar siquiera
un poquito en el misterio: ya no era misterio, nada en

Cachagua era misterioso, ni entretenido, todo tan familiar..., todo tan predecible. Tuvieron, entonces, que bajar a la playa con esta interrogante, si bien no resuelta en forma completa, despojada de prestigio por la identificación de Sebastián como perteneciente al círculo familiar, lo que impedía que se estableciera entre él y Adriana ninguna relación de interés. Así, el foco de sus conjeturas cambió a algo más indescifrable: ¿Por qué no se fueron juntos al sur, Mario y la Chita Davidson, cumpliendo el proyecto de sus fantasías enconadas por el veraneo? ¿Y cómo era posible que Mario y la Adriana llevaran a almorzar a la Chita, que era una fresca, a la casa de Carlos Enrique y la Mary, conservadores ultramontanos, tanto que consideraban que la Luz, democratacristiana, resultaba difícil de recibir por comunista?

—La plata —declaró Luz—. Dicen que la Chita está millonaria. No hay momio de mierda que no se haga el leso ante el poderoso caballero don Dinero.

—Bueno, pues, Luz, no me vengas a latear con sermones políticos cuando vamos a tener que pasar el día entero esperando que la huevona de la Adriana baje a la playa en la tarde. Te apuesto que lo hizo de adrede para fregarnos.

—Ay, no digas eso de la Adriana que es un amor.

—Un amor, te lo reconozco, pero jodida. Igual que nosotras. Te apuesto que tú y yo hubiéramos hecho lo mismo, de pasarnos lo que le pasó a ella...

—¿Qué le pasó?

—No sé..., esto de la Chita y de Mario. ¿No lo encuentras raro?

—Hay muchas cosas de la Adriana que encuentro raras.

Esperaron a Adriana —y a la Chita, y a Mario, naturalmente— a la hora convenida, cuando la arena casi despoblada antes de la primera penumbra parece más limpia, y el mar se torna de un color distinto, más discreto que el que ofrece a los estridentes excursionistas dominicales. Escudriñaban cada coche que bajaba por la polvareda para estacionarse junto a la playa. Tejer

251

era casi imposible con lo nerviosa que se iba poniendo Sofía a medida que el sol bajaba y Adriana no llegaba, y Luz a cada rato le corregía los puntos.

Estos pequeños rencores la distrajeron del momento en que el BMW de Mario se estacionó abajo, escondido por el kiosko de las bebidas: el caso es que de repente los vieron a los tres, a Mario, a la Adriana y a la Chita Davidson. Fueron las dos mujeres, no el hombre, que acapararon la atención de las que esperaban: la morena con el pelo recogido en una cola de caballo vivaracha en el viento del atardecer, estilizada por la línea fina de sus pantalones· verde oscuro y su blusa verde cata que realzaba la negrura de sus ojos y su pelo; y la Chita... ¡qué salvaje la Chita Davidson, oye...!, rubia casi platinada o gris platino opaco a esta hora y con esta luz —la mejor para las mujeres no tan jóvenes—, la melena larga y un poco desordenada, como ninguna mujer de la edad de ellas y de su mundo jamás se atrevería a lucir, descaradamente artificial, maravillosamente refinada. ¿De dónde sacaba esas tinturas? En Chile no existían: mentiras de los ejecutivos que en Chile ahora había de todo..., sí, la Chita Davidson legendaria, con unos *shorts* blancos muy sencillos —¡pero qué *shorts*!—, y una camisa blanca de hombre —¡pero qué camisa!—, y sus piernas bronceadas de muchacha pese a que estaba dos clases más arriba que Luz y Sofía en La Maisonette: dos garzas estupendas y narcisistas, todo en ellas dosificado, nada natural, puro artificio para despertar la admiración y el deseo que ambas, era claro, necesitaban para vivir. Al verlas, Luz y Sofía se arreglaron rápidamente porque se sintieron unos adefesios —como una baja así a la playa en Cachagua, donde la única gracia es que la vida es tan sencilla—, humilladas por estas dos garzas espléndidas, una verde, una blanca, que se iban acercando con sus enigmas. Cuando estuvieron a unos metros, Luz y Sofía —se calaron anteojos negros porque no tenían maquillados los ojos y con seguridad lo primero que les iba a notar la Chita, que quién sabe cuántas veces se había estirado y así hasta quien, era las primeras arrugas— se pusieron de pie y corrieron hacia Chita exclamando:

—¡Chita!

—Sofía... Luz...

—¡Estás regia!

—Y tú, Luz, ese color de pelo... ¿Qué régimen haces para estar así, Sofía? Pareces una chiquilla.

—¡Qué entretenido que hayas venido, Chita! La Olivia nos dijo que te habían visto en Santiago pero no le creímos.

—¿Cuánto hace que no venías a Chile?

—Cuatro años, cuando se iba a casar mi hija. Yo la convencí que no se casara y me la llevé a Europa.

—¿Y cómo está la Francisca?

—Regio. Se quedó a cargo de todas mis cosas allá. Tiene una niñita que es de comérsela...

—¿Y tu yerno?

—No tengo la menor idea.

—Ah...

—Eres abuela.

—¿Ustedes no? Sí, soy la abuela más chocha del mundo.

—Siéntate. Cuenta. Dicen que te está yendo brutal allá.

—¡Qué perfume más maravilloso, Chita! ¿Qué es?

—Jolie Madame. Hace años que uso el mismo. Un poco pasado de moda pero, en fin, eso es lo *chic* que tiene.

La Chita Davidson no se sentó con Luz y Sofía:

—Esperen un ratito, chiquillas, me muero de ganas de mojarme las patas en este océano tan distinto a ese Mediterráneo manso como sopa añeja. ¿Vamos, Adriana?

Con gestos angulosos, apoyándose una en la otra, las dos garzas se descalzaron, caminando graciosas en su última plenitud —o así temían; después se fabricarían otras plenitudes— de mujeres que conocen el placer, hacia el mar, donde el crepúsculo, en el horizonte mismo, había dejado un resplandor liso, dorado y verdoso. Cada una apretaba contra su cuerpo su lacia cartera-sobre bajo el ángulo del codo: se detuvieron junto al espejo que la ola vino a ofrecer a sus pies desnudos para que se admiraran antes de que la arena absorbiera el agua y quedara opaca y gris otra vez: sólo entonces, para no quebrar sus imágenes en el agua, las dos garzas avanzaron hacia el mar, esperando que muriera a sus pies la próxima ola.

—Te vas a resfriar —le gritó Mario a Adriana desde lejos.

Ella, sonriendo pero sin volverse porque reconoció su barítono, le hizo un cariñoso gesto con la mano para que no fregara.

Buscó un pañuelo dentro de su cartera y vio el frasquito de Jolie Madame que —curiosamente, porque Mario cuidaba estos detalles, y a ella le gustaba que los cuidara— le había traído *también* de regalo este fin de semana, repitiendo el regalo de la semana pasada. Lo encontró abierto al destapar la caja: el frasquito estaba menos que medio.

—Bah, mira qué cosa tan rara. Mario me trajo un Jolie Madame usado. Además es lo mismo que me trajo de regalo la semana pasada.

Manteniendo los pies desnudos en las olas agónicas que venían a lamérselos, con gestos breves y expertos y manteniendo sus carteras apretadas con la punta del codo, sacudieron sus cabelleras y combaron sus gargantas para perfumarse detrás de las orejas y quebraron sus muñecas para ungirse el revés: el artificio de almizcle, opopánax, mirra, alhucema, ambarina, ylang-ylang venció el aroma salino y natural del océano, encerrando fugazmente a las dos amigas en el ensalmo de la ficción. El frasquito de cristal quedó vacío. Chita lo lanzó lejos, al agua, donde se hundió.

—Mario se debe haber equivocado —le dijo a Adriana—. Debe haber tomado mi frasco a medio usar en vez del paquetito con el tuyo nuevo de mi tocador, al venirnos.

—Da lo mismo. ¿Cuántos días se van a quedar en Pucón?

—Cuatro. ¿Por qué no te animas y vienes con nosotros?

—No. Ahora prefiero que te lleves a Mario.

El agua les llegaba apenas hasta la bóveda del empeine. La sentían retirarse de abajo, acariciando sus tobillos, escurriéndose entre los intersticios de las frágiles estructuras de los dedos de sus pies, que al avanzar un poco más, cuando el agua se retiró, hollaron la arena reblandecida.

—¿Sebastián?

—¿Cómo adivinaste?

—Soy una bruja. Además, no te trató como a una tía. Pero es discreto y educado..., una monada de chiquillo.

—¿Se dio cuenta Mario?

—Por Dios, espero que no. Te adora y se moriría. Nadie en esa casa se dio cuenta. Todos estaban demasiado nerviosos con otras cosas de Sebastián, con lo andrajoso de sus *jeans* que podían impresionarme negativamente a mí que soy lo que ellos llamarían «muy europea» y «refinada», como si las dos cosas necesariamente fueran juntas..., cómico. En todo caso, en Pucón voy a borrarle cualquier sospecha.

—No comprendo por qué a Mario se le ocurrió venir a Cachagua.

—Fui yo la que quiso, mi linda. Le dije que era una rotería que no viniera a despedirse de ti. Pero sobre todo porque yo me moría de ganas de verte, porque había oído decir que estabas tan regia. Siempre me has encantado. Se me ocurrió que comprenderías.

—Hace dos días no te hubiera comprendido: te hubiera matado.

—¿Y si dura más de...?

—Diez..., quince días...

—¿Entonces tampoco?

—Tampoco.

—Vuelvo a España dentro de dieciocho días.

—Dieciocho, entonces: estoy muy enamorada de Mario.

—Regio. ¡Pásalo bien con tu colorín! Pero cuidado: él no se va.

—¡Qué helada está el agua! ¿Volvamos?

—Me encantaría conocer más a tu Sebastián.

—¿Por qué no te vienes a pasar unos días conmigo, aquí, a tu vuelta de Pucón, en la semana, cuando no están ellos?

—Regia idea. Vamos a tener mucho de qué hablar.

—¿A qué hora se van hoy, tú y Mario?

—Al tiro. Trajimos las maletas.

La despedida de Mario y Adriana fue muy cariñosa junto al auto. Luz y Sofía charlaban con la Chita Davidson, que era, sin duda, un figurín… y claro, la Olivia tenía razón: este año era *todo* cuestión de cómo estaban montadas las mangas. Después que el auto partió, sus amigas llamaron a Adriana para que se fuera a sentar con ellas en la playa. Adriana acudió, pero llevando de la mano a la Adrianita. Se sentó abrazada a la niña, para que la defendiera.

—¿Por qué no te vas a jugar a la orilla del agua, mi linda? —le dijo Sofía.

—Me quiero quedar con mi mamá.

—Ay, linda —dijo Sofía—. Váyase a jugar. ¿Para qué quiere quedarse aquí?

—Tiene rico olor mi mamá —respondió Adrianita, que abrazada de su madre le hundió la nariz en el cuello, detrás de la oreja, bajo el pelo que ella desató para entregárselo al viento.

—Esta niña es un amor, Adriana. Pero la tienes *demasiado* fundida.

—Puede ser. Pero a las dos nos gusta así. ¿No es cierto, Adrianita? Además, yo educo a mis hijos como se me antoja.

—Así te va, también. Mira a la Carmen: hasta tú misma reconoces que es un plomo.

—¿Y qué más plomo que tu Pato, que te hizo añicos el auto la semana pasada?

—Ya, chiquillas, no peleen por leseras —trató de

conciliar Luz— en vez de oír lo que la Adriana tiene
que contarnos.

—¿Qué tengo que contarles?

—Lo de esa noche.

—Y la llegada de Mario con la Chita..., como de película de Hitchcock, oye...

—Ah, nada de misterio. Me encontré con el mayor de los chiquillos de Carlos Enrique en el Casino y le rogué que me trajera en el auto porque estaba demasiado cansada y con demasiado sueño para manejar hasta acá. Y la Chita tenía ganas de ver cómo había cambiado Zapallar en todos estos años, antes de ir a Pucón, y comparar.

—No mientas, Adriana.

—¿Por qué se te ocurre que estoy mintiendo?

—¿Vamos, mamá?

—Espera un poco.

—Vamos, pues...

—Es muy tarde para pasear por la playa, Adrianita. Con este viento la niña se te va a resfriar y en media hora más ya no va a quedar nada de luz.

—Vamos, mamá, vamos.

Adriana se puso de pie con su hija de la mano.

—Ah... quería decirles una cosa.

—¿Qué?

—Que la Carmen no es un plomo.

—¿Qué es, entonces?

—Son... son cosas de la edad.

Sofía levantó la mirada desde su tejido para sostener la mirada de Adriana, tironeada por Adrianita:

—¿Como tú? —le preguntó.

—¿Yo qué?

—¿Que... son cosas de la edad?

Adriana, alejándose, les dijo:

—Acuérdense que las tres tenemos la misma, y estábamos en la misma clase en La Maisonette.

—La OTRA noche tuve un sueño.

—¿Antes que llegaran el papá y la tía Chita?

—La noche antes, creo... o antes... no me acuerdo.

—¿La noche que la trajo el hombre de la barba colorada?

—No... porque él no aparece en mi sueño, y si hubiera sido entonces, hubiera aparecido.

—Cuéntemelo.

—Pero es de miedo y no vas a hacer tuto esta noche, mi linda.

—Me gusta tener miedo.

—Bueno, pero si te tomas toda tu sopa a la hora de comida.

—¿Es Maggi?

—No sé. Supongo.

—No me gusta la señora que le da sopa Maggi en la tele a su hijita. Es antipática.

—Te la doy yo, como si fueras una guagüita. ¿Quieres?

—Bueno, pero cuénteme su sueño que da miedo.

—Casi no me acuerdo...

—No importa.

—Esta misma playa...

—Antes de la puesta del sol...

—A esta misma hora, entonces.

—Claro..., falta un buen rato para que se ponga el sol..., poca gente en la playa..., un pescador de vez en cuando... sin pescar nada..., la lienza tirante en el mar blanco..., áspero..., bajo... mucha espuma...

—Ahí está el pescador, mírelo.

—Yo iba caminando. Miraba las gaviotas y cormoranes parados en los espejos movedizos de arena mojada que deja la ola al retirarse y después la arena se seca y las olas vuelven a dejar espejos distintos al retirarse otra vez..., reflejan el cielo... y los pájaros... y las nubes...

—Si hay..., ahora no hay...

—No, no hay... y una misma, caminando sobre esos espejos.

—¿Qué son cormoranes?

—Esos pájaros, ves, esos un poco más grandes que las gaviotas, que andan con ellas.

—¿Cuáles? ¿Los flaquitos de pico largo?

—No..., ésos no sé cómo se llaman. Esos otros, ves, los de pico más corto con la punta torcida para abajo.

—Se parecen al papá.

—¡Qué cómica eres! Sí, como el papá. Pero el papá es muy buenmozo y los cormoranes no.

—Usted no me está contando su sueño como una mamá normal.

—¿Te importa?

—No. Al contrario.

—Tal vez no sea una mamá normal..., tal vez sea «rara»... como dice la Mary... y estoy hablándote con el idioma de los sueños... que es un idioma «raro»..., déjame seguir... iba caminando a esta misma hora por esta misma playa, igualmente desierta que ahora..., miré hacia atrás y hasta el último pescador había desaparecido en esa bruma que hay, mira, pura espuma pulverizada en el aire porque el mar está furioso...

—¡Qué ruido hace, mamá! ¡Tengo miedo! No hay nadie en toda la playa...

—¿No dijiste que querías tener miedo? Pero en mi sueño el sol no se estaba hundiendo en el mar ni disminuyendo la luz, sino levantándose y había cada vez más y más luz blanca, blanca como la espuma, y más neblina blanca... y la puntilla de Cachagua con sus casas horrorosamente lejos a punto de desvanecerse, como la punta de Maitencillo al otro lado..., me dio terror... ¿No te da terror, todo blanco, brumoso, borrado todo por la bruma blanca?...

—Ya no veo Cachagua.

—No mires para atrás: es lo que da más miedo.

—Ni Maitencillo.

—¿Quieres seguir o volver?

—Seguir. Pero apriétame la mano.

—Está subiendo la marea. La playa se está angostando. El sol está alto y todo está blanco de luz.

—¡Ahí está, mamá! ¡Mire!

—¿Quién?

—La carpa. El hombre de la barba colorada.

—¿Esa carpa? ¿Esa carpa improvisada con sacos y pedazos de plástico azul? No, la del hombre de la barba colorada era verde, importada, con su mochila.

—¿Y esta carpa, entonces?

—Ha estado ahí todo el verano. Siempre la vemos cuando salimos a andar con la Sofía y la Luz. Nunca hay nadie..., pero mira..., ahora hay dos hombres..., dos hombres pobres dándole la espalda al mar... como si ni el mar ni nosotros les importáramos...

—Es que están comiendo, pues, mamá..., mire el fueguito..., es un fueguito de gente pobre.

—Es verdad..., me da miedo que le den la espalda al mar y que no nos miren, como si estuvieran ocultando la cara para que...

—¿Porque van a hacer algo malo?

—Justo. Apúrate. Pasémoslos. Dejémoslos atrás que me dan terror. ¿No estás cansada?

—Sí. Pero no importa, mamá, sigamos.

—Sí... pero déjame seguir contándote...

—¿Su sueño?

—Mi sueño. Tú quisiste.

—¿Éste es un sueño?

—¡Tengo que contar mi sueño, ¿entiendes?, tengo que contarlo, tengo que contarlo, tengo que contarlo!...

—No llore, mamá, linda..., me da pena...

—A mí también me da pena y tengo que contar este sueño en que estamos las dos metidas..., hace horas que vamos caminando por la playa y si miráramos para atrás..., no mires..., no veríamos Cachagua..., creo que ya no veíamos ni la carpa con los dos hombres que escondieron su cara... y no vemos, adelante, la punta de Maitencillo..., no mires para atrás...

—¿Por qué?

—Vienen los dos hombres de la carpa caminando justo detrás de nosotros...

—¡Corramos para que no nos alcancen!

—Están demasiado cerca. ¿Hacia dónde vamos a arrancar?

—Dejémoslos pasar.

—¿Ves cómo pasan? Muy ligero..., míralos, van conversando pero no los oímos porque éste es un sueño sin sonidos... y mira, justo al pasar frente a nosotras, entre nosotras y el agua, uno le está señalando al otro lejos en el mar y otra vez no les podemos ver las caras. Las están ocultando... o como si estuvieran negando que tú y yo existimos..., mira qué rápido adelantan..., cómo se pierden en la colcha de bruma blanca que cubre el mar estruendoso..., pura espuma...

—¿No dijo que éste, era un sueño sin ruido?

—Sí, pero cuando el ruido del mar es continuo es como si no fuera ruido... ¿Oyes?... y cuando hay bruma desaparecen todos los puntos de referencia y parece que una no caminara..., mira, hasta las gaviotas reflejadas en el mercurio de la arena mojada desaparecen, cambian de lugar espantadas cuando nos acercamos, y entonces avanzar ya no tiene el mismo significado...

—¡Pero mire..., mire, mamá!

—...sí, el mar plano y bravo y hundido en la bruma blanca caída sobre el mar, la silueta de otro hombre..., ahora sí que sabemos que vamos avanzando porque nos vamos acercando a él..., no debemos tenerle miedo a esos hombres que pasaron, ni a éste...

—¿Porque éste *sí* que es el hombre de la barba colorada?

—...te digo que este sueño es de antes..., no, no debemos tenerle miedo a la gente de por aquí porque es buena..., pero apúrate, acerquémonos a este hombre que es el único punto de referencia y tenemos que llegar hasta él para sobrevivir..., avancemos hacia esa silueta vertical, espantando las gaviotas que al volar en bandadas, el sol, mira, les blanquea el pecho... y los pollitos de mar como trinos inscritos en la pauta de las olas su-

cesivas que vienen a romper donde están aprendiendo a
volar y corriendo por la arena bruñida..., todo ha desaparecido, menos el hombre que me espera..., está metido en el mar con el agua debajo de la rodilla, los pantalones enrollados justo encima, las manos metidas en
los bolsillos del pantalón, mirando el mar...

—No quiere que le veamos la cara, por eso mira
el mar.

—...avanza y retrocede para evitar que el oleaje le
moje los pantalones...

—¡Llamémoslo!

—¿Cómo?

—No sé.

—¿Y para qué?

—Para verle la cara.

—No quiero verle la cara..., vamos..., sigue, apúrate..., fue tuya la idea de venir, así es que no vengas a
quejarte que estás cansada ahora, yo también estoy cansada de no ver ninguna cara, cansada de que todos los
puntos de referencia sean falsos y cambiantes..., las gaviotas y cormoranes cambiando de lugar en los espejos
variables cuando nuestra presencia los espanta, y aterri-
zan en otra parte y una ya no sabe dónde está, ni siquiera si avanza..., sigamos aunque la marea suba...,
dejemos que ese hombre que no nos mostró su cara
siga para toda su vida entera dándonos la espalda hundido en la bruma. ¡No tiene cara, por eso es que ni él
ni los otros la muestran y miran siempre para otro
lado! ¡Sí, que viva su vida entera con el mar a media
pierna, las manos en los bolsillos, mirando el mar, sin
cara! Porque es él el que no tiene cara, mientras que
yo veo la tuya y tú ves la mía y no tenemos miedo... y
sabemos que hemos dejado atrás a ese hombre metido
en la bruma arrastrada sobre el mar...

—Pero no para siempre...

—¿Por qué no?

—¿No oye?

—¿No te dije que este sueño no tiene ruidos?

—Sí, pero oiga..., oiga, mamá, éste no es sueño, usted y yo estamos hablando y nos oímos..., oiga, viene corriendo justo detrás de nosotros. ¿No lo oye acezando, al hombre que se iba a quedar ahí para siempre mirando el horizonte?

—Sí..., ahora nos va pasando...

—Y mira el mar, porque no quiere que le veamos la cara.

—Porque no tiene cara.

—Y corre por el agua y salpica.

—Va a juntarse con los otros hombres sin cara que nos pasaron hace rato..., volvamos...

—¿Por qué? No quiero volver.

—¿Por qué?

—Porque quiero verles las caras.

—Mira...

—¿Qué?

—Ahí, junto a los cerros..., vienen...

—Volvamos...

—No..., ya se acercan..., vamos a verlos, mamá...

—No, Adrianita, no seas porfiada, es tarde, la marea está subiendo mucho y se va a juntar con los cerros..., no llores, no te sueltes de mi mano..., corre..., corre..., no mires para atrás..., no hay que mirar para atrás..., nos vienen persiguiendo..., nos van a hacer daño..., corre, corre..., la marea está subiendo..., va a llegar a los cerros y no vamos a poder pasar y vamos a quedar encerradas..., están cerca..., siento sus alientos, cómo nos llaman, cómo nos insultan..., no mires para atrás..., ahora la marea ha subido demasiado, llegó a los cerros. Estamos encerradas. ¡Suéltame el brazo, bruto, no quiero verte! No los mires, Adrianita. Sígueme. La única manera de salvarnos es que nos lancemos al agua para cruzar al otro lado... porque desde el otro lado veremos las luces de las casas de toda la vida y de todos los amigos de Cachagua y todo será color bronce, el agua plácida muriendo entre las patas de las gaviotas quietas..., gris y sepia, igual a lo de siempre en este resto de crepúsculo como una fotografía antigua, ven..., no los mires, que no sacas nada y te pueden hacer daño, ven al agua conmigo, mi linda, que es la única manera de salvarnos...

No se podía esperar que Adriana quedara como antes después de todo lo que sucedió. Después de un tiempo, de regreso de Santiago, donde naturalmente fue necesario llevarla a consultar un médico especialista en nervios para que la ayudara a sobreponerse, resultaba un poco difícil, o incómodo, estar con ella. Mario tomó sus vacaciones para acompañarla: que se fueran a hacer un crucero por el Caribe para olvidar, le rogaba, o a Buenos Aires, a ver teatro y a visitar amigos divertidos, pero resultaba imposible arrancar a Adriana de la playa donde acampaba Sebastián y todo sucedió. Luz y Sofía se portaban encantadoras con su amiga, pero sentían en ella un rechazo implícito, aunque afectuoso, que hacía imposible retomar donde había quedado su vida de antes, de paseos por la blanca playa ahora tenebrosa, donde durante un tiempo los cachagüinos dejaron de ir, casi por solidaridad con Mario y Adriana, casi por respeto. El alcalde hizo averiguaciones acerca de los hombres que vivían en carpas en la playa..., pobres pescadores, los dos o tres habitantes de esa amplia creciente de arena, gente emparentada con los trabajadores del pueblo, y de toda confianza, y Sebastián, que era persona conocida.

—La pobre Adriana ha quedado tan rara después de lo de la Adrianita.

—No es para menos.

—No, no es para menos. Cuatro tréboles.

—Pero de estar rara, está, y dicen que en otoño, a la vuelta a Santiago, va a entrar en psicoanálisis.

—¿En psicoanálisis? ¿No está completamente pasado de moda el psicoanálisis?

—Dicen que sí. Pero ya ves tú..., dos piques.

—Hay gente para todo.

Lo más difícil de comprender en la Adriana, lo que la hacía más rara e inaccesible para Luz y Sofía, que sufrieron mucho y la acompañaron y se portaron como ángeles al principio, fue darse cuenta de que Adriana les agradecía, pero las rechazaba desde alguna región interior a la que ni con toda su intimidad podían llegar. ¿Qué le pasaba a Adriana? La muerte de una hija marca toda la vida, y así tiene que ser. ¿Pero por qué transformarse en una mujer rara?

Claro que era difícil especificar en qué sentido Adriana se había transformado en una persona distinta, ajena a la antigua amistad que las unía, a ella, a Sofía y a Luz: pero las dos tenían conciencia de una región desconocida —unas horas, no más, en la vida de Adriana, que Adriana les ocultaba— y que, claro, dadas las circunstancias, era harto difícil hacer preguntas que se podrían interpretar como simple afición al chisme: esto, naturalmente, separa.

—Seis piques...

—¡Hay que ver que estás brava!...

—Vieras la mano que tengo.

—Me imagino.

La tarde estaba tibia y dorada en este dulce final de verano en la terraza de Olivia, que agonizaba en la playa más íntima, menos peligrosa de Las Cujas, donde ahora todas iban.

—Siete corazones.

—¡No te lo puedo creer!

—Pero no me vengas a decir que lo más raro de todo el asunto no es que *la Chita Davidson se haya quedado en Chile para acompañar a la Adriana*.

—No entiendo de dónde salieron tan amigas.

—Estaban juntas en La Maisonette.

—La Chita no es de La Maisonette, es de unas monjas, creo.

—Estaba tres cursos más arriba que yo en la Maisonette, con la Margarita Silva: pregúntale.

—En todo caso se ha transformado en un cancerbero: la cuida, y no se dignan bajar a Las Cujas, ella, la Adriana, Mario y ese chiquillo Sebastián, que no sé qué hace metido con ellos, pero se lo llevan juntos todo el tiempo.

—¿Un colorín?

—Ése. Es pariente de Mario.

—Dicen que ya no hace comidas orientales, la Adriana.

—Menos mal.

—¿Te acuerdas qué *asco* eran?

—¿Arrastraste todo el trébol? Bah...

—Un espanto. Se me ocurre que el cambio culinario es influencia de la Chita, que tiene un gusto más bien refinado y francés.

Al final de las vacaciones, fue Sebastián el que primero regresó a Europa: el apagón cultural era, en realidad, sofocante, y no había qué hacer en este país que las autoridades habían transformado en un país tan insoportablemente *cartuchón*, siendo que antes, de las pocas gracias que tenía, era que había sido tan libre. Sebastián no sabía qué iba a hacer ni ser.

—Tienes treinta años. Eres un adolescente un poco retrasado —le reprochaba Chita—. Pero no te preocupes. Pásalo bien, que es lo único que importa, y haz lo que realmente quieras. Y no hagas nada si no quieres, hasta que no estés seguro de qué quieres.

—Pienso, tal vez, que sea mejor ir a Nueva York, no a Europa...

Y por fin, fue a un avión con destino Nueva York donde lo fueron a despedir la Chita, Adriana y Mario, que nunca abandonaba a su mujer. Y después de la partida de Sebastián se quedaban ellos dos con la Chita, conversando hasta muy tarde junto a las primeras chimeneas encendidas del otoño, en la casa de Mario y Adriana. Hablaba mucho, Adriana, de «realizarse». Chita le dijo que el psicoanálisis, ése es uno de los primeros espectros que echa abajo. El propósito de la vida era más modesto, simplemente subsistir, no lo iba a saber ella, que no sólo había subsistido, sino, materialmente, sobrevivido a tantas cosas.

—¿A los *sheiks*? —preguntó Mario.

—Una puede ser frívola, y amiga de *sheiks* y toreros, como dice la pobre Olivia, frívola como yo lo soy, pero también ser sensible y valiente... y otras cosas...

—¿Qué cosas?

—Psicoanalizada, por ejemplo.

—¿Tú? Tienes más hechuras de psicoanalista.

—Quizá sea lo mismo.

Adriana lo pensó:

—No sé. Recién comienzo. Todavía estoy en ruinas.

—Prepárate, en todo caso, para que en Santiago todo el mundo te pele por tu psicoanálisis: no es de persona bien tener una fisura que no sea inmediatamente restaurable con unas cuantas píldoras.

—Supongo.

A Luz y a Sofía dejó de verlas completamente ese otoño. Después de la partida de la Chita Davidson a París, y de Sebastián, que escribía cartas exultantes desde Nueva York, una intimidad casi exclusiva, rechazadora de todo lo que no fueran ellos, encerró a Adriana con su pareja.

—Por el momento: eso me dice mi analista, que, a Dios gracias, no es freudiano ni kleiniano.

—Creí que los analistas no hablan nada.

—El mío habla como un loro: dice que después... cambiaremos... y podremos darle intimidad a otros que no sean la Chita y Sebastián, que lo presenciaron, por así decirlo, todo...

—Sí, eso será después. Y... Adriana... ¡no es *todo*!

—Sí: por ahora este hueco chiquitito de dolor en que no cabemos más que tú y yo.

Lo que más rabia les daba a Luz y a Sofía era que Adriana parecía creer que sus relaciones con Mario eran tan distintas, tan especiales..., probablemente superiores, con este esnobismo del psicoanálisis que quién sabe quién, probablemente la Chita, le había metido en la cabeza..., sí, distintas y superiores a las de ellas con sus maridos. ¿Por qué la complejidad iba a ser superior a la sencillez de gente común y corriente como ellas?

¿Y cómo sabía la Adriana, si en el fondo apenas las conocía, que ellas *no* eran complejas? Todo comenzó con el asunto de las comidas orientales... y de ahí a la falta de sencillez y al psicoanálisis no había más que un paso. Sí, la Adriana *siempre* había sido un poco rara.

Un día supieron que Adriana había puesto una *boutique* con ropa que la Chita Davidson elegía en Europa y le mandaba, porque eran socias: sobre todo ropa italiana, de las mejores casas, increíblemente cara, y demasiado audaz.

—Supongo que ahora va a decir que se está realizando —comentó Luz—. ¡Con una *boutique*! ¡Pobre!

—Dicen que lo hace para pagar su propio análisis, porque pagarlo es parte de la cura. ¡Qué cosa más sofisticada! Yo no entiendo nada.

—Ropa para mujer de piraña, o de general... —decía Luz con desdén, porque ella y toda su familia eran disidentes, y había que reconocerlo, un poquito insoportables en ese sentido.

La *boutique*, claro, se llamaba «Jolie Madame». Ni Luz ni Sofía jamás compraban nada ahí, aunque no se privaban de ir a curiosear. Comentaban que pagar los precios que la Adriana y la Chita pedían era un escándalo porque esos vestidos, al fin y al cabo, no eran más que unos trapitos..., bueno, ellas no estaban dispuestas, con la actual situación del país, a dejarse estafar..., francamente era cosa de rotos botar la plata así..., de gente nueva... o de qué sabía una qué..., en fin, para decirlo de frentón, gastar plata así en vestirse era cosa de putas de lujo, y ellas, desde luego, preferían morirse antes que las confundieran con gallas como ésas.

Santiago - Cachagua
Octubre 1981 - Marzo 1982

ÍNDICE

Impreso en el mes de noviembre de 1982
en Romanyà/Valls,
Verdaguer, 1
Capellades
(Barcelona)